In Hamburg werden mehrere Frauen erwürgt. Die Polizei geht von einem Serientäter aus, denn die Opfer sind alle jung und blond. Außerdem hat der Mörder ihnen merkwürdige Zeichen in die Haut geritzt. Will er eine Botschaft verkünden?

Vera Lichte ist Sängerin und hauptberuflich Erbin. In ihrer stattlichen Hamburger Altbauwohnung lebt sie nicht schlecht von den Tantiemen ihres verstorbenen Vaters Gustav, der Komponist von Schlagerliedern war. Anni, Veras Haushälterin und Mutterersatz, unterstützt sie dabei kräftig, wobei ihr neuerdings die Sache mit den Auftritten in der Bongo-Bar auf dem Kiez gar nicht gefällt. Und wer ist überhaupt dieser Jef? Wirklich nur der Klavierspieler? Oder verbirgt sich mehr dahinter? Anni ist zunehmend beunruhigt, zumal zwei Lokalgrößen vom Kiez mit durchschnittener Kehle gefunden worden sind. Und die ermordeten Frauen, mittlerweile sind es schon sieben, lassen ihr auch keine Ruhe. Vera und ihr alter Freund Nick ermitteln unterdessen auf eigene Faust. Als sie das vollständige tätowierte Wort zu kennen glauben, wird ihnen plötzlich klar, dass sie nicht nur schon das nächste Opfer des Serienkillers kennen, sondern dass er ihnen auch viel näher ist, als sie geahnt haben.

Carmen Korn, Schriftstellerin und Journalistin, lebt mit ihrem Mann und ihren beiden Kindern in Hamburg. Sie arbeitete als Redakteurin beim STERN, war Mitarbeiterin von BRIGITTE und DIE ZEIT. Für ihre Kriminalerzählung ›Der Tod in Harvestehude‹ erhielt sie den Marlowe-Preis. Ihr Roman ›Thea und Nat‹ (Bd. 51955 bei Scherz) wurde für das ZDF mit Corinna Harfouch und Helmut Berger in den Hauptrollen verfilmt.

Unsere Adresse im Internet: www.fischerverlage.de

Carmen Korn **Tod eines Klavierspielers**

Kriminalroman

Fischer Taschenbuch Verlag

2. Auflage: Mai 2004

Originalausgabe
Veröffentlicht im Fischer Taschenbuch Verlag,
einem Unternehmen der S. Fischer Verlag GmbH,
Frankfurt am Main, Mai 2004

© S. Fischer Verlag GmbH, Frankfurt am Main 2004
Dieses Werk wurde vermittelt durch die
Literarische Agentur Thomas Schlück GmbH, Garbsen
Satz: Pinkuin Satz und Datentechnik, Berlin
Druck und Bindung: Clausen & Bosse, Leck
Printed in Germany
ISBN 3-596-16210-6

Tod eines Klavierspielers

Gott, wie konnte ich nur. Sie hatte es so vor sich hin gesagt, laut, ohne sich dessen bewusst zu sein. Der Taxifahrer drehte sich zu ihr um und überlegte, ob diese Dame eine von denen sei, die ihm gleich die Sitze voll kotzen würde.

Vera schnaubte, als sie seinen Blick sah. Ihr Magen war stabil. Wenn sie sich auf alles so verlassen könnte wie auf ihn. Kopf und Herz waren längst nicht derart verlässlich.

»Ich habe lange nicht mehr gesungen«, sagte Vera, »ich tue es nur noch, wenn ich zu viel getrunken habe.«

Der Taxifahrer beugte sich über das Lenkrad mit Lammfell und gab Gas. Die nächste Kreuzung nahm er bei Rot.

»Der Pianist war wunderbar«, sagte Vera Lichte. Dann lehnte sie sich an die Seitenscheibe und guckte die Tropfen an, die dort zerliefen. Der Regen war heftiger geworden. Auf der Krugkoppelbrücke spritzte das Wasser aus den Pfützen, als das Taxi zu schnell darüberfuhr. Vera gelang nur ein kurzer Blick über die Alster. Ganz hinten glitzerte der Jungfernstieg.

»Ich möchte gerne ganz langsam vorfahren«, sagte sie, »dann kann ich huldvoller winken.«

Der Fahrer hielt sie nun für sehr betrunken. Er war kein Mann mit Humor. Schon gar nicht um vier Uhr morgens bei Regen. Doch sein Eindruck von dieser nicht mehr ganz jungen Dame wurde vom Trinkgeld gemildert, von dem Vera gern viel gab. Ihr gelang auch ein eleganter Ausstieg aus dem Auto, nur den Pashmina zog sie zu lässig hinter sich her, der untere Teil des Schals wies schon dunkle nasse Flecken auf, als sie leichten Schrittes die Stufen zu der breiten Eichentür des Jugendstilhauses hochstieg. Erst in dem alten Aufzug, der mit ihr in den vierten Stock hochruckelte, wurde ihr ein wenig schlecht. Die Wohnungstür war kaum ins Schloss gefallen, da schleuderte sie die Schuhe von sich und ließ sich auf das korallenrote Sofa fallen, das zu keinem anderen Zweck in der großen Diele stand, als die Nachtvögel aufzunehmen, die es kaum noch ins Bett schafften. Veras Vater hatte das Sofa vor vierzig Jahren dorthin stellen lassen.

Der Mensch wird oft überlebt von seinen Sachen. Gustav Lichte war schon lange tot.

»Gott, wie konnte ich nur«, sagte Vera. Sie hatte sich auf dem Flügel des Pianisten gefläzt, als sei sie Michelle Pfeiffer. Ein Wunder, dass sie in dieser Lage noch Töne hervorgebracht hatte. Wenigstens auf das letzte Lied hätte sie verzichten sollen. But my Heart belongs to Daddy. Das war ein Lied für kleine Kätzchen. Sie war zu groß gewachsen dafür.

Vera seufzte. Achtunddreißig Jahre alt und immer noch keinen besseren Kerl gefunden als den eigenen Vater. Wenn auch der Pianist ihr einen Stich ins Herz versetzt hatte wie schon lange kein anderer mehr.

Vera erhob sich und ächzte. Alle Leichtigkeit war dahin. Die Whiskys schienen in ihren Füßen angekommen.

Sie löschte das Licht in der Diele und ging in den dunklen Schlauch hinein, auf das kleine Licht am Ende des Ganges zu, ihre Nachttischlampe, die sie immer anschaltete, wenn sie die Wohnung verließ, egal wie hell der Tag dann noch war.

Ein schrilles Geräusch ließ sie zusammenfahren. Es klang, als sei eine Klaviersaite gerissen. Zerfetzte der Verrückte nebenan jetzt seinen Bösendorfer? Ein schönes Instrument. Er hatte es ihr gezeigt. Aber freiwillig würde sie keinen Schritt mehr in die Wohnung ihres Nachbarn tun. Vera hatte ein Herz für Exzentriker, doch dieser war pathologisch.

Als kleines Kind hatte sie geglaubt, alle Menschen, die Klavier spielten, seien gut. Gustav Lichte war Komponist gewesen.

»Viel zu lange Zeit gehabt, ihn zu verklären«, sagte Vera.

Immer wenn sie betrunken war, schwappte eine große Woge Sentimentalität in ihr hoch.

»Wäre uns schon längst an den Hals gegangen, wenn er noch lebte, der alte Gustav«, sagte Vera.

War ja sonst keiner da, der was laut sagte in dieser großen Wohnung mit zwei Balkonen vorne und Wintergarten hinten.

Vera Lichte ließ die Kleider fallen und stieg in seidener Unterwäsche ins breite Bett. Morgen würde sie versuchen, ein ordentlicher Mensch zu werden. Sie löschte die Lampe und lauschte in den frühen Tag. Kein Ton mehr aus der Wohnung nebenan. Auch die Vögel sangen noch nicht.

»Verakind«, sagte Anni Kock und beugte sich über sie, um den Atemzügen zuzuhören, als fürchte sie, Vera könne am plötzlichen Kindstod gestorben sein. Doch der Geruch von Alkohol sprach eigentlich dagegen. Vera schlug die Augen auf, unter denen die übernächtigte Wimperntusche schwarze Spuren hinterlassen hatte.

»Die ganze Schminke im Kissen«, sagte Anni Kock. Sie war diejenige, die in diesem Haushalt wusch und bügelte. »Und das gute Kleid ist zerknüllt.« Sie pflückte das kleine Schwarze vom Parkett und versuchte, es glatt zu streichen.

»Schließ lieber die Vorhänge wieder«, sagte Vera.

»Wenigstens kein Kerl neben dir.« Anni Kocks Ton blieb vorwurfsvoll. Sie glaubte nicht an häufig wechselnde Bekanntschaften. Lag kein Segen drin.

Gewiegt und gewickelt hatte sie Vera. Ihr nicht gerade die Brust gegeben, aber doch die Flasche. Veras Mutter hatte keinen Tropfen aus sich herausbekommen. Konnte ja auch nicht gut gehen. Vierzig Jahre Altersunterschied zwischen Vater und Mutter. Da blieb einem schon mal die Milch weg.

»Beruhige dich«, sagte Vera, »ich liege ja allein.«

»Dürftest gern einen Prinzen bei dir haben. Einen für ewig.« Anni hatte das romantische Herz der Unverheirateten.

»Was hältst du von einem Pianisten?«, fragte Vera. Sie

schlug die Decke zurück und zeigte weiße, aber schöne April-
beine.

Anni Kock drückte den Pashmina an sich, den sie hinter der
Heizung gefunden hatte. Er war noch feucht. »Doch nicht den
von nebenan?«, fragte sie in ehrlichem Entsetzen.

»Ist der Pianist? Kühler Finger. Ich hab ihn bisher nur Schönberg spielen hören und vielleicht noch Scarlatti.«

»Kenn ich nicht«, sagte Anni.

»Beide nicht fürs Herz«, sagte Vera. Sie griff den grauen
Morgenmantel aus Mohair, ehe Anni ›Zieh dir was an, Kind‹
sagen konnte. Es war kalt in Hamburg. Vielleicht sollte sie
nach Nizza fliegen und die liebe Mutter heimsuchen. Wenn
Anni sie für flatterhaft hielt, war ihr Nelly wohl aus dem Sinn
gekommen. Nelly Lichte hatte die Promiskuität geradezu er-
funden.

»Was war das mit dem Pianisten?«, fragte Anni Kock. Wenn
sie eines in ihren achtundsechzig Jahren gelernt hatte, war es,
die Beute nicht aus den Zähnen zu lassen.

»Jef«, sagte Vera, »und höchstens vier Jahre jünger. Ich habe
auf seinem Flügel gelegen und gesungen.«

Anni schüttelte den Kopf.

»Das Kleid war lang genug«, sagte Vera, »keine Blöße.«

»Du hast doch sonst immer Ältere gehabt.«

»Vielleicht versuche ich meinen Vaterkomplex zu kurieren.«

Vera ging auf das Badezimmer zu. »Kaffee«, sagte sie, »Kaffee wäre gut. Das löst die Zunge.« Sie musste noch betrunken
sein. Was wollte sie erzählen? Dass sie dabei war, den Kopf zu
verlieren, wegen eines hübschen Jungen mit dunklen Locken,
der vielleicht erst Ende Zwanzig war? Zunge lösen. Kopf verlieren. Sie war wirklich kurz vor dem Zerfall.

An diesem Tag kam ihr nur das Teuerste ins Badewasser.
Sprudeltabs, die Energie versprachen, Glück, ein langes Leben.
Das Ergebnis war kein anderes als bei den Fichtennadeltablet-
ten, die Anni immer hineingeworfen hatte, nur nicht so grün.
Vera versenkte sich ins leicht getönte Wasser. Sie zog viel

Schaum vor. Blickdicht. War nicht nötig, noch in der Wanne mit den Kilo zu viel konfrontiert zu werden.

Was hatte sie gestern gesungen, bevor sie in dieses Kätzchenlied geraten war? Here's to Life.

Sie lehnte sich zurück und hatte das kühle Porzellan der Wanne im Nacken und das Wasser in den Haaren. Guckte die weißen Kacheln an, die bis zur Mitte des hohen Raumes gezogen waren. Dort, wo sie endeten, hingen die goldenen Schallplatten. Es war nicht Veras Idee gewesen, sie da oben so ganz unprätentiös unterzubringen. Auch da war Gustav Lichte der geistige Urheber gewesen, Vera hatte in all den Jahren nach seinem Tod nichts daran geändert. Genauso wenig wie am korallenroten Säufersofa vorne in der Diele.

»There is no yes in yesterday«, sang Vera. Vielleicht sollte sie sich wirklich auf diesen Jungen einlassen. Neue Ufer.

»Nu is gut«, sagte Anni, »Kaffee ist fertig.«

Manchmal konnte Anni Kock sogar Englisch.

War es ein Glück für Vera, dass ihr das Geld vierteljährlich auf das Konto floss, ohne eine Mühe ihrerseits? Die vielen leichten Lieder, die ihr Vater im Laufe eines langen Lebens geschrieben hatte, ließen die Tantiemen bei der Gema täglich aufs Neue anwachsen. Papis Geldhaus. Das hatte Vera gesagt, da war sie ganz klein gewesen.

Papi hatte ihr das Geldhaus vererbt. Zwanzig Jahre war sie da alt, zu jung für ein Vermögen. Immerhin hatte sie nach seinem Tod noch ein Jahr am Gesang herumstudiert, im Gedenken an Gustav Lichte, der auf Konstanten in ihrem Leben gehofft hatte, einige andere noch als die Gema.

Es ist auf Erd kein schwerer Leiden, sang Vera. Komm, süßer Tod, sang sie. Dann knallte sie die Noten an einem heißen Sommertag in die Ecke und lief ins Leben hinaus.

Nach Nizza lief sie. Da saß ihre gut erhaltene Mutter in einem Dachgarten am alten Blumenmarkt, mit einem ins Mosaik eingelassenen Pool, Meeresblick und leuchtend lila

Bougainvilleas. Vor Jahren schon war Nelly Lichte bestens abgefunden worden von Gustav und noch immer nicht der jungen Franzosen müde, die ihr und dem Geld und der herrlichen Aussicht den Hof machten. An besonders klaren Tagen war das Cap Ferrat zum Greifen nah, und da hatte schließlich mal Curd Jürgens gelebt.

Doch Mutter und Tochter enttäuschten einander wie schon immer. Nelly Lichte hatte keine natürlichen Instinkte dem eigenen Nachwuchs gegenüber, und Vera war zu verletzt von der mangelnden Mutterliebe, als dass sie nicht mit den jungen Franzosen geflirtet hätte, die sich im Haus aufhielten.

Es war dann ein Italiener aus dem nahen Ventimiglia, der den Bruch herbeiführte. Den vorläufigen Bruch. Denn ihre Brüche hatten bislang immer noch eine letzte kleine Hoffnung auf Versöhnung gelassen. Doch die beiden schönen jungen Menschen so vereint in der Wäschekammer zu sehen, aus der Nelly eigentlich nur ihr gut gebügeltes Leinenkleid holen wollte, das war zu viel für eine Endvierzigerin, die ihr Leben zu sehr auf äußerlichen Qualitäten aufgebaut hatte.

Der Ventimiglianer verließ ihr Haus noch in der Stunde ohne ein einziges Souvenir. Nicht einmal das neue Sakko aus so schlicht sommerlichem Material, wie Seersucker es ist, wurde ihm erlaubt mitzunehmen. Vera durfte ihre Koffer packen und auf den Rückruf des Reisebüros warten, das die Umbuchung vornahm, bevor sie auf dem Flughafen von Nizza stand. Sie hatte das Gefühl, zur Vollwaise geworden zu sein.

Die großen Konstanten in ihrem Leben blieben Anni Kock und die Gema. Bis Leo dazukam.

Leo nahm die Treppen. Eine tapfere Tat von ihr, denn vier Stockwerke eines Jugendstilhauses hatten eine andere Höhe als das lächerliche Fliesenteil aus den Fünfziger Jahren, in dem sie lebte. Oben angekommen blieb Leo stehen, um Atem zu schöpfen, ehe sie an Veras Tür läutete. Aus der Nachbarwohnung drang Klavierspiel. Borstige Töne.

Den Erzeuger dieser Töne hatte sie ein einziges Mal zu Gesicht bekommen. Erstaunlich, dass ein gut aussehender Mann eine so unangenehme Ausstrahlung haben konnte.

Manchmal wurde ihr angst und bange, dass Vera neben diesem Knaben wohnte. Allein in acht Zimmern. Nun, das eine war nur ein halbes, Anni Kock wusch und bügelte darin. Doch gemütlich war das wirklich nicht zu nennen, die zu große Wohnung und dann Dracula nebenan.

Leo läutete. Es wurde ihr aufgetan, ehe sie noch einmal tief durchgeatmet hatte. Anni stand in der Tür.

»Gut, dass du kommst«, sagte sie, »Vera sitzt in der Wanne und singt traurige Lieder.«

»Was ist los?«, fragte Leo.

»Hat sich in einen Klavierspieler verguckt. Jetzt geht das ganze Gesinge wieder los. Dabei hatte sie es doch so gut in deiner Redaktion.«

»Das ist Jahre her«, sagte Leo.

»Kommt mir wie gestern vor«, sagte Anni Kock, »die schönen Geschichten, die ihr beide gemacht habt.«

»Lass sie doch endlich rein«, sagte Vera, die jetzt in der Diele stand und die Enden eines Badetuches festhielt, in das sie sich geschlungen hatte.

»Allein die von diesem Eros«, sagte Anni.

Vera und Leo sahen sich an. Sollte Vera je eine Sinnkrise gehabt haben, dann bei dieser Schickimicki-Zeitschrift, für die Leo immer noch schrieb. Ein paar Jahre hatte Vera es ausgehalten, sich auf die Veloursofas der Hotelsuiten zu setzen, um von Showgrößen die immer gleichen Antworten auf die immer gleichen Fragen zu hören und dabei den glatten Lauf des Aufnahmegerätes im Auge zu haben.

»Hast doch viel Spaß gehabt dabei, Verakind«, sagte Anni, »das sehe ich auf den Fotos.«

In der Bügelkammer hingen die Belegfotos von Veras und Leos Tun. Anni hatte sie mit Nadeln auf die Tapete gesteckt. Veloursofas. Aufnahmegeräte. Showgrößen. Ihr lag viel an der

13

Dokumentation der Karriere des Verakindes. Wenn sie auch nur vorübergehend gewesen war. Hatte sich Gustav Lichte um die Konstanten im Leben seiner Tochter gesorgt, dann war Anni Kock schon eher verzweifelt, dass Vera das Leben derart verströmen ließ. Bei all ihren Talenten.

»Vielleicht legst du ein paar Hörnchen in den Backofen«, sagte Vera, »zum Kaffee. Ich dachte an ein kleines Frühstück.«

Anni sah auf die Dugena an ihrem Handgelenk. Nach zwölf und dann frühstücken. Der Kaffee war ohnehin schon kalt.

Nebenan lief das Klavier zu einem Crescendo auf. Es klang nicht einmal disharmonisch.

»Apropos Klavierspieler«, sagte Leo. Da war Anni Kock schon in die Küche gegangen.

Jef Diem sah jünger aus, als er war. Er hatte das lange Zeit kaum zu schätzen gewusst, doch jetzt mit achtunddreißig Jahren erkannte er die Vorteile. Keinem fiel es dumm auf, dass er noch immer den hübschen Jungen am Klavier gab, nicht einmal mehr ihm selber. Die meisten hielten ihn für einen Musikstudenten, der am Anfang einer Karriere stand und nebenbei in Bars spielte. Das erleichterte es ihm, an die eigene Lebenslüge zu glauben und an Anfänge.

Der Laden, in dem er seit zwei Wochen auftrat, hatte Niveau. Die Leute, die dort verkehrten, kannten nicht nur Strangers in the Night, und noch hatte keiner Yesterday hören wollen.

Jef fing an, Hoffnung für sein Leben zu schöpfen.

Hoffnung schöpfen. Eigentlich hatte er damit erst an diesem Morgen angefangen, als er nach wenig Schlaf aufgestanden und zum Fenster gegangen war, um einen Grund zu finden, den Tag zu beginnen. Da hatte er an die Frau auf dem Flügel gedacht. Legte sich die doch einfach auf den Steinway und sang. Here's to Life. Shirley Horn hatte es nicht besser gesungen.

Jef Diem trank grünen Tee mit Zitronengras an diesem Morgen. Keinen Wodka mit Tomatensaft und Chili, den er sonst für das gesündeste Getränk hielt. Eine Besucherin hatte den Tee dagelassen. Flüchtige Besuche, wie alles flüchtig gewesen war in den letzten Jahren.

Er war achtunddreißig und sah zehn Jahre jünger aus. Blieb ihm da nicht ein ganzes Jahrzehnt mehr, um es besser zu machen? Jef lachte. Über sein Talent zum Selbstbetrug.

Sein größtes vielleicht.

Die Frau auf dem Flügel war alles andere als nur Stimme gewesen, auch wenn diese ihn wirklich beeindruckt hatte. Doch ihm fielen noch weitere Einzelheiten ein. Messingblonde Haare, die sie zusammengeschlungen hatte. Wie eine Krone auf ihrem Kopf. Die sehr helle Haut im schwarzen Kleid. Augen, die skeptisch blickten, während sie von Liebe sang.

Someone to watch over me. Der alte Song von Gershwin. Den hatte sie auch gesungen. Jef ging hinüber zum Klavier, dessen Holzrahmen verzogen war. Doch es gelang ihm, den Tönen einen weichen Klang zu geben. I hope that she turns out to be someone who watches over me. Jef sang mit heiserer Stimme. Klang nach Chet Baker. Vielleicht sollte er allabendlich singen und eine höhere Gage verlangen. Der Laden würde Furore machen, wenn er sang. Wenn sie sang.

Er hoffte sehr, dass sie seinem Flügel wieder die Ehre gäbe. Vielleicht heute Abend schon.

»Zieh doch mal die Nadeln aus den Haaren«, sagte Anni Kock, »sieht ja aus wie ein Mop. Du hättest nicht so ins Bett gehen dürfen mit dem Durcheinander auf dem Kopf.«

Leo war gegangen. Wenn auch die Zeit der Mittagspause in ihrer Redaktion großzügig bemessen wurde, so doch nicht tageweise, und der Tag war schon fortgeschritten gewesen, als sie sich verabschiedete. Draußen sah es aus wie später Abend, so schwarz waren die Wolken.

Kein Wetter, das zum Weiterleben anregt, hätte Gustav Lichte gesagt, doch er hatte schließlich achtundachtzig Jahre lang alle Wetter ausgehalten.

Vera blickte in das antike Glas des Spiegels, der in der Diele

15

hing, und fing an, die Nadeln aus ihren Haaren zu lösen. Einen Augenblick lang hatte sie geglaubt, ihren Vater zu hören, der vom Wetter sprach. Vielleicht sollte sie einen Exorzisten kommen lassen. Hinter ihr ging Anni vorbei. In ihrem alten Regenmantel, Leopard, gechinzt. Ein abgelegtes Teil von Veras Mutter. Anni Kock trug es seit vielen Jahren.

»Hilft ja nichts«, sagte Anni, »rein in den Regen.«

»Du kannst gerne bleiben«, sagte Vera. Sie hoffte, dass Anni blieb. Die leere Wohnung ging ihr heute an die Nerven.

»Muss mich mal um meine eigene Bude kümmern.«

Vera hatte schon öfter angeregt, dass Anni eines der acht Zimmer bezog und die eigene Bude aufgab. Vergeblich.

Bin mit keinem Kerl zusammengezogen und zieh auch nicht zu dir, hatte Anni gesagt. Die kleine Wohnung zwei Straßen weiter war die letzte Verteidigung von Individualität in einem Leben, das sie den Lichtes gewidmet hatte.

»Gehst du heute Abend aus?«

Vera war zu sehr in die Betrachtung des eigenen Profils versunken, um zu antworten. Der alte Spiegel zeichnete vieles weicher. Vera wusste um den Betrug, doch sie ließ sich gerade in diesem Augenblick gern darauf ein.

»Im Kühlschrank steht ein Kartoffelauflauf. Nur noch in den Backofen schieben. Vierzig Minuten«, sagte Anni.

Vera nickte. Vielleicht war sie doch noch jung genug, um sich auf diesen Jungen am Klavier einzulassen.

»Morgen um zehn«, sagte Anni und ging zur Tür hinaus.

Die Tür fiel ins Schloss, und danach war die Stille laut.

Etwas war anders an diesem späten Nachmittag. Vermutlich war sie nicht länger in der Lage, allein zu leben, kaum, dass sich die Verliebtheit eingeschlichen hatte.

Noch einige Lampen mehr anschalten. Das Radio. Sich an das alte Klavier setzen, auf dem Gustav Lichte alle seine Lieder komponiert hatte. Singen. Ein Geschrei machen.

Vera ging in eines der vorderen Zimmer. Das mit dem größeren Balkon. Beinah schon eine Terrasse.

Sie setzte sich an das Klavier und blieb still sitzen.

Doch sie fuhr zusammen, als sie den Schrei hörte. Einen hohen Schrei. Vera sah auf die Noten, die vor ihr standen.

Grieg. Hochzeitstag auf Troldhaugen. Spielte sie das?

Hatte sie eben einen Schrei gehört?

Vor einer kleinen Weile hatte Vera geglaubt, die Stimme ihres Vaters zu hören, die vom Wetter sprach.

Warum sollte der Schrei wahrer sein?

Vera lauschte in die Wohnung hinein und stand dann auf. Das Unbehagen abschütteln. Die Haare waschen. An diesem Abend wollte sie mit offenen Haaren auf dem Flügel liegen.

Er hatte sich geärgert über die dralle Dame. Die zufälligen Bekanntschaften brachten es nicht. Das alles bedeutete zu viel Vorbereitung, um dann doch nur an ein aufgeplustertes Huhn zu geraten, das ihm alles verdarb.

Philip Perak hörte die kläglichen Geräusche, die laut genug waren, um zu ihm nach vorne zu dringen.

Das Huhn saß im hintersten der Zimmer und heulte.

Dabei hatten die Spitzen dieser herrlichen Stilettos von Stephane Kélian die Haut nur leicht geritzt. Perak griff nach dem einen Schuh, der die Platte mit den Austern nur knapp verfehlt hatte. Die Austern konnte er wegwerfen.

Er drehte das Teil aus perlmuttfarben schimmerndem Leder in der Hand, als sei er der Bote des Königs, der den passenden Fuß dazu suchte. Es war tatsächlich ein Schuh für schmale kleine Füße. Das hier war kein Travestieschuppen.

Perak fand den zweiten der Stilettos unter dem Bösendorfer. Hingeworfen, auch er. Philip Perak haßte Unordnung.

Am Anfang der hysterischen Szene hatte das Seidenkleid gestanden. Zu eng für das Huhn. Er hatte ihre Maße nicht im Kopf gehabt, im Nachtclub schien sie ihm schlanker.

Doch sie war ganz verrückt darauf gewesen, in diesen seidenen Schlauch zu steigen. Zerrte am Reißverschluss, der sich nicht schließen ließ. Er hatte ihr nur geholfen.

Den Reißverschluss hochgezogen. Nicht nachgegeben, als die Haut ihres Rückens in die kleinen Zähne geriet.

Philip Perak setzte sich an den Bösendorfer.

Schönberg würde helfen, den Ärger zu lindern. Das sechste Klavierstück vielleicht. Aus dem Opus neunzehn. Unter dem Eindruck des Todes von Gustav Mahler geschrieben.

Er legte die Hände auf die Tasten des Flügels. Schmale Hände. Schöne Hände. Doch dann spielte er ein anderes Stück. Debussy. Aus den Six Epigraphes Antiques.

Er hatte vor, es so lange zu spielen, bis das Huhn aus dem hinteren Zimmer gekommen war. Einen Cognac wollte er ihr noch anbieten. Vielleicht den guten Hine Antique.

Das passte doch zu Debussy. Ein Gesamtwerk sozusagen.

Und dann durfte sie gehen.

Vera hörte den Debussy zum sechsten Mal, seit sie in der Diele stand und die nassen Haare vor dem alten Spiegel kämmte. Pour L'Egyptienne. Ein ungewöhnliches Stück für ihren Nachbarn. Fast schon gefällig.

Was wollte er damit übertönen? Die letzten Seufzer seines Opfers? Vera glaubte nun sicher, einen Schrei gehört zu haben, der von nebenan gekommen war.

Vor einem halben Jahr noch hatte dort drüben eine große laute Familie gelebt, deren Kinder viel in Veras Küche saßen, von Anni mit Essen und Geschichten versorgt.

Eine geliehene Geborgenheit für Vera, doch sie hatte sich kaum je einsam gefühlt. Selbst der Lärm, der durch die Wände drang, war gemütlich gewesen. Erst seit sie Philip Perak da wusste, kam sie sich in der eigenen Wohnung wie auf dem Mond vor. Ein Mann, der in der Nacht Saiten zerriss und an Nachmittagen Frauen dazu trieb, Schreie auszustoßen. Lustvoll hatte es nicht geklungen.

Sechs Schläge der französischen Pendeluhr. Anni musste das eine Gewicht wiedergefunden haben. Die Uhr hatte tagelang still gelegen. Das konnte nur in ihrem Haushalt passieren, dass das bleischwere Gewicht einer ländlichen Uhr aus dem Limousin verschwand.

Endlos Zeit noch, bis es sinnvoll war, in die Bar zu gehen.

Es sollte so aussehen, als schneie sie nach einem nächtlichen Bummel hinein. Das Leben ein Zufall.

Nebenan wurde noch immer Debussy gespielt. Vera ging in ihr Schlafzimmer und kehrte mit dem Föhn zurück. Sie hatte heute nicht die Absicht, in einen anderen Spiegel zu gucken als in das liebe gute Ding, das in der Diele hing.

Den nächtlichen Bummel vor dem Barbesuch wollte sie an Nicks Küchentisch verbringen. Leos langjähriger Verlobter tat ihrer lädierten Seele gut. Kein anderer wirkte so beruhigend wie er, vielleicht zu beruhigend für Leo, die noch immer auf getrennten Haushalten bestand.

Vera schüttelte ihre Haare und schaltete den Föhn aus und hörte gerade noch die letzten Klänge des Debussy, bevor er dann aufs Neue einsetzte.

Vielleicht war sie einmal in Nick verliebt gewesen, damals, als er gerade in Leos und ihr Leben gekommen war. Ein paar scharf geblitzte Bilder hatte er auf Leos Schreibtisch gelegt.

Kontrastreiche Schwarzweißfotos, die einen Politiker zeigten, der diesmal nicht als Biedermann verkleidet war, sondern seine gierigen Hände an zwei viel zu junge Mädchen legte.

Leo hatte die Fotos mit großem Bedauern abgelehnt, das Blatt, für das Vera und sie arbeiteten, war von der Sorte, die den Biedermann mit seiner Gattin in Bayreuth abbildete.

Nick war noch unerfahren gewesen, ein Fotograf, der an Gerechtigkeit glaubte. Er tat es immer noch. Doch seine Hoffnungen wurden kleiner. Zu viele Tote, auf die er die Kamera hielt, zu viele zerschundene Kinder, viel zu viele selbstgerechte Gesichter. Und er hatte gelernt, wem er welche Bilder vorlegte. Zu Leo kam er nicht mehr.

Der Debussy brach jäh ab. Vera setzte den Kajalstift an und verwackelte den Strich am linken Auge, als nebenan die Tür zugeschlagen wurde. Zu hundert anderen Gelegenheiten hätte

19

sie es so gelassen, doch heute griff sie nach einem Kleenex und begann von vorne. Lange hatte sie nicht mehr solch eine Sehnsucht danach gehabt, schön zu sein. Obwohl sie dann auch ihre Nase neu einzeichnen sollte. Vera hatte die Nase von ihrem Vater, die großzügig war wie alles, was Gustav Lichte zu vergeben gehabt hatte.

Das schwarze Kleid von Gucci, das lange, dann musste sie nicht wieder am Saum zupfen, während sie sang. Vielleicht sollte sie das überhaupt stehend tun. Nur keine Gewohnheit daraus machen, auf einem Flügel herumzuliegen. Schauen, wie sich der Abend gestaltete.

»Perfect for cocktails. But not for brunch«, sagte Vera, als sie in voller Montur vor dem Spiegel stand. Das Kleid war eine Wucht. Die Kette mit den großen bunten Glassteinen, die sie in Mailand gleich dazu gekauft hatte, auch. Nick würde sie so gar nicht in die Küche lassen wollen, er hatte es gerne ein wenig schlichter, der gute Junge. Doch Jef wusste einen großen Auftritt zu schätzen. Dessen war sie sich sicher.

Es war Viertel nach sieben, als Vera die Wohnung verließ.

Sie hatte die beiden Innentüren des alten Aufzuges schon geschlossen, als von außen daran geklopft wurde.

Eher ein Reflex, dass Vera sie noch einmal öffnete.

»Nehmen Sie mich mit?«, fragte Philip Perak und lächelte.

Er sah wirklich aus wie Graf Dracula vor seiner Gruft. Die Haut weiß. Die Haare und die Augen dunkel. Ein schmaler Oberlippenbart. War Christopher Lee nicht glatt rasiert gewesen? Vera versuchte, sich auf den erstklassigen Anzug zu konzentrieren. Austerngrauer Flanell. Zweireihig. Ein völlig unverdächtiges Kleidungsstück.

Perak zog seine Brauen hoch, als er das Gesamtbild von Vera aufnahm. Er nickte. Dann erst trat er in den Aufzug.

»Sie gefallen mir«, sagte er, »Sie gefallen mir sehr.«

Er hörte gar nicht auf zu lächeln.

»Was ist das?«, fragte Nick. »Der Einzug der Königin von Saba?«

»War die so gut angezogen?«, fragte Vera.

»Bei Salomo zu Besuch, da hat sie sicher das gute Kleid aus dem Schrank geholt«, sagte Nick, »schließlich war er der Herrscher von Israel und Juda.«

Vera trat in die Küche und ihr Blick fiel als Erstes auf die Bilder, die auf dem großen Tisch aus Lindenholz lagen. »Warum verbringt ein gebildeter Mann sein Leben damit, lauter Leichen zu fotografieren?«, fragte sie.

»Vier Leichen«, sagte Nick, »eine davon ist heute Vormittag gefunden worden. An der Krugkoppelbrücke.«

»Das ist aber nah«, sagte Vera.

»Nah bei dir«, sagte Nick und sah mit ihr auf die großen Farbabzüge. Vier Frauen. Keine von ihnen konnte lange tot gewesen sein. Sie sahen schlafend aus. Nicht schrecklich.

Nur die bläulichen Verfärbungen am Hals und die Male über den Verfärbungen waren auffallend. Kleine Halbmonde.

»Sie haben alle die gleichen halbmondförmigen Male«, sagte Nick. »Fingernagelspuren. Das passiert häufig bei Tod durch Erwürgen. Nur glaube ich, dass diese Male hier von den Händen desselben Täters stammen.«

Nick nahm die Fotos und trug sie aus der Küche. Er kehrte mit einer Flasche Wein zurück, die er zu entkorken begann. »Warum bist du so dezent aufgemacht?«, fragte er.

»Das ist für den späteren Abend«, sagte Vera. »Weiß man, wer die Frauen sind?«

»Zwei von ihnen sind identifiziert. Eine Sängerin, die über die Dörfer tingelte, und eine Serviererin. Sie sind im Abstand von sechs Tagen gefunden worden. Letzten September.«

»Und du warst immer dabei?«

»Bei der ersten zufällig. Bei der zweiten glaubten wir schon an eine große Geschichte.«

»Und die dritte?«

»Im November. Immer noch die große Geschichte.«

»Die nicht geschrieben worden ist.«

»Nein«, sagte Nick, »vielleicht wird sie es jetzt. Trinkst du einen Rheingauer Riesling?«

»Immer«, sagte Vera, »auch einen Underberg.«

»Sind die Fotos dir auf den Magen geschlagen?«

Vera hob die Schultern. »Die Frau, die sie heute Vormittag gefunden haben, die lag sicher schon um vier Uhr morgens unter der Brücke. Oder?«

»Sicher«, sagte Nick, »warst du da?« Er hielt das Glas gegen das Licht des schwarzeisernen Kronleuchters, der über dem Lindenholztisch hing. Blassgold war der Wein.

»Ich bin in hohem Tempo über die Brücke gefahren.«

»In einer eleganten Limousine. Sagen wir Jaguar. An der Schulter des Mannes liegend, dem du später am Abend die Königin von Saba geben wirst.«

»Nicht völlig falsch«, sagte Vera. Sie hörte neben dem Frotzeln noch einen ganz anderen Ton. »Kommt Leo?«, fragte sie.

Nick trank sein Glas in einem Zug aus. »In die Küche eines Fotografen für Elendsgeschichten?«, fragte er und füllte das Glas erneut mit dem Riesling aus dem Rheingau.

Vera sah auf die kurz geschnittenen Nägel ihrer Hände. Kein Lack. Man konnte nicht an alles denken.

»Vielleicht sitzt sie im Darling Harbour, isst Steinbutt und guckt dabei auf den Hafen«, sagte Nick.

»Im Darling Harbour gibt es auch Currywurst.«

»Sie hat einen Liebhaber. Irgendeine Glamourgestalt. Da isst sie keine Currywurst.«

»Nein«, sagte Vera, »das hätte sie mir erzählt. Leo hat heute stundenlang auf meinem Sofa gesessen.«

Nick sah auf einmal aus wie ein trauriger Hund.

»Dich machen deine toten Frauen fertig«, sagte Vera. Sie hatte sich das Vorabendprogramm an Nicks Küchentisch ganz anders vorgestellt. Die Flasche war auch schon leer.

Doch Nick stand auf, um eine neue zu holen. Aufmerksamer Säufer, der er war. »Keine älter als dreißig«, sagte er.

»Zwei von ihnen sind doch noch gar nicht identifiziert.«

»Du hast sie gesehen. Gleicher Typ. Gleiches Alter.«

»Und an den Halbmonden kannst du erkennen, dass es derselbe Täter war?« Vera klang zweifelnd.

»Da ist noch etwas anderes«, sagte Nick. Er griff in die Brusttasche seines Hemdes und holte eine Lupe hervor.

»Teilst du deine Erkenntnisse eigentlich den Kripoleuten mit?«, fragte Vera. Sie wollte die Fotos nicht mehr sehen.

»Sie werden selbst darauf kommen. Versuchst du, ihnen was vorzusagen, nehmen sie es nicht ernst genug.«

»Ich wüsste es, wenn Leo einen Liebhaber hätte«, sagte Vera.

Nick schüttelte den Kopf. »Alle Anzeichen deuten darauf hin«, sagte er, »ich bin ihr zu langweilig. Sie hat mich satt.«

»Reine Suggestion. Du hast dich selber satt. Deinen Job. Die Schreckensbilder, mit denen du täglich umgehst.«

»Trink dein Glas leer und dann guckst du bitte nochmal auf die Bilder«, sagte Nick. »Ich will wissen, ob es dir auch auffällt.«

Vera schob das Glas zur Seite. Sie hatte jetzt schon zu viel. Vielleicht hätte sie vorher vom Kartoffelauflauf essen sollen.

Früher hatte Anni Kock eine Dose Ölsardinen geöffnet, ehe Vera abends das Haus verließ, und nicht nachgegeben, bis jede einzelne Sardine gegessen war. Kannst du die Kerle unter den Tisch trinken mit all dem Öl im Magen, hatte sie gesagt.

Nick wischte mit dem Hemdärmel über den nassen Abdruck, den das Glas hinterlassen hatte, und legte die Bilder vor Vera auf den Tisch. Vera zögerte, die Lupe zu nehmen, die da lag.

»Komm schon. Du hilfst mir damit.«

»Wer kann sich da verweigern«, sagte Vera. Sie betrachtete die vier Bilder. Sorgfältig. Dann sah sie Nick an. »Sieht aus wie eine winzige Tätowierung«, sagte sie, »und alle vier haben es am unteren Teil des Halses.«

»Kannst du erkennen, was es ist?«

Vera nahm noch einmal die Lupe vors Auge. »Klingt verrückt, aber ich sage, es sind Buchstaben. Vier verschiedene.«

»Erkennst du sie?«

»Eindeutig ein E. Ein M. Das dritte könnte ein Kratzer sein oder vielleicht auch ein I. Dann ein O.«

»Ich denke ein D«, sagte Nick. Er nahm die Bilder und legte sie in anderer Folge vor Vera hin. »Eine chronologische Ordnung der Tode. Das D als erster Buchstabe. Das M als Letzter.«

»Diem«, sagte Vera, »hoffentlich gibt es nicht noch ein Carpe.«

»Gibt es Augenblicke, in denen du ganz und gar ernst bist?«

»O ja«, sagte Vera, »dies ist zum Beispiel einer. Nur habe ich heute nicht ganz die Nerven, mich auf perverse Mörder einzulassen.«

Nick sah gekränkt aus. Er sammelte die Fotografien ein und legte sie oben auf den Küchenschrank. Eine nostalgische Blechdose von Kölln Haferflocken stand dort und wurde von künstlichem Efeu umrankt. Die Wohnung zeigte ohne Zweifel weibliche Züge.

»Du solltest den Kripoleuten das D I E M nicht vorenthalten.«

»Nein«, sagte Nick, »sollte ich nicht.«

»Hoffst du immer noch auf die große Geschichte?«

»Du und ich kommen doch beide in das Alter, in dem wir denken, dass das noch nicht alles gewesen sein kann.«

»Herrje nochmal, Nick«, sagte Vera, »du kannst einem heute tatsächlich den letzten Nerv rauben.« Sie klang verärgert und wusste doch, dass er nah an der Wahrheit war.

»Leo will wohl auch noch was aus der Wundertüte holen«, sagte Nick, »und wo willst du nachher noch hin?«

»In eine Bar auf dem Kiez. Da spielt einer Klavier, der mein Leben umkrempeln könnte.«

Nick sah sie aufmerksam an. »Pass auf dich auf«, sagte er und wusste gar nicht, warum er das sagte. Wahrscheinlich doch nur aus einer kleinen Eifersucht und weil er wirklich schlecht drauf war an diesem Abend.

»Joey, Joey, Joey«, sang Vera und dachte Jef, Jef, Jef. »You been too long in one place and it's time to go«, sang Vera.

»Travel on«, sang Vera und wünschte sehr, dass er bliebe. Hatte sie je in den vergangenen vierundzwanzig Stunden Zweifel gehabt an ihrer jähen Verliebtheit, dann waren die vergangen, als sie Jef am Klavier sitzen sah.

Kurz nach Mitternacht war Vera in den Laden gekommen, ganz nach Plan, obwohl ihr der Abend doch schon am Anfang aus den Fugen geraten war. Schrecklich, auch wenn sie das kaum vor sich selber eingestehen konnte, aber sie hatte den traurigen Nick und seine toten Frauen in dem Augenblick vergessen gehabt. Nicht mal an Leo und ihren vermeintlichen Liebhaber dachte sie länger. Nur noch, dass Jef der hübscheste Junge war, der ihr seit langer Zeit vor die Augen gekommen war. Dabei hatte sie nie auf hübsche Jungen mit dunklen Locken gestanden. Das war die Domäne ihrer Mutter gewesen, die sich nur einmal in ihrem Leben einem großnasigen Herrn mit Halbglatze und Geld genähert hatte. Gustav Lichte.

Joey. Joey. Joey. Vera hatte sich einfach in das Lied fallen lassen, als Jef die ersten Takte spielte. Alles an ihm hatte ausgestrahlt, dass sie genau das tun sollte. In Lieder fallen.

In Liebe fallen. Sich an den Flügel lehnen. Star des Abends.

»That's what the wind sings to him«, sang Vera.

Viele Herren und ein paar Damen scharten sich um die kleine Bühne. Keiner schien in Frage zu stellen, dass Vera genau dahin gehörte. Nicht einmal der Besitzer der Bar.

»Do nothin' till you hear from me«, flüsterte Jef in die letzten Takte, und Vera nickte nur und sang Duke Ellingtons Lied und staunte selbst, dass sie all diese Texte im Kopf hatte.

By heart, dachte Vera. Vielleicht war es nur ein weiteres Zeichen ihrer Zusammengehörigkeit, dass er genau die Lieder spielte, die ihr vertraut waren.

Später, am frühen Morgen, würde sie seinen Namen sagen, als singe sie ihn. Lang. Gedehnt. Jef.

Meine Mutter kam aus Lüttich, würde er sagen.

»Da heißen die Jungen Jef?«

»Manche heißen Jef«, sagte Jef Diem.

Die Wohnung schien auf ganz andere Art still, als sie es sonst war, wenn Vera noch schlief. Anni Kock wusste schon, dass keine Vera im Bett liegen würde, als sie die Tür hinter sich schloss und vorne stehen blieb. Am Ende des langen Flurs leuchtete die kleine Nachttischlampe.

Kurz vor zwölf schon. Anni hatte um zehn Uhr da sein wollen, doch sie war aufgehalten worden. Die weibliche Leiche von der Krugkoppelbrücke hatte sich als eine herausgestellt, die sie anging. Gestern Abend hatte Anni es in den Nachrichten gehört und noch nicht wissen können, dass die junge Frau ihre Nachbarin gewesen war. Hatte kaum je gegrüßt. Sich nicht vorgestellt beim Einzug vor knapp einem Jahr. Aber es war doch ihre Nachbarin, die einen hässlichen Tod gestorben war.

Das war schon alles gewesen, was Anni Kock der Kripo hatte sagen können. Kaum je gegrüßt. Kein Kontakt. Dabei war es nicht einfach, mit Anni keinen zu haben. Ab und zu mal ein Mann im Treppenhaus, der schnell eingelassen wurde, als sollte er nicht zu lange gesehen werden. Abends. Am Tag war Anni nicht da. Wer weiß, was dann geschah.

Anni Kock hob die Schultern und sah sich im Spiegel dabei zu. Kleine dünne Frau, die allmählich alt wurde. Wirklich alt. Der Schreck stand ihr im Gesicht, auch wenn man sich nicht gekannt hatte, war doch alles fürchterlich.

Verakind, dachte Anni. Wer wusste schon, welch eine Bestie sich hier herumtrieb, und Vera hatte Flausen im Kopf und lag nicht in ihrem schönen Bett, sondern anderswo herum.

Sagte einem keiner vorher, dass man nie aufhört, Angst zu haben um die Kinder. Egal, wie alt sie sind.

Anni erinnerte sich genau, wie es gewesen war, als ihr Vera zum ersten Mal in die Arme gelegt wurde. Gustav Lichte hatte es getan. Das winzige Kind in Annis Arme gelegt.

Der Föhn lag auf dem kleinen Tisch unter dem Spiegel, das

Kabel hing herunter. Anni griff danach und legte das Kabel zusammen und fand auch das dicke Gummiband.

Ordentlich würde Vera wohl nicht mehr werden. Anfangs hatte Anni gedacht, wenn sie erst mal kein Kind mehr ist.

Lass die Pubertät vorübergehen, hatte sie dann gedacht.

Doch jetzt dachte sie, dass Vera auch ihr Totenbett noch zerwühlen würde. In hundert Jahren vielleicht. Lieber einige Jährchen drauf tun. Konnte nicht schaden.

Anni trug den Föhn nach hinten und fing fast ein bisschen zu weinen an, als sie über den Flur ging. Was war bloß los mit ihr. Alte Tränensuse. Der Mord ging ihr heftig an die Nieren. Nah, wie er passiert war. Ein paar hundert Meter von hier.

Vera hatte nie eine andere Wohnung haben wollen als die, in der sie aufgewachsen war. Ließ sich ja schön leben hier, die hellen großen Räume mit dem herrlichen Stuck, drei Balkone und der weite Blick bis hin zur Alster.

Aber so ganz allein. Anni wollte sich gerade mit dem Ärmel ihres Kittels über die Augen wischen, da stellte sie fest, dass sie noch immer ihren Leopardenchintz anhatte.

Wenn doch Vera käme, dann wäre sie eine Sorge los.

»Kannst dich auch reinsteigern«, sagte Anni Kock ganz laut.

Sie zog den Mantel aus und hängte ihn an die Garderobe.

Wiener Kaffeehausstil. Auch daran nie was verändert.

War doch eine sehr treue Seele, das Kind.

Anni ging in die Küche und guckte in den Kühlschrank, um den Kartoffelauflauf jungfräulich darin stehen zu sehen.

Sie seufzte und nahm den Wasserkessel. Der war neu. Von Alessi. Vera hatte vorigen Monat groß eingekauft in Mailand. In der Speisekammer lag noch immer ein Kilo Parmesan. In ein Leinentuch gewickelt. Wenn das nur gutging und der Käse nicht verschimmelte.

Erst mal Kaffee kochen. Der machte wenigstens munter.

Anni Kock war gerade dabei, den frisch gemahlenen Kaffee auf einen kleinen Löffel zu häufen und in die Filtertüte zu tun, als sie heftig zusammenschrak. Das Kaffeepulver fiel neben die

Herdplatte, und fast hätte sie die Kanne mit dem Filter oben drauf umgeschmissen. Gott o Gott, dachte Anni und wunderte sich, dass sie zu zittern angefangen hatte. Was war denn nur mit ihren Nerven los. Sie wischte sich die Hände am Kittel ab und ging in den Flur hinein.

Schließlich hatte es doch nur an der Tür geklingelt.

Nick zögerte, der Kripo von den Tätowierungen zu erzählen.

Es war ohnehin ein seltenes Glück, dass sie ihn zuließen am Tatort. Als sei er Polizeifotograf. Vielleicht hatte der Leiter der Kommission längst vergessen, dass er keiner war.

Ein Zufall, dass er dabei gewesen war, als die erste Tote im letzten September gefunden wurde. Die Jungs von der Kripo und er waren wegen eines ganz anderen Themas unterwegs gewesen, als sie alarmiert wurden, weil vier Straßen weiter die Sängerin entdeckt worden war. Verwilderter Garten eines Hauses, das schon lange leer stand. Zwei Zehnjährige hatten dort eigentlich nur Äpfel klauen wollen.

Sechs Tage später hatte ihn Pit angerufen, ein Kripomann, der ihm gut gesonnen war. Ich hab da was für dich, hatte er gesagt. Die zweite Tote. Der gleiche Typ. Die gleichen Male.

Im November dann die dritte, die noch nicht identifizierte.

Gestern Vormittag hatten Pit und er nur einen langen Blick ausgetauscht, als sie an der Krugkoppelbrücke standen. Keine Frage, dass sie nicht die Einzigen waren, die längst ahnten, dass die vier Frauen denselben Mörder hatten.

Doch Nick wollte es nicht auf die Spitze treiben. Sich nicht noch mehr einmischen. Selbst Pit schien nervös zu werden und hatte ihn gestern Vormittag vom Fundort gedrängt, als er weitere Fotos machen wollte.

Nick legte die Lupe auf den Schreibtisch und stand auf, um zum Fenster zu gehen. Der Himmel zerriss sich zwischen einem blassen Hellblau und dem drohend dunklen Grau der vergangenen Tage. Leo sei einen Tag in Berlin, hatte es in der Redaktion geheißen, als er eben dort angerufen hatte.

Sonst teilte sie ihm das vorher mit. Sie war auf dem Sprung. Weg von ihm. Nick spürte das.

Er ging zum Telefon und gab die Nummer ihres Handys ein. Not available. Vorübergehend nicht erreichbar. Nick hasste Handys. Viel besser, in sich die Hoffnung zu nähren, der andere habe nur kein Telefon in der Nähe.

Nick hatte den Hörer gerade aufgelegt, als seines klingelte und er Anni Kocks Stimme hörte, die ihn nach Vera fragte.

Nein. Vera war nicht bei ihm. Was dachte Anni bloß.

»Ist ja nur wegen dem Mord in meinem Haus, dass ich so nervös bin«, sagte Anni.

Es klärte sich für Nick im nächsten Moment auf, dass sie von der Toten an der Brücke sprach.

»Kann ich zu dir kommen, Anni? Bist du bei Vera?«

Anni seufzte auf. Endlich einer, der wusste, was Not tat.

Wirklich schade, dass Vera sich damals nicht den Nick geschnappt hatte. Sie hätte es gerne gesehen.

Jef am Klavier. Die nackten Schultern, auf denen ein Streifen Sonne liegt. Die Locken, die lang in den Nacken fallen.

Auf dem Sofa sitzt Vera, nur ein Hemd von Jef auf dem Leib, und sieht ihn an, wie er da an seinem Klavier sitzt, und wartet auf den Streifen Sonne, der sie bald erreicht haben sollte.

This is not sometimes, spielt Jef, this is always, und Vera weiß nicht, warum sie das kaum glauben will. Vielleicht ist es doch nur die Angst, zu viel zu früh zu wollen. Vielleicht auch die Ahnung, dass diese Liebe wehtun wird.

Der Streifen Sonne ist bei Vera angekommen. Sie hält ihm ihr Gesicht entgegen. Sie wird ihn genießen.

Anni wird alt, dachte Nick. Auf einmal wird sie alt. Er saß am Küchentisch und sah in ihr sorgenvolles Gesicht. Wollte sie wirklich ein achtunddreißigjähriges Kind behüten?

»Wovor hast du Angst?«, fragte er und rührte im Kaffee.

»Ist noch Kuchen da«, sagte Anni, »vorgestern gebacken,

aber Hefekuchen hält sich immer lange.« Sie stand auf und ging zum Kühlschrank. »Parmesan kannst du auch haben.«

Nick schüttelte den Kopf und schaute zu, wie sie den Kuchen von der Klarsichtfolie befreite und ein dickes Stück abschnitt.

»Und du?«, fragte er, als sie den Teller vor ihn stellte.

»Hab heute Gegrummel im Magen.«

»Der Mord«, sagte Nick.

»So eine junge Frau noch. Vielleicht so alt wie Vera.«

»Erzähl mir von deiner Nachbarin. Könnte sein, dass es da Ähnlichkeiten mit drei anderen Frauen gibt, die vermutlich vom selben Täter getötet wurden.«

Anni ließ sich in den Korbsessel fallen, der am Kopfende des Küchentisches stand. »Auch das noch«, sagte sie.

»Warum hast du Angst um Vera? Sie ist schon als Kind nicht brav an deiner Hand gegangen. Die passt auf sich auf.«

»Kannst du nicht wissen. Kennst sie doch erst zehn Jahre.«

»Elf«, sagte Nick.

»Woher weißt du das von den drei anderen Frauen?«

»Ich bin seit dem ersten Mord an der Geschichte dran. Mit freundlicher Genehmigung der Kriminalpolizei.«

»Waren sie alle im gleichen Alter?«, fragte Anni.

»Ungefähr«, sagte Nick.

»Vera hat noch nie ein Händchen für Männer gehabt.«

»Aha«, sagte Nick, »das ist es also. Der neue Liebhaber, zu dem die Königin von Saba gestern Nacht noch ging.«

»Kennst du ihn?« Anni klang misstrauisch.

»Nein«, sagte Nick, »er ist Klavierspieler in einer Bar.«

Anni wischte diese Information mit einer Handbewegung beiseite. »Weiß ich doch«, sagte sie.

»Was regt dich das auf? Willst du für Vera einen Arzt oder einen Anwalt? Ihr Vater war doch auch Künstler.«

»Gustav Lichte«, sagte Anni andächtig, »der war ein Herr.«

»Erzähl mir von deiner Nachbarin.«

»Ich hab diesmal so ein komisches Gefühl«, sagte Anni.

Sie leckte eine Fingerkuppe an und tupfte Kuchenkrümel auf.
»Was soll ich dir erzählen«, sagte sie, »viel weiß ich nicht.«

Es waren zwei Besonderheiten, die Vera irritierten, als sie in die Wohnung kam. Die erste war die männliche Stimme in der Küche, die sie nicht gleich zuordnen konnte und erst ein paar Sekunden später als die von Nick erkannte. Die zweite waren die Noten, die auf dem Säufersofa in der Diele lagen, auf das sie gerade ihre kalbslederne Kellybag schmeißen wollte.

Klaviernoten für vier Hände. Hindemith. Sonate 1938.

Vera ließ die Tasche neben das Sofa fallen und guckte kurz auf das erste Notenblatt, doch alles, was sich ihr erschloss, war, dass es ihr an Virtuosität mangelte für dieses Stück.

Die Karte, die von einer kleinen silbernen Klammer gehalten am unteren Rand des Blattes klemmte, sah sie nicht.

Erregte Laute kamen aus der Küche, für die Vera auch keine Erklärung fand, doch da kam schon Anni den Flur entlanggeflogen und fiel ihr in die Arme, als sei eine Totgeglaubte nach Hause gekommen.

»Fasse dich«, sagte Vera, »ich bin schon groß. Das ist doch nicht das erste Mal, dass ich über Nacht weg bleibe.«

»Vorher war hier auch noch kein Mord geschehen, und dabei ist es schon der vierte und alle Leichen sind in deinem Alter.«

Vera sah Nick an, der im Türrahmen der Küche stand.

»Die Tote ist Annis Nachbarin«, sagte Nick.

»Ich habe Nick angerufen, weil ich doch dachte, er wüsste, wo du eine Nacht und den halben Tag lang steckst.«

»Und da er darüber nicht viel sagen konnte, hat er dir gleich vier Morde aufgetischt«, sagte Vera und klang verärgert.

»Anni ist auch schon groß«, sagte Nick. »Ganz abgesehen davon steht der gestrige in allen Zeitungen.«

»Sie stellen noch keinen Zusammenhang zu den anderen her?«, fragte Vera und spürte ein Unbehagen.

Nick hob die Schultern. »Sieht nicht so aus«, sagte er.

»Was hast du da eigentlich an?«, fragte Anni.

Vera guckte an sich hinunter. »Mein Kleid aus Mailand«, sagte sie. »Ich hatte nichts zum Wechseln dabei.«

»Schlechte Planung«, sagte Nick, »aber ich nehme an, Anni meint die entzückend zerrissene Jeansjacke.«

»Die gehört Jef«, sagte Vera und ging in Guccikleid und Jacke in die Küche, um sich auf den nächsten Stuhl fallen zu lassen. Sie warf einen Blick auf den Kuchen. »Hatten wir nicht einen Kartoffelauflauf, Annilein?«, fragte sie. Es konnte Anni nur gut tun, wenn sie mal wieder so richtig gebraucht wurde.

»Dauert aber vierzig Minuten«, sagte Anni vorwurfsvoll.

»Macht nichts. Dann schneide uns vorher ein paar Brocken Parmesan ab. Nick, im Kühlschrank ist noch ein Gavi.«

»Du armes Ding kannst dich gar nicht rühren?«, fragte Nick.

Vera grinste. »Du wirst es kaum glauben«, sagte sie, »aber mir tut wirklich der ganze Körper weh.« Sie sah zu Anni Kock hin, doch die hatte den Kopf gerade in den Backofen gesteckt, als lasse sich die Temperatur so am besten prüfen, und schien nichts gehört zu haben.

»Wer ist die Tote? Was erzählt Anni?«, fragte Vera.

»Auch so ein leichtsinniger Vogel«, sagte Anni, die die Tür des Backofens nun schloss und den Kartoffelauflauf hinter dem Sichtfenster liebevoll betrachtete. »Was ist das nur für ein Kerl, der dich in so einer verschlissenen Jacke nach Hause kommen lässt.«

»Soll er ihr einen Pelz kaufen?«, fragte Nick.

»Ich hasse Pelze«, sagte Vera, »erzähl von deiner Nachbarin.«

Anni ging zur Speisekammer und nahm den Parmesan.

»Ich hab sie nie morgens aus dem Haus gehen sehen, aber sie soll ja Verkäuferin gewesen sein, sagt Nick.«

»Woher weißt du das?«, fragte Vera und sah Nick an.

»Steht in der Zeitung.«

»Die Läden machen ja auch immer später auf«, sagte Anni.

»Mehr gibt es nicht zu ihr zu sagen?«

»Sechsunddreißig. Alleinstehend«, sagte Nick.

»Abends schlich schon mal dieser Mann durchs Treppenhaus und wurde dann schnell bei ihr eingelassen«, sagte Anni.

»Ein Zufall, dass sie neben dir wohnte«, sagte Vera. »Das heißt doch nicht, dass der Täter jetzt mich im Visier hat.«

»Ich habe nur so ein komisches Gefühl«, sagte Anni.

»Wo kommen eigentlich die Noten her, die vorne auf dem Sofa liegen? Hindemith. Sonate 1938.«

»Ach Gott, ja«, sagte Anni. »Er will mit dir vierhändig spielen. Du sollst dir das schon mal angucken.«

»Wer will das?«, fragte Vera.

»Der unangenehme Mensch von nebenan. Heute Mittag klingelte es, und er stand vor der Tür.«

»Wie viele Pianisten gibt es in deinem Leben?«, fragte Nick.

»Der da drüben könnte einen prachtvollen Ritualmörder abgeben«, sagte Vera. »Ich werde nachher zu ihm rübergehen und die Noten zurückbringen.«

»Da kannst du nicht alleine hin«, sagte Anni.

Vera lachte. »Ich bleibe vor der Tür stehen«, sagte sie.

»Da war doch noch eine Karte dran«, sagte Anni und ging hinaus in die Diele.

»Ich habe mir eine stärkere Lupe besorgt«, sagte Nick.

Vera sah ihn hoffnungsvoll an. Vielleicht hatten sie sich alles ja auch nur eingebildet. »Doch nur Kratzer?«, fragte sie.

Nick schüttelte den Kopf und verschob die Antwort, denn Anni kam in die Küche und legte eine Visitenkarte vor Vera hin.

Nur der Name. Keine Adresse. Keine Telefonnummer.

Vera drehte die Karte um und sah eine zierliche Handschrift und las den einen Satz, der dort geschrieben stand.

Ich möchte meine Musik mit Ihnen teilen.

Nick nahm ihr die Karte aus der Hand. »Warum wäre er ein prachtvoller Ritualmörder?«, fragte er.

»Er sieht aus wie Dracula, und ich habe einmal hohe Schreie einer Frau gehört, die sich bei ihm nicht wirklich wohlgefühlt haben kann. Lustschreie waren das nicht.«

Anni zog zwei dicke silberbeschichtete Handschuhe an. »Damit kannst du jeden Schrei dämpfen«, sagte sie und holte die Auflaufform aus dem Backofen.

»Du scheinst ausnahmsweise gar nicht geschockt zu sein«, sagte Vera und sah ihre alte Kinderfrau an.

»Ich kannte auch mal einen Perversen«, sagte Anni, »der hat seinen Damen mit einer heißen Nähnadel ein kleines Muster eingestickt. Als Brandmal sozusagen.«

Vera und Nick tauschten einen Blick, den Anni auffing.

»Ist doch vierzig Jahre her, Kinder«, sagte sie, »und ich hab es nur bei einer der Damen gesehen, als wir am Lütjensee baden waren. Braucht ihr euch nicht aufzuregen.«

»Und diesen Perversen? Kanntest du den auch?«

»Gepflegter Mann«, sagte Anni und tat große Portionen vom Auflauf auf die Teller.

»Goebbels soll auch ein gepflegter Mann mit sehr schönen Kamelhaarmänteln gewesen sein«, sagte Nick.

»Das kann man nicht vergleichen«, sagte Anni, »wie kommst du denn nur auf den?«

»Der gepflegte Teufel«, sagte Nick.

»Hört auf«, sagte Vera. Sie kaute auf einer heißen sahnigen Kartoffelscheibe und dachte über Brandmale und Tattoos nach. Vielleicht irrten sie sich. Vielleicht waren unter der starken Lupe ganz andere Buchstaben zu sehen.

Wenn ich mir was wünschen dürfte, dachte Vera, dann wäre es kein D. Kein I. Kein E. Kein M.

In der letzten Nacht hatte sie gleich im ersten Augenblick des Erstaunens gedacht, dass ein Mörder kaum je seinen Namen an den Opfern zurückließe.

Welch eine lächerliche Koinzidenz.

Die sie vor Nick verschweigen würde.

Philip Perak liebte die kleinen Inszenierungen. Er füllte damit die leeren Tage und Nächte, in die er entlassen worden war, nachdem seine Mutter an einem Augustmorgen des vorigen

Jahres tot in ihrem Bett gelegen hatte. Ola Perak war keine liebevolle Frau gewesen, doch sie hatte sich an ihrem Sohn festgebissen, der sich vierzig Jahre lang kaum mit der Sorge um ein eigenes Leben quälen musste. Er hatte keines.

Nach einigen Tagen der Trauer war er erstaunt gewesen, dass er überhaupt in der Lage schien, Entscheidungen zu treffen, und wenn es auch wahr wurde, was seine Mutter vorausgesagt hatte, dass es ihm kaum gelang, einer täglichen und sinnvollen Tätigkeit nachzugehen, so fand er doch bald einen Inhalt. Denn das Klavierspiel genügte ihm nicht.

Er hatte es viele Jahre lang getan, um Ola zu erfreuen, die ihren liebsten Pianisten von einem großen Publikum fern hielt, wie versponnene Sammler von ausgesuchten Werken der Malerei es manchmal tun, wenn sie ihre Schätze vor allen gierigen Blicken verbergen. Doch Philip Perak wusste, dass er noch was anderes wollte von diesem Leben.

Er entsann sich seiner Sexualität.

Sie hatte nur selten stattgefunden. Der Sechzehnjährige erlebte eine hohe Zeit, als Ola Perak einen Kuraufenthalt durchlitt, wie sie damals sagte, und ihn nur ungern in die Hände einer Freundin gab. Er hatte sich oft zurückziehen dürfen. Die alte Dame war entzückt gewesen, dass er ihre persische Katze in sein Zimmer lockte. Ein Tierfreund kam ihrem Herzen gleich näher.

Philip Perak lebte von Inszenierung zu Inszenierung. Leider misslangen sie ihm oft. Es fiel ihm schwer, dann gelassen zu bleiben. Wie bei der drallen Dame, die nicht mal die Schuhe von Kélian aushielt und stattdessen widerwärtige hohe Schreie ausstieß. Nur äußerste Selbstbeherrschung und Claude Debussy hatten ihn davor bewahrt, dem Huhn einen echten Schaden zuzufügen.

Zweiunddreißig Mal hatte er ihn gespielt.

Die nächste Inszenierung bedurfte einer ganz besonderen Vorbereitung. Diese Dame war ein prächtiger Vogel, und er wollte sie nicht verschrecken. Sie sollte es genießen. Perak war sich sicher, dass sie alles andere als prüde war.

35

Er setzte sich ans Klavier und übte sich in Geduld. Übte sie an einem Präludium von Bach. Eigentlich zu leicht für ihn dieses Stück. Preludio con Fuga. Doch es lenkte ihn ab, so wie er es dahinfließen ließ. Lenkte ihn ab von der Schmach.

Da hatte dieser prächtige Vogel vor der Tür gestanden und ihm den Hindemith lächelnd hingehalten.

Ich spiele nur den Tanz der Graspferdchen vierhändig, hatte sie gesagt. Ein Ausbund an Sarkasmus.

Und diese alte Hexe von Haushälterin hatte die Nase aus dem Türspalt gesteckt und ihn nicht aus den Augen gelassen.

Doch er würde nicht aufgeben.

Die Begegnung im Aufzug hatte ihm einen Kick gegeben.

Philip Perak liebte Kicks. Die letzten Inszenierungen hatten sie ihm nicht gebracht. Trotz der extravaganten Ausstattung. Seiner Nachbarin musste er etwas anderes bieten. Teure Accessoires würden sie kaum beeindrucken. Die kaufte sie selber. Gucci. Hermès. Er hatte es wohl erkannt.

Ola Perak hatte ihm die Welt der Extravaganzen vorgeführt, der Übergang zum Exzess war ihm ein Leichtes geworden.

Er spielte den letzten Akkord laut. Zu laut. Doch es war ihm ein Gedanke gekommen. Exzess. Grenzen überschreiten.

Vielleicht auch nur eine kleine Distanz überwinden.

Er würde seine Nachbarin zu überraschen wissen.

Leo legte den Kopf in den Nacken und sah zur Markise hoch, durch deren blauweiße Streifen tatsächlich die Sonne sickerte.

»Frauen können einen Orgasmus vortäuschen«, sagte sie, »Männer eine ganze Beziehung.«

Vera sah sie verblüfft an. »Ist das der Titel einer neuen Serie oder sprichst du von deinem Leben mit Nick?«, fragte sie.

»Mein Leben mit Nick«, sagte Leo. »Findet das statt?«

»Hast du einen Liebhaber?«

Leo setzte sich auf. »Wie kommst du denn darauf?«, fragte sie.

»Nick glaubt es.«

»Er sucht immer nach leichten Lösungen, um sein eigenes Versagen zu verbergen. Vor sich und den anderen.«

»Er ist ein lieber Kerl«, sagte Vera.

»Der sich in seinen Träumen verheddert und nie was zu Ende bringt. Nicht mal die Beziehung zu mir.«

Vera stand auf und rückte den weißen Korbstuhl weiter in die Sonne, um ihr die nackten Beine hinzuhalten. »Denkst du da an Heirat oder Trennung?«, fragte sie.

»Es ist sehr schön auf deiner Terrasse«, sagte Leo. »Vielleicht findet der Sommer nur an diesem Samstag im April statt. Wir sollten ihn genießen. Hast du noch einen Gin Tonic?«

»Hunderte«, sagte Vera. »Heirat oder Trennung?«

»Was rätst du mir?«

»Ich bin in eigene Liebesangelegenheiten verstrickt und nicht bei Verstand.«

»Erzähl mir«, sagte Leo und hielt ihr ihr Glas hin.

Vera stand auf und ging mit den Gläsern zu dem kleinen Waschtisch, auf dessen weißer Marmorplatte ein silberner Kübel stand, beschlagen von der Kälte der Eiswürfel, die ihn zu zwei Drittel füllten. Eine Literflasche Gordon's und zwei Flaschen Tonic Water waren darin versenkt. Vera gab eine Hand voll Eis in die Gläser und goss sie mit Gin und Tonic auf.

»Weißt du von den vier Morden, an deren Aufklärung Nick mitarbeitet?«, fragte sie.

»Er hat mir von den ersten drei Fällen erzählt. Von der vierten Frau habe ich gestern in der Zeitung gelesen.«

»Jede von den vieren hatte eine Tätowierung am Hals. Auf den Fotos, die Nick gemacht hat, waren sie kaum größer als ein klitzekleiner Leberfleck. Er hat eine Lupe drauf gehalten, und es waren Buchstaben. Vier verschiedene Buchstaben.«

»Und?«, fragte Leo. »Geben die einen Sinn?«

Vera nahm einen tiefen Schluck aus ihrem Glas. »Nein«, sagte sie schließlich. Gestern Abend war sie noch bei Nick gewesen und hatte durch die neue, stärkere Lupe geguckt. Nichts hatte sich geändert. Nur deutlicher war es geworden. Das D. Das I. Das E. Das M. Meid, hatte sie vorgeschlagen. Eimd.

D ist vor I gestorben, hatte Nick gesagt, und E vor M.

»Was heißt das überhaupt, dass Nick an der Aufklärung mitarbeitet. Er versucht, eine Geschichte zu verkaufen.«

»Ich glaube, dass es ihm um mehr geht«, sagte Vera, »um Gerechtigkeit. Darum, weitere Morde zu verhindern.«

»Nick geht es immer um Gerechtigkeit«, sagte Leo und klang nicht begeistert.

»Und du brauchst einen Idealisten wie ihn. Sonst gehst du unter auf deinem Dampfer der Reichen und der Schönen.«

»Danke«, sagte Leo. »Erzähle mir lieber von Jef.«

Vera guckte auf die Klematis, die auf einmal voller kleiner Blätter war und begonnen hatte, sich an einem Kabel entlangzuranken, das über die Hauswand gelegt war.

»Dein Nachbar liebt Buchsbäume.«

Sechs hohe Buchsbäume, die einen dürftigen Sichtschutz abgaben. Die Terrasse nebenan wirkte leblos.

»Was meinst du?«, fragte Vera. »Soll ich Markisenstoff kaufen und ihn dort aufspannen?«

»Keinen Blick mehr auf die Buchsbäume?«

Vera schüttelte den Kopf.

»Warum keine dichte Rosenhecke?«, fragte Leo und grinste. Sie schwenkte ihr leeres Glas und schien gewillt, einen dritten Gin Tonic zu trinken.

»You will be wonderfully drunk«, sagte Vera.

Leo ignorierte den Einwand mit einer Handbewegung.

»Wann können wir endlich über Jef reden?«

Das war alles, was sie dazu sagte.

Vier Stiefmütter hatte Jef Diem verschlissen. Keine von ihnen war in der Lage gewesen, ihm die Frau zu ersetzen, die vor den Augen des Zwölfjährigen in einem kleinen belgischen Seebad ins Meer ging und nicht zurückkehrte. Die Leiche seiner Mutter wurde Tage später sechzig Kilometer nordöstlich von ihrem

Ferienort angeschwemmt. Die Strömung war stark, seine Mutter keine gute Schwimmerin. Ein Badeunfall.

Jef hatte immer daran gezweifelt. Marie Diem war zu unglücklich verheiratet gewesen, der Vater zu schnell getröstet. Vier Monate später schon war die erste der Stiefmütter angetreten. Jefs Vater betrachtete sich als Ehrenmann, stets zu einer schnellen Heirat bereit.

Er hielt sich keine Mätressen, wie er sagte.

Die Tage von Nieuwpoort, die dem Verschwinden seiner Mutter folgten, noch bevor ihre Leiche gefunden wurde, hatten ihn für immer von seinem Vater getrennt.

Sie lebten nebeneinander her, bis Jef neunzehn war.

Da kündigte sich gerade die vierte Stiefmutter an.

Nach einem ihrer ersten Besuche im väterlichen Haus zog Jef aus. Sie war nicht die erste der Frauen, die sich dem hübschen Jungen ganz unmütterlich näherte.

Er hatte sie immer abwehren können. Sie insistierten nicht. Doch diese vierte war anders. Eine Königin der Intrige, die es nicht duldete, Körbe zu kriegen.

Jefs Vater verdächtigte ihn, glaubte ihm nicht, enterbte ihn.

Es dauerte Jahre, bis Jef es geschafft hatte, dass sie zu Kreuze kroch. Da war sein Vater schon tot.

Hatte seine Mutter sich wirklich das Leben nehmen wollen? Hätte sie ihm das angetan? Was wäre aus seinem Leben geworden, wenn nicht diese Unsicherheit gewesen wäre, die ihn letztendlich unstet machte?

Jef Diem stand am Fenster und sah auf die Straße hinaus.

Drüben, auf einem der Balkone, setzte sich eine Familie zum Mittagessen. Eine karierte Decke lag auf dem Tisch.

Der Mann öffnete den Sonnenschirm und nahm Jef damit den Blick auf Vater, Mutter, Kinder. Jef bedauerte das.

Was waren das auf einmal für Sehnsüchte? Jahrelang hatte er jede Bindung gescheut. Keine gefunden, die er genügend liebte. Seine Mutter hatte alles mit ins Meer genommen.

Vera hatte nicht die geringste Ähnlichkeit mit ihr.

Marie Diem war dunkelhaarig gewesen und klein und zart.

Jef fand es beruhigend, dass er nicht deshalb liebte, weil er ihr Abbild gefunden hatte.

Er hatte Vera gestern Abend vermisst. Wenn sie auch nicht verabredet gewesen waren, hatte er doch gehofft, dass sie käme. Was machte sie an ihren Samstagabenden? Was machte sie am Sonntag? Ihre Mutter besuchen? Er wusste nichts von ihr. Alles war neu und noch in Gefahr vorüberzugehen, ehe es angefangen hatte.

Jef ließ das Telefon läuten. Lange in Veras Wohnung hinein läuten. Sein vierter Versuch seit morgens um elf. Es war sein freier Tag heute. Er wollte ihn mit Vera verbringen. Lindenterrassen. Bootsfahrten. Spaziergänge. Sonntag.

Er hatte eine endlose Sehnsucht nach Idyll.

Die kleine Karte, die sie ihm an den Spiegel gesteckt hatte.

Jef las die Adresse und hatte eine vage Vorstellung. Er war noch nicht lange in dieser Stadt. Doch er würde es finden.

Ihr einen Brief an die Tür kleben. Die Liebe erklären.

Vielleicht hatte er ihr zu wenig gesagt vorgestern.

Den alten Peugeot in Gang kriegen. Er hing an dem 404.

Das Haus war wohlhabend, wie er es sich vorgestellt hatte, und Vera noch immer nicht da.

Ein Kind kam aus der Tür und trug einen bunten Ball unter dem Arm, und Jef fing die fallende Eichentür auf und ging hinein. Erst im vierten Stock fand er Veras Namen.

Der Brief fiel durch den Messingschlitz, und er kehrte um und stand einem Mann gegenüber, den er nicht hatte kommen hören. Sie grüßten einander, und Jef stieg die Treppen hinunter und war überrascht, wie kühl es auf einmal war.

Vera hatte das Haus kurz vor elf verlassen und gezögert, zu welchem Bootssteg, welcher Caféterrasse sie gehen wollte, um zu frühstücken, ob sie nur auf einen der Kanäle gucken oder sich die ganze Alster gönnen wollte. Doch dann war sie zur Haltestelle der Hochbahn gegangen.

In der Station St. Pauli stieg sie aus und ließ sich eine kurze Zeit lang im Strom der Touristen treiben. Die Reeperbahn lag träge im Sonnenlicht des Sonntagvormittags und sah aus wie eine billige Kulisse und enttäuschte alle Auswärtigen.

Vera bog in die Große Freiheit ein, in der oft ihre Ausflüge in die nicht ganz so glanzvollen Gegenden der Stadt begannen, und ging in Richtung der alten Schlachthöfe. An einigen Ecken wurde es schon schick und teuer. Doch Vera suchte nach anderen Bildern, die sie sammelte, als klebe sie am Album einer spießigen, aber heimeligen Welt.

Vielleicht hatte sie von Anfang an zu verwöhnt gelebt und zu einsam, dass sie die gedrängte Nähe so faszinierte.

Auf Küchenstühlen vor den Häusern sitzen und schwatzen.

Kissen in Fenstern mit Ausblick auf den Hof. Kinder. Hunde. Kanarienvögel.

Vera erinnerte sich an Sonntage auf eleganten Terrassen.

Gustav Lichte war für Veras Großvater gehalten worden, und die Herren an den Nachbartischen warfen der vermeintlichen Tochter gierige Blicke zu. Nelly genoss es. Das Kind hatte sich dann oft eine hässlichere Mutter gewünscht.

Es verstand nicht, wie der Vater das alles ertrug. Manchmal geschah es, dass Gustav und Vera allein nach Hause gingen.

Nelly war schamlos. Ihr Gewissen weggeflirtet.

Dass Gustav Lichte sich erst zwei Jahre vor seinem Tod von seiner Frau trennte, verwunderte Vera bis zum heutigen Tag.

Ihretwegen hätte er nicht ausharren müssen.

Hinten Garten, stand auf dem Stück Pappe an der Tür. Vera schätzte solch knappe Ansagen. Sie trat in das dunkle Lokal und folgte dem Flecken Tageslicht am Ende des Flurs. Ein kleiner Garten. Von einer halbhohen Mauer umgeben, die ihn von den Hinterhöfen der anderen Häuser trennte. Sie setzte sich an einen Tisch, dessen Plastikdecke voller Brandlöcher war, und sah zu dem Mann und der Frau, die am Nebentisch saßen und Wein tranken. Es stimmte Vera zuversichtlich, dass noch andere in diesen Garten gefunden hatten.

Der kühle Wein kam in einer Karaffe. Das Brot war warm. Vera blieb Stunden im Garten, der sich langsam füllte.

Aß Oliven. Aß eingelegte Weinblätter. Gewann genügend Vertrauen, um einen Fisch zu essen. Trank viel Wein.

Warum dachte sie so viel an ihren Vater dabei? Weil sie Jef liebte, einen Mann, der ihm gar nicht ähnlich war? Zum ersten Mal werde ich dir untreu, Gustav, dachte Vera.

Sie verließ das Lokal kurz vor vier. Ging ein paar Schritte und wunderte sich, wie nah die Straße war, in der Jef wohnte.

Keine Antwort auf ihr Klingeln. Vera setzte sich auf eine Stufe der Vortreppe und wartete. Er war nicht weit. Sie wusste es.

Drüben auf einem der Balkone wurde ein Sonnenschirm zugespannt. Sie sah die Vase mit dem Delftermuster und den Narzissen, die auf einer karierten Decke stand, und steckte das Bild ein für ihr Album, das sie klebte.

»Der April hat uns wieder«, sagte Anni, »ist auch gar nicht gesund so ein vorgezogener Sommer.«

Sie stand an der Balkontür und hielt einen Besen bereit, um gegen die Markise zu drücken, sobald sich da oben zu viel Regenwasser sammelte. »Kümmert sich ja sonst keiner«, sagte Anni. Sagte es laut und für niemanden hörbar.

Sie war allein in der Wohnung.

Anni Kock hatte Nick angerufen, und nun hoffte sie, dass er gleich käme. Die Kurbel von der Markise klemmt, hatte sie gesagt und gemeint, dass Vera überhaupt nicht mehr zu Hause war. Am Montagmorgen hatte Anni auf dem kleinen Tisch in der Diele einen Zettel liegen sehen. Melde mich bald, stand darauf. Eine Telefonnummer und der Name dieses Klavierspielers. Im Notfall, hatte Vera noch gekritzelt. Wann fing der Notfall an? Wenn die Kurbel klemmte?

Anni hatte die letzten Tage damit verbracht zu versuchen, ihre Angst in den Griff zu kriegen. Es war ihr nicht gelungen.

Sie hielt nicht viel von Vorahnung, doch sie witterte Gefahr.

Hinten im Schlafzimmer herrschte Durcheinander. Vera hatte wohl hastig ein paar Dinge eingepackt. Der kleinste der Übernachtungskoffer fehlte.

Nur der Kleinste, dachte Anni. Sie trat auf den Balkon und drückte den Besen gegen die Markise. Das Wasser lief ab.

Hatte sie nicht gehofft, dass Vera etwas anfinge mit ihrem Leben? Späte Mutter von vielen Kindern würde, die alle auf Annis Schoß zu sitzen kämen? Was war das nur wieder für ein Hallodri, auf den Vera hereinfiel. Nick passte das auch nicht in den Kram. Anni spürte es in den Knochen.

So sehr in den Knochen, dass sie gar nicht schnell genug zur Tür kam, als es klingelte. Anni hielt sich das Kreuz, als Nick die letzte Treppe nahm. »Dass du endlich da bist«, sagte sie. Fing an, Ansprüche auf ihn zu erheben.

Sie führte ihn erst einmal zu der kaputten Kurbel. Wenn er die repariert hatte, konnte sie mit ihm bei einer Tasse Kaffee über Vera sprechen. Ihm den Zettel zeigen.

Nick ließ sich zwei Stück Zucker für den Kaffee aufdrängen, obwohl er ihn eigentlich schwarz trank. »Gut für die Nerven«, sagte Anni. Sie war gnadenlos in ihrer Güte.

»Was gibt es Neues von meiner toten Nachbarin?«, fragte sie. Doch Nick wusste nichts. Die Kripo murkste herum und hielt ihn auf Distanz. Pit hatte versprochen, sich zu melden, und Nick litt ein wenig an seinem schlechten Gewissen, weil er nichts von den Buchstaben auf den Hälsen der Toten gesagt hatte.

Hatten die denn nicht viel stärkere Lupen als er?

»Vera hat mir einen Zettel hingelegt«, sagte Anni.

Nick schaute von der Kaffeetasse auf, in der er endlos rührte.

»Name und Telefonnummer von diesem Klavierspieler.« Anni ahnte, dass die Eifersucht sie einte. Sie stand auf und zog den Zettel unter einer Dose Darjeeling von Twinings hervor.

Nick nahm den Zettel und las ihn. Las ihn ein zweites Mal.

Lächerliches Leben, das solche Zufälle produzierte.

Er lachte und klang hilflos dabei.

»Was ist los?«, fragte Anni.

Nick schüttelte den Kopf. Er wollte ihr nicht sagen, dass diese Buchstabenfolge ihn seit Tagen beschäftigt hielt.

Nein. Nick glaubte nicht einen Augenblick lang, dass Jef Diem mit den Morden zu tun haben könnte.

Vera hatte ihn wirklich unterschätzt.

»Last night when we were young«, sang Vera, als ahne sie, was ihr bevorstünde. »Today the world is old. You flew away and time grew cold«, sang sie und glaubte einen Augenblick lang, Gefahr zu spüren und hatte Fluchtgedanken.

Vielleicht sollte sie mit Jef nach Nizza gehen. War es in der Höhle der Löwin nicht am sichersten? Nelly würde Jef nicht interessieren. Sie war seinen Stiefmüttern zu ähnlich.

Vera schüttelte sich. Die absurden Gedanken abschütteln.

Jef blickte vom Klavier auf. Doch Vera glitt in die nächste Zeile des Liedes, als habe nichts sie abgelenkt.

Das vierte Mal, dass sie in der Bar sang. Manche der Gäste kamen schon ihretwegen. Doch Vera hatte das Angebot eines Engagements lachend abgelehnt. Sie wollte eine Gelegenheitssängerin sein. Es sollte Nächte geben, in denen sie auf Jef wartete und nicht gemeinsam mit ihm nach Hause kam wie ein altes Artistenpaar, die Kleider durchzogen vom Zigarettenrauch, müde und viel zu oft zusammen.

Eine Frau, die ihm die Tür öffnete. Ihn mit weiten Armen empfing. Hatte er nicht in der vergangenen Nacht von dieser Sehnsucht gesprochen, als er ihr sein Leben erzählte?

»Ages ago last night«, sang Vera.

Sie liebte den Applaus. Liebte das Strahlen in Jefs Augen, das Lächeln, mit dem er ihr Singen kommentierte.

Die kleine Angst kam doch nur in ihr auf, weil sie glücklich war. Durfte man dem Glück denn nicht trauen?

Vera ging an die Bar und setzte sich auf einen der Hocker und nahm den Laphroaig, den der Barkeeper ihr hinstellte. Jef spielte die ersten Takte von Just In Time.

Könnte sie einen Mann lieben, der nicht Klavier spielte?

44

Vera trank einen großen Schluck Whisky. Auf einmal saß sie nachts in Bars und gehörte beinah zum Personal. Auf einmal hatte sie einen Mann. Keine Liebelei. Eine Liebe. Auf einmal hatte sie viel zu verlieren. Was hatte Anni gesagt? Ich habe nur so ein komisches Gefühl. Alte Unke.

Vera sah das kleine Zeichen, das Jef ihr gab, und stand auf. Ich werde Anni immer ähnlicher, dachte sie, und dann lehnte sie sich an den Flügel und sah hinreißend aus.

Philip Perak war kein Fassadenkletterer. Ihm würde es nie gelingen, sich über eine Balkonbrüstung zu schwingen und die kleine Kluft zu überwinden, die zwischen den Balkonen war. Er litt an Höhenangst. Ein bloßer Blick vom vierten Stock genügte ihm schon, um den freien Fall zu spüren.

Darum betrat er seinen Balkon nur im äußersten Notfall.

Er sann über einen sanfteren Weg nach, gewaltsam in die andere Wohnung einzudringen. Er sann seit Tagen.

Gestern war die Gelegenheit ganz nah gewesen. Da hatte die alte Hexe von Haushälterin den Schlüssel oben auf den Briefkasten gelegt, als sie den großen Packen Post in den Griff zu kriegen versuchte. Viele Kataloge. Er hatte den des New Yorker Metropolitan Museums oben auf liegen sehen.

Private Post wurde seiner Nachbarin wohl per Bote gebracht. Er erinnerte sich mit Unbehagen an den jungen Mann, der Sonntagnachmittag oben an der Tür gewesen war.

Die Alte war in den Aufzug gestiegen, und er hatte sich den Briefkästen genähert und die Hand nach diesem Schlüssel ausgestreckt, als sich die Tür des Aufzuges wieder öffnete. Sie musste seine ausgestreckte Hand gesehen haben.

Danke, hatte sie gesagt. Aufmerksam von Ihnen.

Es hatte so freundlich geklungen, als wolle sie ihn töten.

Was hätte er anderes tun können, als ihr den Schlüssel zu geben? Mit einer Verbeugung, die zu vermeiden kaum in seiner Macht lag. Zu sehr hatte Ola Perak ihm die eingebläut.

Wenigstens hatte er der Alten nicht die Hand geküsst.

45

Philip Perak war unruhig in diesen Tagen. Sehr unruhig.

Die letzte Inszenierung lag schon länger zurück und war außerdem misslungen, und nun verrannte er sich in ein Projekt, das ihn zu überfordern schien. Dabei war der Gedanke gut gewesen, der ihm bei Bachs Präludium gekommen war. Er beruhte darauf, dass die schöne Vera kaum bereit wäre, einen Schritt in seine Wohnung zu tun.

Die Ablehnung war zu deutlich geworden, als sie vor seiner Tür stehen blieb, um ihm die Noten von Hindemith mit lang gestrecktem Arm zu überreichen.

Sie hatte schon damals sehr steif da gestanden, als er ihr den Bösendorfer vorführte. Dabei war das ohne den kleinsten Hintergedanken gewesen. Die körperliche Reaktion seiner Nachbarin auf ihn ließ zu wünschen übrig.

Um so wichtiger, dass es ihm gelang, sie in ihren eigenen Räumen aufzusuchen. Da, wo sie sich wohlfühlte. Schließlich sollte sie weich werden. Weich zum Biegen.

Er hatte es gar nicht gerne, wenn Frauen hart waren.

Erst einmal die alte Hexe von Haushälterin brechen. Die war der Schlüssel zum Ganzen. Schlüssel. Perak lachte auf.

Doch auf einmal hatte er das Bild des jungen Schönlings vor Augen, der die Messingklappe hochhob und den Brief durch den Schlitz steckte. Die Klappe fiel zurück.

Philip Perak hörte das Geräusch. Hörte es laut und deutlich in der Erinnerung. Nein. Er war nicht ungeschickt. Hätte seine Mutter ihm das je erlaubt, dann wäre manches Werkzeug in seine Hände gekommen. Doch Handwerk lehnte Ola Perak ab. Sie hatte es für plebejisch gehalten.

Vielleicht konnte er sich auch da emanzipieren. Er würde ein paar Dinge anschaffen müssen. Er freute sich darauf.

Ihr Blick glitt über die glitzernden Auslagen des Ladens, ein jedes der Kleidchen geeignet, um aus ihr ein kunstseidenes Mädchen zu machen. Glänzende Fummel mit herzförmigem Ausschnitt und Applikationen aus Strass. Doch sie trafen ihre

Vorstellung von Eleganz. Noch hatte sie sich nicht an den kühlen westlichen Geschmack gewöhnt.

Kleider wie die im Schaufenster waren im Orchester verpönt. Die weiblichen Mitglieder trugen schlichtes Schwarz, selten aufgelockert durch einen weißen Kragen. Die Geigerinnen. Die Bassistin. Die Cellistinnen.

Das Streichorchester der Hochschule.

Sie wandte sich vom Schaufenster ab und seufzte, als sie die eigene, viel zu schmale Silhouette in der spiegelnden Scheibe sah. An ihr würde der ganze Glanz dort hängen wie an einem Brett. Sie wusste es. Die einzige Rundung, die sie zu bieten hatte, war das Cello, auf dem sie so hoffnungsvoll spielte, dass sie eigens dafür in dieses Land gekommen war.

Ihr Vater hatte sie nicht gehen lassen wollen.

Sein kleines Mädchen. Sein Augenstern.

Die sonntäglichen Telefonate mit ihm waren tränenreich.

Ein Drama für beide.

Vielleicht gab es einen schnelleren Weg zur Karriere als den gewählten. Vielleicht verhalf ihr der Zettel, den sie vor Tagen vom schwarzen Brett genommen hatte, dazu, viel früher zu ihrem Vater zurückzukehren. Ruhm und Geld im Koffer, um zu Hause ein Konservatorium einzurichten.

Sie hätte die Telefonnummer notieren und den Zettel hängen lassen müssen, um anderen die gleiche Chance zu geben.

Doch sie hatte ihn an sich genommen. Keine Konkurrenz.

Sie wollte die Chance für sich allein haben.

Wer verbarg sich hinter dem Zettel? Warum wandte man sich nicht nur an die Musikerinnen, deren Instrumente eine Solokarriere versprachen? Ein Ensemble, dachte sie.

Vielleicht sollte ein Ensemble zusammengestellt werden, das diese pseudoklassische Musik spielte, die im Westen populär war. Gab es da nicht einen holländischen Geiger?

Das kurze Gespräch gestern hatte ihr kaum Aufschluss gegeben. Eine leise dunkle Stimme, die sie das Ohr an den Hörer pressen ließ. Eine Zeit und ein Ort. Ohne Erklärung.

Nur, dass sie das Instrument nicht mitbringen sollte.

Kein Vorspielen. Noch nicht.

Sie näherte sich Zeit und Ort.

Ein Impresario, der erst einmal ihr Aussehen begutachten wollte, dachte sie, als sie an den geschlossenen Ladentüren des Großen Burstah entlangging. Dann hätte sie verloren.

Sicher suchten sie kein dünnes blasses Kind, das kaum verführerischer wurde, weil es die langen blonden Haare heute nicht in einem Knoten versteckte.

Vielleicht hätte sie Angst gehabt, wäre der Ort nicht ein Lokal gewesen, das sie kannte. Eine Touristenfalle, aber nie leer.

Sie würde sicher sein zwischen all denen, die einen Blick auf den Hafen erhaschen wollten.

Das Auto neben ihr fuhr zu langsam. Schritttempo. Ihr Schritt. Eine Stimme aus dem halb geöffneten Seitenfenster.

Die Stimme kannte ihren Namen.

»Steigen Sie ein«, sagte die Stimme, »wir fahren in mein Büro.«

Was dachte das dünne Mädchen mit den langen blonden Haaren, die ihm an diesem Abend auf die Schultern fielen, als es in das Auto stieg?

An eine Karriere? Ein Konservatorium?

Irgendwann in der Nacht würde das Mädchen an die schiefe Holzveranda eines alten Hauses in Tiflis denken, auf der es in den Sommernächten mit seinem Vater gesessen und süßen Wein getrunken hatte.

Das letzte Bild, das ihm vor Augen stehen würde.

Nick war im Tiefschlaf, als das Telefon läutete. Er tastete nach dem Hörer, der dabei von der Gabel fiel, und Nick fürchtete schon, dass die Verbindung unterbrochen worden sei. Wer in dunkler Nacht angerufen wird, dem klopft das Herz, dem steigt das Adrenalin, der will wissen, wer der Anrufer ist. Leo, dachte Nick. Endlich.

Er erkannte die Stimme erst nicht. Eine Stimme, die schnell

und heimlich in ein Handy zu sprechen schien. Wie kam es, dass er damit nicht gerechnet hatte?

Ich hole dich in zehn Minuten ab, hörte er Pit sagen, ich nehme an, das interessiert dich.

Die Dämmerung hatte schon eingesetzt, als Pits alter Alfa Romeo vorfuhr. »Danke«, sagte Nick, als er im Auto saß.

»Du und ich haben die gleichen Interessen«, sagte Pit, »und ich schätze es nicht, wenn man Spuren ignoriert, nur weil sie einem nicht in den Kram passen.«

Nick sah ihn an. »Erkläre mir das«, sagte er.

»Ist es dir neu, wenn ich sage, dass die vier toten Frauen Tätowierungen am Hals haben?«

Nick schüttelte den Kopf.

»Du hast also auch eine starke Lupe.«

»Tut mir Leid, dass ich dich nicht darauf angesprochen habe«, sagte Nick. »Ich hatte den Eindruck, schon zu aufdringlich gewesen zu sein. Ein paar von euch halten mich ohnehin für einen Spinner.«

»Ein paar von uns haben nicht die geringste Phantasie. Die halten die Tattoos für etwas, das man sich bei Bijoux Brigitte machen lassen kann.«

»Wohin fahren wir?«

»Stadtpark«, sagte Pit. »In die Nähe vom Planetarium. Ein Pärchen wollte sich gerade zu einem kleinen Beischlaf niederlassen, als sie sie fanden.«

»Warst du schon da?«

Pit schüttelte den Kopf. »Der Kollege von der Bereitschaft will, dass ich sie mir ansehe. Übereinstimmungen mit dem Brückenmord. Ich bummele eigentlich Überstunden ab.«

Er bog in den asphaltierten Weg ein, der zum Planetarium führte. Nick griff nach dem Gurt seiner Kameratasche, als müsse er ganz schnell abspringen, doch eigentlich wollte er sich nur ein bisschen festhalten. Es war wahrlich nicht das erste Mal, dass er auf dem Weg zu einer Leiche war, doch leichter wurde dieser Job nicht.

»Da vorne«, sagte Pit, und es war ganz unnötig, dass er das sagte, denn die Szenerie lag im Licht der Scheinwerfer.

Zwei Polizisten waren damit beschäftigt, Absperrband zu spannen. Doch die meisten Leute hielten sich hinter der Absperrung auf. Davor stand nur ein Mann mit Hund.

»Irgendwann wird auch der Letzte deiner Kollegen wissen, dass ich kein Polizeifotograf bin«, sagte Nick.

»Ist dem Tross doch völlig egal. Die hoffen alle, dass sie in deiner Geschichte groß herauskommen. Ich auch.«

Pit grinste noch, als er aus dem Auto stieg. Doch er tat es nicht lange. »Der Herr Rechtsmediziner ist wohl noch nicht da«, sagte er und ging auf den Fundort zu. Nick folgte ihm.

Das, was sie zu sehen bekamen, war schrecklicher als in den anderen Fällen. Vielleicht, weil die Tote höchstens achtzehn war.

»Ein verdammtes Versehen«, sagte Pit leise, »das passt doch nicht ins Konzept. Die ist doch viel zu jung.«

Der Kollege der Bereitschaft kam auf ihn zu. »Die gleichen Würgemale«, sagte er, »der Arzt hat es bestätigt.«

Pit trat nahe heran und sah die Verfärbungen und die kleinen Halbmonde am Hals, und er sah auf eine Stelle, die aussah wie ein Krümelchen Erde. War sein Blick schon so geschärft, dass er es gleich wahrnahm? Es ist größer, dachte er, es ist größer als in den vier anderen Fällen.

Der Totenschau haltende Arzt sah zu ihm auf. Er kannte Pit gut genug, um ihn an die Leiche zu lassen. Pit kniete sich nieder und betrachtete die Tote. Ein kleiner andächtiger Augenblick, den er ihr schuldig war, bevor er mit seiner profanen Arbeit begann. Dann zog er die Lupe hervor.

Nick verstand nicht, was Pit zu dem Arzt sagte. Er hatte angefangen zu fotografieren. Erst einmal die Totale, bevor er dann an die Nahaufnahmen ging.

Er sah, dass der Arzt die Lupe nahm und dann nickte.

Pit stand auf und drehte sich zu Nick um. »Unser Täter hat es nun eiliger mit seinen Mitteilungen an uns«, sagte er, »diesmal sind es gleich drei Buchstaben.«

Vera drückte die Daumen auf die Kehle und kam ins Würgen, kaum, dass sie den Druck um eine Kleinigkeit verstärkte.

»Lass den Quatsch«, sagte Nick. Er klang gereizt.

»Ein fürchterliches Gefühl«, sagte Vera und strich sich über den Hals. Sie hatte die neuen Fotos nicht betrachten wollen. Ihre Phantasie verfügte schon über einen großen Fundus an Schreckensbildern. Vermutlich fing sie darum an, ängstlich zu sein, Gefahr zu wittern. Doch sie war seltsam angezogen worden von dem dünnen toten Mädchen mit den langen blonden Haaren, an dessen Hals drei kleine Tattoos waren, die das bloße Auge nicht erkannte.

»Ist sie so jung, wie sie aussieht?«

»Ein paar Jahre älter«, sagte Nick, »einundzwanzig.«

»Ihr wisst also, wer sie ist.«

»Sie war gerade vermisst gemeldet worden, als sie mit ihr in der Gerichtsmedizin ankamen. Dabei war sie heute Morgen erst seit ein paar Stunden tot.«

Vera griff nach der Lupe, die auf dem Küchentisch neben den Fotografien lag, und beugte sich über das weiße Gesicht, den weißen Hals. Winzige Buchstaben. Ein O. Ein N. Ein D.

Ein beschämendes Gefühl von Erleichterung war in ihr. Hatte sie denn Zweifel gehabt? Leise kleine letzte Zweifel?

»DIE MOND«, sagte sie, »vielleicht hat der Mörder Probleme mit der Grammatik.« Sie glaubte selbst nicht, was sie sagte. Doch die andere Schlussfolgerung war zu schrecklich.

»Vielleicht folgt noch ein langer Satz«, sagte Nick und sprach aus, was Vera nicht hatte denken wollen.

»Gib mir was zu trinken«, sagte sie.

»Gehst du nachher noch singen?«

Vera schüttelte den Kopf. »Geschlossene Gesellschaft heute«, sagte sie, »lauter Herren und ohne Gesang.«

»Die Jahrestagung der Kiezgrößen«, sagte Nick, »und Jef Diem spielt Klavier dazu. Love for Sale wäre nett.«

Vera sah ihn an. »Du kennst Jefs Namen?«, fragte sie.

»Er stand auf dem Zettel, den du Anni dagelassen hast.«

»Du hast dir nichts dabei gedacht?«

»Dass dein Jef die Buchstaben seines Namens nach und nach in vier Leichen ritzt?« Nick lachte auf. Er blickte auf die Fotos, die noch auf dem Tisch lagen, und fand sein Lachen unangebracht. Er schob die Bilder zusammen und legte sie auf den Küchenschrank. »Nein«, sagte er, »du?«

Vera schüttelte den Kopf. »Wer ist das Mädchen?«, fragte sie.

»Eine kleine Cellistin, die aus Georgien gekommen ist, um hier an der Hochschule zu studieren.«

»Und sie wurde gleich vermisst?«

»Von einer Freundin, mit der sie die Wohnung teilte.«

»Sie muss ein braves Kind gewesen sein«, sagte Vera, »nicht mal Anni würde mich nach einer Nacht suchen gehen.«

Sie ging zum Kühlschrank und zog die Tür auf. »Woher hast du deine Informationen?«, fragte sie.

»Von Pit, meinem Freund bei der Kripo. Er und ich fangen an, den Fall persönlich zu nehmen.«

Vera zog eine Flasche Champagner zwischen zwei großen Tupperdosen hervor. »Für einen besonderen Anlass?«, fragte sie und schwenkte die Flasche leicht. Es würde wunderbar schäumen, wenn erst der Korken gelöst war.

»Leo wollte gestern Abend kommen«, sagte Nick.

»Und warum ist sie nicht?«

»Sie sagte, das ganze Heft sei über den Haufen geworfen worden und müsse neu produziert werden. Vermutlich hat irgendein Paparazzo Kronprinzessin Victoria mit einem Türsteher erwischt.« Nick klang skeptisch. Eine Skepsis, die ohne Zweifel Leo galt und nicht Victoria.

»Dann trinken wir ihn jetzt«, sagte Vera, »der Gute von Aldi.«

»Auf die tote Cellistin?«, fragte Nick. Er fand das Leben im Augenblick einfach nur noch beschissen und seine beste Freundin pietätlos. Doch er holte zwei Gläser hervor, er wusste, dass Vera nicht aufzuhalten war. Sie hatte die Neigung, sich gerade in tragischen Momenten heftig ins Leben zu stürzen.

»War die erste nicht Sängerin?«, frage Vera.

»Sie tingelte mit einer Band und trat auf Schützenfesten auf.«

»Und die zweite?«

»Arbeitete in einer Kneipe. Von der dritten wissen wir nichts, und Annis Nachbarin hat in einem Strumpfladen gejobbt. Ist also nicht erkennbar, dass er es auf die Kunst abgesehen hat, und mit dem heutigen Mord fällt er auch aus einem anderen Muster heraus. Bisher waren alle voll entwickelte Frauen, diese hier ist ein dünnes Mädchen.«

»Voll entwickelt heißt große Brüste?«, fragte Vera. Sie hatte das Stanniolpapier vom Flaschenhals gelöst und versuchte, den Korken langsam kommen zu lassen. Doch er entkam ihr mit einem lauten Knall.

»Klar heißt es das«, sagte Nick. Er ging zum Kühlschrank und holte die Tupperdosen hervor. In der einen waren vier halbe gekochte Kartoffeln. Doch in der anderen Dose fand er die marinierten Hähnchenschenkel, die er für den gestrigen Abend vorbereitet hatte. Sie waren ihm völlig aus dem Gedächtnis gekommen. Er hielt sie Vera hin.

»Leg sie nur in die Pfanne. Ich lasse dich nicht im Stich.«

Nick sah gleich wieder düster aus.

»Ich bin sicher, dass Leo das Heft ändern musste«, sagte Vera. Es wurde Zeit, sich Leo mal vorzuknöpfen.

Sie trank einen Schluck Champagner, ohne auf Nick zu warten. Kein Abend, um groß anzustoßen.

Nick guckte sinnend in das Öl, das er in die gusseiserne Pfanne gegeben hatte. »Das, was sie vereint, sind die verdammten Tätowierungen«, sagte er. »Der Täter muss eine geschickte Hand haben.«

»Und sehr kaltblütig sein«, sagte Vera und dachte an den langen weißen Hals der Cellistin.

»Er setzt Zeichen«, sagte Nick, »ein Exlibris. Als wolle er sie für eine Sammlung kennzeichnen.«

Er wendete die Hähnchenschenkel, die laut zischten in der Pfanne. Alles wirkte ungehörig heute.

»Nein«, sagte Vera, »dann wären es immer die gleichen Buchstaben. Er will uns was mitteilen.«

»DIEMOND«, sagte Nick. Er nahm die Flasche Champagner vom Küchentisch und gab einen Schuss davon in die Pfanne. »Ich habe keinen Wein im Haus«, sagte er, als er Veras Blick bemerkte, »den habe ich gestern Abend ausgesoffen.«

»In deinem Schmerz.«

»In meinem Schmerz.« Nick tat einen Deckel auf die Pfanne.

»Die Mondsonde«, sagte Vera. »Die Mondsichel. Hat gestern der Mond geschienen?«

Nick hob die Schultern. »Hab keinen gesehen«, sagte er, »kannst du mal den Tisch decken?«

»Die Mondnacht«, sagte Vera und nahm zwei Teller aus dem Schrank. »Das muss es sein. Die Mondnacht.«

»Nur noch fünf Morde«, sagte Nick.

»Oder er schreibt es in einem Zug durch.«

»Kennt dein Pianist schon die Zynikerin in dir?«

»Nur die Romantikerin.«

»Liebst du ihn?«, fragte Nick und versuchte, es wie nebenbei klingen zu lassen.

»Ich habe keinen anderen so geliebt. Außer Gustav.«

Vera schnappte sich ihr Glas Champagner und trank es in einem Zug aus. Sie vermied es, Nick dabei anzusehen.

»I find you spinning round in my brain like the bubbles in a glass of champagne.« Vera sang und sah Jef an, der heute Schwierigkeiten zu haben schien mit der Melodieführung von You go to my Head. Sie hatte noch niemals vorher erlebt, dass er sich verspielte.

Er war schon am Nachmittag fahrig gewesen. Fast flüchtig hatte er sie geliebt, um sie dann fest an sich zu pressen und ihr Liebe auf immer und ewig zu schwören.

»You go to my head with a smile that makes my temperature rise«, sang Vera, »like a summer with a thousand Julies, you intoxicate my soul with your eyes.«

All diese Texte schienen Ausschnitte aus ihrem Leben zu sein. Vielleicht gibt es uns gar nicht, dachte Vera. Vielleicht existieren Jef und ich nur in diesen Liedern.

Am Nachmittag hatte sie ihm das erste Mal von den Morden erzählt. Von den Tätowierungen. DIE MOND.

Doch sie war sich nicht einmal sicher, ob Jef wirklich zugehört hatte. Zu weit weg war sein Blick gewesen, als er sie ansah.

Vertrau mir doch, hätte sie gern gesungen. Dutzende Lieder, die genau das besangen. Ihr fiel nicht eines ein.

Vera verbeugte sich in den Applaus hinein. Lang und herzlich war er, wie an allen anderen Abenden. Jef lächelte.

Kriegst deine Tage, Verakind, sagte Anni immer, dann hörst du die Grütze zittern. Die Zeiten waren lange vorbei, in denen Anni auf die Tage von Verakind hoffte, damit Vera nicht als ledige Schwangere da stand. Jetzt sehnte sie sich danach, dass Vera doch noch die Kurve kriegte und der guten alten Anni ein Kind schenkte. Ein neues kleines Kind.

Jef spielte die ersten Klänge eines Liedes, das sie nicht gleich erkannte. Ihr Auftritt war ohnehin vorbei. Vera ging zur Bar und nahm das Glas Laphroaig, das dort für sie bereitstand. Es wurde Zeit, dass sie Jef nach Hause brachte. Zu Anni und den anderen. Diesmal war es ihr Ernst.

Da fiel ihm diese Klavierstimme aus dem Stapel Noten, die er in dem alten Bücherschrank verwahrte. Nach all den Jahren. Philip Perak hatte nicht geahnt, dass sie noch vorhanden war. In seiner Erinnerung verbrannte sie im Kamin, in dem großen Kamin in der Halle des schrecklichen Hauses, das er mit seiner Mutter bewohnt hatte.

Strengte er sich nur genügend an, dann hörte er das Knistern der Flammen und sah, wie sich das Papier krümmte und das Feuer die Noten fraß und den Namen des Komponisten tilgte. Hoagy Carmichael. Ein Mann, der die Freiheit gehabt hatte, zu komponieren und zu spielen, was er wollte. Dem keiner die Klavierstimme ins Kaminfeuer warf, oder hatte Ola

Perak nur gedroht, das zu tun? Lägen die Noten sonst vor ihm?

Er war sechzehn Jahre alt gewesen, als er die Noten kaufte. In der Zeit der kleinen Freiheiten. Seine Mutter hatte sich zur Kur in Abano aufgehalten, und ihre alte Freundin, die ihn in diesen Wochen aufnahm, hatte ihn nicht auf Schritt und Tritt verfolgt, auch wenn das Ola Perak von ihr erwartete.

Bei einem seiner Streifzüge hatte er Vic kennen gelernt, einen Jungen, der kaum älter war als er damals.

Philip Perak stöhnte. Er hatte Vic bewältigt und vergessen geglaubt. Warum erinnerte er sich jetzt so deutlich daran, dass es ihn gegeben hatte? Eine quälende Erinnerung.

War Vic von der Steintreppe gefallen, die zu ihrem Haus führte? Hatte seine Mutter ihn gestoßen? Auch hier war er sich seiner Erinnerung nicht sicher. Doch Vic war nie mehr zu ihnen gekommen. Das wusste er.

Vic hatte ihn auf dieses Lied aufmerksam gemacht, mit ihm die Noten gekauft. Ein viel gespieltes Lied. Doch wie hätte er es kennen sollen? Seine Mutter hielt solche Klänge von ihm fern. Musik für Dienstmädchen, hatte sie gesagt und war mit ihren kleinen Füßen auf den Noten herumgetreten.

Vor Philip Peraks Augen taten sich tanzende Füße auf.

Kleine Füße in krokodilledernen Schuhen, die alles zertraten. In einem heftigen Stakkato. Er schüttelte sich.

Billige Gefühle, hatte seine Mutter gesagt. Philip Perak ging zu dem Bösendorfer und stellte die Noten hin. Er spielte die ersten Takte von Stardust und hörte gleich wieder auf.

Er brachte es nicht fertig, das zu spielen. Vics und sein Lied. Vic war der erste Mensch in seinem Leben gewesen, der ihm Zärtlichkeit entgegengebracht hatte. Dem er Zärtlichkeit entgegenbringen konnte. Vorher hatte es nur die persische Katze gegeben.

Stardust. Seine widerspenstige Nachbarin ließe sich sicher mit diesem Lied zähmen. Das war doch ihre Musik.

Philip Perak kaute, als habe er ein zähes Stück Fleisch zwischen den Zähnen. Doch er kaute ins Leere. Nur die Zähne schlugen aufeinander. Er schob die Klavierbank nach hinten, stand auf und nahm die Noten.

Perak ging zu dem Bücherschrank aus schwarzer Mooreiche und öffnete die Glastür, schob die dünnen Notenblätter unter den dicken Stapel. Obenauf lag nun Carl Maria von Webers Andante con Variazione. Ein Stück für vier Hände.

Philip Perak entspannte sich erst, als er in die Küche ging, einen schwarzen Koffer aus Kunststoff auf die weiß lackierte Anrichte legte und den Deckel hob. Silberglänzender Stahl. Ein Strahl der späten Vormittagssonne fing sich darin.

Perak strich über Zangen und Schraubenzieher und hatte keine Ahnung, ob sie ihm tatsächlich von Nutzen sein konnten. Doch es war gut, sie zu haben. Sie gaben ihm ein Gefühl von Tüchtigkeit. Seine Mutter würde staunen, wenn sie wüsste, wie viel Kraft in ihm war.

In Veras Küche schien keine Sonne hinein. Nicht zu dieser Tageszeit. Doch der Tag war hell genug, um auf das Licht des großen venezianischen Kronleuchters aus blauem und weißem Glas zu verzichten, der über dem Küchentisch hing. Anni Kock hatte ihn voll aufgedreht. Als ließe sich bei hellem Licht mehr erfahren aus der Zeitung, die vor ihr lag.

Die kleine tote Cellistin war auch am zweiten Tag noch der Aufmacher. Annis Nachbarin wurde mit ihr in Verbindung gebracht und nun auch drei andere Frauen, deren Tod bis jetzt nicht aufgeklärt war. Nick hatte mal von ihnen gesprochen.

Die Brille fiel ihr von der Nase, als sie sich über das Bild des Mädchens beugte. Anni nahm sie und drückte die Bügel fest hinter die Ohren. »Erwürgt«, sagte sie, »in dunkler Nacht.«

»Hier ist es ja schön hell«, sagte Vera, die in der Tür stand.

Anni zuckte zusammen. »Verakind«, sagte sie, »du kannst einen erschrecken.« Sie guckte auf ihre Dugena. »Du bist früh dran heute. Ist erst elf.«

»Jef hat einen Termin mit seinem Chef.«

»Dass diese Leute doch so früh aufstehen.«

»Ist es dir recht, wenn ich das Licht herunterdrehe?«

»Schalte es nur aus«, sagte Anni, »uns gehören ja nicht die Hamburger Elektrizitätswerke.« Sie war gern bereit, noch ein bisschen über die HEW zu sprechen. Schließlich war es sonst ja Vera, die immer alle Lampen anließ.

Vera ging zum Tisch und nahm die Zeitung hoch.

»Eine Spur haben sie noch nicht«, sagte Anni. »Soll ich dir einen Toast machen oder Spiegeleier?«

»Danke. Ich habe schon gefrühstückt.« Vera guckte auf.

Anni sah gekränkt aus. Vera hatte nichts anderes erwartet. »Wird bald alles besser, Annilein«, sagte sie, »ich werde Jef mit nach Hause bringen und große Frühstücke verzehren.«

»Jef nach Hause bringen.« Anni hatte schon begeisterter geklungen. »Soll er hier einziehen?«

»Er wird vorher bei dir um meine Hand anhalten.«

»Ist er denn wirklich der Richtige, Verakind? Ein Kerl, der auf dem Kiez Klavier spielt.«

»Hör auf, alle Männer Kerle zu nennen«, sagte Vera.

»Nick ist kein Kerl«, sagte Anni Kock. »Er ist zwar nicht so ein Herr, wie dein Vater es war, aber auch kein Kerl.«

»Deine feinen Unterschiede sind zu hoch für mich.«

»Nick liebt dich«, sagte Anni und klang trotzig.

»Sei nicht verrückt. Er liebt Leo. Er ist ihr Verlobter.«

Anni winkte ab.

Vera ließ sich in den Korbsessel fallen, der am oberen Ende des Küchentisches stand. »Anni«, sagte sie, »schmiede keine Ränke. Nick leidet wie ein Hund, weil Leo ihn links liegen lässt. Wir sollten die beiden lieber zum Essen einladen. Haben wir schon lange nicht mehr. Dann brauen wir einen Liebestrank für Leo, der sie wieder gnädiger stimmt. Ich weiß wirklich nicht, warum sie ihn so schlecht behandelt.«

»Austern«, sagte Anni, die Austern hasste.

»Vielleicht gar nicht falsch, Nick anzuregen«, sagte Vera, »er ist einfach zu lahm für Leo. Dann brauchen wir nur noch ein Aphrodisiakum für meine beste Freundin.«

»Ich mach jetzt mal Toast Melba«, sagte Anni, »das beruhigt.«

Vera zog die Zeitung zu sich heran. Die Herstellung eines Toastes Melba würde vor allem Anni beruhigen. Also ließ Vera sie machen, wenn es ihren Hüften auch nicht gut tat.

Sie las zum zweiten Mal den Text über die toten Frauen, der wenig Neues brachte. Von den Tätowierungen kein Wort.

Die Kripo schien nichts von dem veröffentlichen zu wollen, was sonst nur noch der Täter wissen konnte.

Anni gab einen Schuss Sahne in die aufgeschlagenen Eier.

»Ist es dir so Ernst mit diesem Jef?«, fragte sie.

»Ja«, sagte Vera.

Das Tütchen Vanillezucker zitterte leicht in Annis Hand.

»Ich hab ja nur so ein komisches Gefühl«, sagte sie.

»Nicht schon wieder«, sagte Vera und legte die Zeitung zur Seite. »Du wirst ihn gern haben. Er ist ein lieber Junge, der zu wenig auf den Schoß genommen worden ist in seinem Leben. Dafür hast du doch ein Herz.« Jefs erotische Seite ließ sie lieber aus dem Spiel. Damit war Anni kaum zu ködern. Sie musste an ihre mütterlichen Instinkte appellieren, die mit einer Vera allein nicht ausgelastet waren.

»Holst du mal den Lappen. Ich hab hier Schweinkram gemacht«, sagte Anni. Ihre Hände waren voller Eigelb.

Vera stand auf und holte den Lappen.

Das Toastbrot briet schon in der Pfanne, als Vera die gute alte Anni fest in die Arme nahm. »Du wolltest doch immer eine Familie hier haben«, sagte Vera, »eine bessere, als Nelly und Gustav und ich es gewesen sind.«

»Eine bessere als Gustav und du kann es gar nicht geben.«

»Gustav ist seit achtzehn Jahren tot«, sagte Vera, »und nun kommt Jef zu uns, und vielleicht wird sie ja auch noch größer, die Familie. Kinder. Hunde. Katzen.«

»Am liebsten hätte ich ja einen Kanarienvogel«, sagte Anni

und grinste. »Ist schon gut. Lass deinen Jef kommen. Er soll was Gutes zu essen kriegen.« Sie griff nach der Pfanne und ließ die goldbraunen Toasts Melba auf die Teller gleiten und nahm sich vor, ihre Ängste künftig für sich zu behalten.

Jef hatte angefangen, an sein Glück zu glauben. Er vertraute Vera, wie er bisher nur einem einzigen anderen Menschen vertraut hatte, und der war in Nieuwpoort ins Meer gegangen.

Jef Diem war ganz und gar nicht bereit, das Glück mit Vera zu gefährden und sich in ein schmutziges Geschäft hineinziehen zu lassen. Doch vielleicht war es voreilig gewesen, seinem Chef genau das zu verkünden. Er hätte die drei Affen geben sollen. Nichts gehört. Nichts gesehen. Nichts zu sagen.

Er war einfach zu naiv. Was hatte er denn geglaubt, wer sich da vorgestern Abend versammelte?

Er hatte doch nur deshalb an diesem Abend am Klavier gesessen, weil einige der Herren nach dem geschäftlichen Teil gern sentimental wurden. Dann soffen sie und wollten Love Me Tender hören oder Stardust. Darum hatte sein Chef ihn aufgefordert, sich bereit zu halten.

Was hätte er denn tun sollen, als die zwei Herren vor lauter Love Me Tender tränenschwer am Steinway hingen und ihn in ihr Geschäft einzuweihen versuchten, als sei das als Trinkgeld für den Pianisten gedacht? Er hatte hilflos gelächelt und so getan, als verstünde er nichts von dem, was sie sagten. Oder eher lallten. Doch es war nicht unbemerkt geblieben. Hatte Jef darüber noch hoffnungsvolle Zweifel gehabt, waren sie heute Vormittag zerstreut worden.

Der Chef und er hatten sich in dem kleinen Büro hinter der Bar gegenübergesessen. Eichengetäfelt. Ledersessel.

Er war gerührt gewesen, als er vor einigen Wochen dort gesessen hatte und engagiert worden war. Die durable Eleganz. Fast schon ein Klischee. Doch heute Vormittag erinnerte ihn die Szene an einen Gangsterfilm der dreißiger Jahre. Edward G.

Robinson vielleicht. Ging es darin auch schon um Drogen und Prostitution oder nur um Schnaps und Prostitution?

Jef goss sich einen Johnny Walker ein. Den Malt Whisky hatte Vera gestern ausgetrunken. Ihr gefiel der Arzneigeschmack des Laphraoig. Alle anderen waren ihr zu gefällig. Jef nahm einen großen Schluck vom gefälligen Johnny Walker.

Natürlich hatte sie gemerkt, dass er nicht konzentriert war. Kaum zuhörte. Schlecht Klavier spielte.

Doch er durfte ihr nichts sagen. Das gefährdete Vera nur. Schlimm genug, dass er da drinsteckte.

Er war zum Schweigen angehalten worden. Angehalten?

Ein zu harmloses Wort für die Drohung, die dahinter stand.

Davongehen. Den Job wechseln. Wieder einmal jäh beenden, was er gerade begonnen hatte.

Ein Versager, der floh und nicht standhielt.

Drüben auf dem Balkon pflanzte die Frau rote Geranien.

War es nicht zu früh für Geranien? Er erinnerte sich, dass seine Mutter sie immer erst spät im Mai gepflanzt hatte.

Vielleicht war alles einfach. Vielleicht brauchte er wirklich nur zu schweigen. Den Ahnungslosen geben. Nie ein einziges Wort verlieren. Vielleicht ließen sie ihn dann in Frieden.

Er hatte Sehnsucht nach Geranien. Einem friedlichen Leben. Es war doch zum Greifen nah.

Leo war da gewesen und hatte Nick ihr Klatschblatt unter die Nase gehalten und ihm die Doppelseite ›Drama im Leben der Pamela Anderson‹ präsentiert. Dafür wurde spätabends ein Heft umgeworfen? Nick hatte gestaunt und geschwiegen.

Nur nicht die Stimmung verderben. Lieber die Gin Tonics auf den Tisch stellen. Leo liebte Gin Tonic.

Liebte sie ihn noch? Nick hatte gehofft, das zur Sprache zu bringen. Waren es sonst nicht die Frauen, die das Gespräch suchten? Leo und er waren auf quälende Art atypisch.

Doch sie hatte nicht viel Zeit gehabt. Vernissage? Konzert? Ein Empfang im großen Ballsaal des Atlantic? Wurde überhaupt was gesagt darüber oder war auf einmal lediglich die Aura der Wichtigkeit durch seine Küche gewabert?

Vera bekam Leo auch kaum noch zu Gesicht. Vielleicht lag das ja auch an Vera. Sie zumindest war bereit, in ihre Liebe alle Zeit zu investieren. Er beneidete diesen Jef.

Nick stellte die Gläser in die Spüle und nahm eines wieder heraus, um doch noch einen Gin Tonic zu trinken.

Er nahm Leos Glas. Am Rand waren deutliche Spuren eines tiefroten Lippenstiftes. Nick hasste diese Ränder. Er war nicht einmal sicher, ob er tiefrote Münder mochte, und doch nahm er dieses Glas, als sei das ein Zeichen von Verbundenheit.

Viel Gin und zu wenig Tonic. Er verkam zum Säufer.

Nick trank und schlug Leos Blättchen auf, das noch auf dem Küchentisch lag. Lauter Leute mit Kindern auf dem Arm. Madonna hatte auch schon zwei. Es lief was schief bei ihm. Ein Leben als einsamer Wolf hatte er nie angestrebt.

Er schlug das Heft zu und zögerte, es auf das Altpapier zu legen, das sich in seiner Besenkammer sammelte.

Tacheles reden. Heiratsantrag. Es musste ernst gemacht werden. Notfalls eine Trennung. Viel war vom Zusammensein ohnehin nicht übrig geblieben.

Nick legte das Heft auf den Ikea-Katalog, der auf einem Stapel Bildbände neben dem alten Ledersofa lag. Ganz brüchig war das Leder. Gab wirklich nicht allzu viel Glanz bei ihm. Früher einmal hatte Leo an dem legeren Stil Gefallen gefunden.

Er ließ sich auf das Sofa fallen und dachte an fünf Frauen, deren Leben zu Ende war. Keine Kinder. Keine Sofas.

Pit hatte seit dem Tag, an dem die fünfte Tote gefunden worden war, nichts von sich hören lassen. Noch am Fundort hatte er Nick das Versprechen abgenommen, keiner Seele von den Tätowierungen zu erzählen. Nun ja. Die Seele Vera war schon vor dem Versprechen eingeweiht worden.

Die gesamte Kripo musste inzwischen die Tattoos kennen. Doch überall nur Stillschweigen. Auch in den Zeitungen, die tagelang das Leid eines alten Mannes aus Georgien ausgeweidet hatten. Doch auch darüber schienen sie nun nichts mehr zu sagen zu haben.

Nick leerte das Glas und stand auf.

Er sollte wirklich anfangen, sich auf etwas anderes zu konzentrieren. Hätte er nicht noch Geld von der großen Serie über das Elend der Alten in den Heimen, wäre er schon am Ende. Viel getan hatte er nicht in letzter Zeit.

Wahrscheinlich war es das, was Leo auf die Nerven ging.

All das Elend, das er aufspürte und fotografierte und längst nicht aus dem Kopf bekam, wenn die Bilder gedruckt waren.

Keine Hochglanzdramen, wie sie bei Leo stattfanden.

Einfach nur Elend. Traurigkeit. Tod.

Er ging an seinen Schreibtisch und schaute auf die zehn Fotografien, die dort lagen. Zwei von jeder Toten. Eines zeigte den Kopf und den oberen Körper. Das zweite Foto zeigte nur den Hals. Würgemale. Einen winzigen Fleck.

Nick ließ die Lupe liegen. Er kannte die Flecken zu Genüge.

Welch kranker Geist, der Frauen tötete und ihnen kleine feine Klingen an den Hals setzte, um einen Spruch los zu werden.

Wie viele wollte er noch umbringen, um verständlich zu sein?

Alle gehen davon aus, dass es ein Mann ist, dachte Nick, ich auch. Würgten Frauen nicht?

Erwürgen ist bei Sexualdelikten sehr häufig, hatte Pit gesagt.

Keine der Toten war sexuell missbraucht worden.

Er ging in die Küche und holte den Gin aus dem Kühlfach.

Goss die Neige Tonic Wasser dazu, die noch in der Flasche war. »Stell dir vor, der Täter ist eine Frau«, sagte er laut.

Vielleicht wurde er ja einfach nur betrunken.

Anni Kock tat einen Spritzer Sidol auf den Lappen, der kein Lappen war, sondern ein Fetzen Schlafanzug. Vera heulte immer noch auf, wenn sie sah, was Anni da zum Polieren des Silbers und Wachsen der Möbel in Händen hielt.

Der Schlafanzug war alt gewesen und voller Löcher. Darin

63

durfte Vera nicht mal im Dunkeln erwischt werden. Diese Neigung, ein Lieblingsstück noch zu tragen, wenn es längst ein Lumpen war, hatte das Kind immer schon gehabt. Vera konnte ein Snob sein. Doch sie hing an alten Sachen.

Gab eben nichts Besseres als ein Stück guten englischen Flanellschlafanzuges, um ein Türschild aus Messing zum Glänzen zu bringen. Anni hauchte und wischte.

Gustav Lichte. Nicht mal ein eigenes Schild hatte Vera in achtzehn Jahren angebracht. Doch das würde jetzt anders werden, wenn dieser Klavierspieler erst mal hier einzöge.

Dann konnten die beiden ihr Schild neben das von Gustav hängen. Fast fing Anni an, sich zu freuen.

Kaum einer, der die Briefklappe noch nutzte. Anni hob den Deckel und brachte auch ihn zum Glänzen. Vor kurzem hatte der Klavierspieler einen Brief durchgeworfen, den Anni dann auf dem Boden der Diele fand. Konnte wohl gut Liebesbriefe schreiben, der Kerl. Vera war den ganzen Nachmittag durch die Wohnung geschwebt, als sei sie die Fee Glöckchen und keine Frau von einsachtundsiebzig.

Jef, dachte Anni. Was für ein komischer Name.

Sie faltete das Stück Flanell noch einmal neu und polierte ein letztes Mal Schild und Klappe. Durch die gläserne Kuppel im obersten Stock fiel das helle Tageslicht und fing sich im geputzten Messing. Sie war zufrieden.

Wird alles schön sauber sein, wenn der Kerl kommt, dachte Anni. »Jef«, sagte sie laut.

Vielleicht sollte er einen Spion einbauen lassen, obwohl es sich für herrschaftliche Türen kaum gehörte, ein solches Guckloch zu haben. Philip Perak seufzte. Er hätte gern die Tür geöffnet, um zu sehen, was die Alte da trieb.

Perak presste ein Ohr an seine herrschaftliche Tür und hörte die Hexe vor sich hin brabbeln. Dann fiel die Briefklappe zu.

Er glaubte beinahe einen Anspruch auf die verdammte Klappe zu haben, so viele Gedanken, wie er sich darüber machte. Letzte Nacht war er allerdings mit dem beklemmenden Gefühl aufgewacht, etwas Dummes tun zu wollen. War es nicht viel zu gefährlich, in die Wohnung seiner prächtigen Nachbarin einzudringen? Bestand doch schließlich die Möglichkeit, dass sie sein Kommen nicht schätzte.

Vielleicht konnte genau das der Tropfen zu viel sein. Waren es nicht oft Nichtigkeiten, die einen zu Fall brachten?

Philip Perak war sich immer noch sicher, dass Vera ihn nur näher kennen lernen müsste. In guten Augenblicken sah er sich vierhändig spielen mit ihr. In schlechten lag sein Hals unter dem Beil eines Henkers.

Er hörte die Tür nebenan ins Schloss fallen und öffnete seine eigene. Nichts zu erkennen an der Nachbarstür nach diesem ganzen Getue. Vermutlich hatte die Alte Stacheldraht in die Briefklappe gelegt.

Er durfte sich nicht zu sehr auf diesen prächtigen Vogel versteifen. Lieber das eine oder andere Vögelchen fangen, um sich abzulenken und die Lust zu zügeln. Es war nie gut für ihn gewesen, zu lange auf ein Ziel hin zu leben und die Ventile nicht zwischendurch mal zu öffnen.

Im August des letzten Jahres war darum alles eskaliert.

Er hätte einfach das Vögelchen vögeln sollen, ohne dies von zu zweit verlebten Tagen in einem kleinen Seebad abhängig zu machen. Tage, die seine Mutter verboten hatte.

Immer neue Unpässlichkeiten präsentierte sie, um ihn im Haus zu halten. Als sie dann tatsächlich tot war, hatte das Vögelchen schon einen anderen gefunden.

Philip Perak stellte sich vor den großen alten Spiegel in der Diele. Beinah deckenhoch war er und in einem schweren barocken Goldrahmen gefasst. Ein Erbstück. Wie vieles.

Perak sah hinein und hob die Brauen in die Höhe.

Vielleicht sollte er doch lieber ehrlich sein mit sich.

Hatte er je ein Vögelchen gevögelt?

Nein. So weit war er noch nicht gegangen. Immer wurde er

65

vom Vorspiel aufgehalten. Er war eben ein Mann, der das lange Vorspiel liebte. Das war doch en vogue. Oder?

Er betrachtete sich aufmerksam. Ein gut aussehender Mann von einundvierzig Jahren. Dunkles volles Haar. Seine Mutter hatte bis zuletzt ihr dunkles Haar gehabt. Perak strich über seinen dünnen schwarzen Oberlippenbart.

Er sehe aus wie ein Eintänzer, hatte ihm die dralle Dame aus der letzten missglückten Inszenierung am Ende zugezischt.

Eintänzer. Philip Perak wandte sich vom Spiegel ab.

Diese Vera ließ sich sicher gut vögeln.

Doch er sollte vorher nochmal auf die Pirsch gehen. Sonst geschah es ihm nachher, dass er die Kontrolle verlor und über seine Nachbarin herfiel und sie verstörte.

Philip Perak trat in seinen Salon und setzte sich an den Flügel. Hatte er nicht die besten Einfälle, wenn seine Hände über die Tasten glitten? Ein zügig gespielter Scarlatti. Die Katzenfuge vielleicht, die in ihren kühnen und scheinbar zufälligen Schritten ein geistvoller Scherz Scarlattis war.

Auf die Pirsch gehen. Ein Ventil öffnen. Vielleicht sollte er mal ein ganz anderes Terrain erkunden.

Drüben spielte Perak, und es klang, als ob eine Katze über die Tasten liefe. Vera stand vom Schreibtisch auf und trat in den Putzeimer hinein, in dessen Wasser ein englisches Bohnerwachs gegeben worden war, um das Parkett auf Hochglanz zu bringen. Die Vorhänge vorne waren schon abgehängt. Von Vera, die die alte Anni nicht mehr gern auf der Leiter sah. Das Telefon klingelte, aber es war immer noch nicht Leo, die seit Stunden zurückrufen sollte, sondern der Reinigungsdienst, der die Vorhänge erst am Abend abholen wollte. Vera fand den Tag wahnsinnig gemütlich.

Annis Annäherung an Jef war mit viel Putzen verbunden.

Wir heiraten noch nicht, hatte Vera gesagt, und wenn, dann mieten wir das Jacob und setzen uns auf die Lindenterrasse und denken an Max Liebermann und an Gustav.

Anni war nicht zu Scherzen aufgelegt.

»Höchste Zeit, dass hier mal ordentlich sauber gemacht wird«, sagte sie, »ist ja schließlich mitten im schönsten Frühling.«

Vera verschanzte sich wieder hinter ihrem Schreibtisch.

Perak spielte immer noch. Leo rief nicht zurück.

Vera hatte allmählich das Gefühl, dass ihre Freundin nicht nur Nick aus dem Wege ging. Was sollte das?

Mit vierunddreißig war Leo zu jung für eine Midlife-Krise.

Vera hob den Telefonhörer und legte ihn wieder hin.

»Gustav, was sagst du dazu?«, fragte sie und sah das große silbergerahmte Foto an. Gustav Lichte in jüngeren Jahren.

So hatte er ausgesehen, als Vera geboren worden war.

Ein eleganter Endsechziger. Mit einem Schnurrbart, den er später leider hatte abrasieren lassen. Weil der die Nase nur verkürzt, hatte er gesagt, ist doch das Schönste an mir.

Vera seufzte und sah zu dem Foto. Familienglück zu dritt.

Gustav lächelte Vera an, Nelly die Kamera.

»Vielleicht bin ich zu hart mit Nelly«, sagte Vera, als Anni ins Zimmer kam. »Soll ich sie anrufen und ihr von Jef erzählen?«

Anni knurrte. Vera glaubte kaum, dass das länger Jef galt.

»Schließlich ist sie meine Mutter«, sagte Vera und war wenig überzeugt von den eigenen Worten.

Weil Gott nicht überall sein konnte, schuf er die Mutter.

Auf wen traf das besser zu als auf Anni.

Das Telefon klingelte, und Vera hob ab.

»Leo, endlich«, sagte sie.

Doch Leo hatte nur gerade Zeit, um eine kleine Verabredung für den Abend zu treffen. Sich schnell mal sehen.

»Komm zu mir«, sagte Vera, »Gin trinken. Beine hochlegen.«

»Ich muss dir was erzählen«, sagte Leo und klang hektisch.

»Also doch«, sagte Vera und sah zu Anni, die angefangen hatte, die Bücherschränke zu wischen. Mit einem Lappen, der mal

teuer bei Harrods gekauft worden war. Das Ende eines Schlaf-
anzuges. Leo hatte schon aufgelegt.

Ich kann heute Abend nicht, hatte Vera gesagt, ich muss mir
meine beste Freundin vorknöpfen.

Jef war enttäuscht gewesen. Doch später am Abend schlug die
Enttäuschung beinah in Dankbarkeit um, dass Vera nicht am
Flügel stand und sang. Zwei der Herren kamen ins Lokal.

Die beiden älteren, die Love Me Tender um den Verstand gebracht hatte. Das schien ihnen Leid zu tun.

Sie sprachen nicht. Warfen ihm nur den einen und anderen
Blick zu. Vera hätte die Spannung in der Luft gleich bemerkt
und vermutlich den Mund nicht gehalten.

Den Chef bekam er gar nicht zu Gesicht. Der blieb die ganze
Nacht im Büro. Doch die Herren harrten aus. Bis zum bitteren
Ende um vier Uhr morgens. Die letzten Gäste gingen gerade,
als sie zu dritt ins Büro gebeten wurden.

In einem der Sessel saß ein junger Kerl und gab den Harten.
Das Leder seiner kurzen Jacke quietschte auf dem Leder des
Sessels, kaum dass der Junge sich bewegte.

Dem Chef hinter dem Schreibtisch schien das Geräusch nicht
angenehm zu sein. Er saß mit verzogenem Gesicht da und sah
aus, als sei er selber nur Opfer in diesem Spiel.

Jef bezweifelte das, obwohl er kaum begreifen konnte, dass
einer schlecht war, der so viel von Musik verstand.

Im Grunde glaubte er immer noch an das Gute oder hatte
wieder angefangen, daran zu glauben.

»Die Herren sind nur hier, um nochmal zu bestätigen, was
wir beide schon besprochen haben.«

Jef nickte. Hatten sie Angst, dass er noch nicht genügend ein-
geschüchtert war? Er sah zu dem Jungen hin, der die eichenver-
kleidete Decke betrachtete.

»Jorge ist älter, als er aussieht. Und gefährlicher.«

Jef seufzte. Gleich würde er sagen, dass Jorge ein scharfes
Messer hatte. Fast fand Jef es lächerlich.

»Das hier ist hartes Geschäft, Jef.«

Jef nickte noch einmal ergeben. Was sollte das Ganze?

»Einer der Herrn wurde gestern ganz unerwartet auf das Geschäft angesprochen. Sie haben doch nicht gequatscht?«

Jetzt war Jef erschrocken. »Natürlich nicht«, sagte er.

Der Chef sah einen der älteren Herren lange an.

»Tun Sie es auch nie, Jef.« Der Chef stand auf und mit ihm alle anderen. Auf dem Kiez funktionierten Hierarchien noch.

»Ich schätze Sie sehr, Jef«, sagte der Chef und öffnete die Tür zur Bar. »Sie sind der beste Pianist, den ich je hatte.«

»Leg dich auf die Chaiselongue«, sagte Vera, »ich hole nur mal Annis kalte Platte aus der Küche.«

Leo legte sich nicht auf die Chaiselongue. Sie war zu nervös, um elegant herumzuliegen. Lieber goss sie sich einen Gin ein, der im Kühler auf dem Sideboard stand, und setzte sich in den großen Sessel aus geflochtenem Bananenblatt, von denen Vera in einem seltenen Erneuerungsrausch zwei gekauft hatte, um das Wohnzimmer zu verjüngen.

»Auch gut«, sagte Vera und stellte die Silberplatte mit den Schnittchen auf den Glastisch zwischen den Sesseln.

»Waren die Fenster immer so nackt?«, fragte Leo.

»Du hast das klare Auge der Journalistin und vor allem das gute Erinnerungsvermögen«, sagte Vera.

»Da hingen also Vorhänge«, sagte Leo und klang beleidigt.

Vera schnappte sich ein Schnittchen mit Kasseler und ließ sich in den zweiten Sessel fallen.

»Hellgraue mit dunkelgrauen Mäandern«, sagte sie, »seit Jahrzehnten. Sie sind in der Reinigung.«

»Aal«, sagte Leo, »Anni ist die Einzige, die ich kenne, die noch Aal aufs Brot tut.« Sie nahm sich eines und bewältigte es mit einem Bissen. »Das ist immer der Ärger mit diesen Canapés. Die meisten lassen sich nicht mit einem einzigen Biss essen. Dann fallen sie dir auseinander, und du hast eine Gurke oder einen Sardellenring im Ausschnitt.«

Vera stand auf und ging zum Sideboard, um sich einen Drink zu nehmen. »Ja«, sagte sie, »das ist ein ständiger Krisenherd. Trinkst du deinen Gin weiter pur oder soll ich ihn mit Tonic aufgießen?«

Leo guckte in ihr Glas. »Gott«, sagte sie, »hab ich da nur Gin drin?« Sie hielt Vera das Glas hin.

»Spann mich nicht länger auf die Folter, Leo.«

»Es ist ein Mann. Aber anders, als du denkst.«

»Was denke ich?«, fragte Vera.

»Dass ich Nick betrüge.«

»Tust du es nicht?«

»Ich liege nicht mit einem anderen Mann im Bett.«

Vera setzte sich in ihren Bananenblattsessel, schlug die Beine übereinander und betrachtete ihre beste Freundin.

»Was macht ihr denn?«, fragte sie.

»In deinem Leben hat es doch auch schon Zeiten gegeben, in denen du keinen Sex hattest.«

»Dann hatte ich auch keinen Mann.«

»Er ist sehr feinsinnig«, sagte Leo, »und kultiviert.«

»Da kannst du nicht brach gelegen haben. Ich kenne keinen beleseneren Mann als Nick.«

»Die Eichmann-Protokolle«, sagte Leo, »überhaupt alles, was schrecklich ist, quälend oder elend. Und wenn er sich unterhalten will, dann liest er ›Das Totenschiff‹.«

»Er ist eben sehr engagiert.«

»Und seit letzten September besessen. Seit er dabei war, als sie die erste tote Frau fanden.«

Die Pendeluhr in der Diele schlug neunmal. Vera sah zu den Fenstern und fand sie sehr nackt und die Stimmung ungut.

Sie hätte gerne mit Leo über die Tätowierungen gesprochen, über den weißen Hals einer jungen Cellistin, die ihr nicht aus dem Kopf ging und nicht aus dem Herzen und kaum aus dem Magen, doch Nick hatte sie gestern verdonnert, darüber den Mund zu halten. Zu spät, um das bei Jef zu tun. Der schien ihr ohnehin kaum zugehört zu haben, als sie von den Morden erzählte. Dass Leo davon wusste, war an Nick wohl vorübergegangen. Sprach sie überhaupt noch mit ihm?

»Besessen?«, fragte sie.

»Was will er? Den Fall lösen? Die haben doch längst eine SoKo gegründet und lassen ihn außen vor.«

»Ich glaube, dass er schon noch die Geschichte im Auge hat. Doch sie lässt sich vorläufig nicht zu Ende erzählen.«

»Wenn Nick doch endlich der große Coup gelänge«, sagte Leo. Sie trank ihr Glas in einem Zug aus.

»Ist es das, was du ihm vorwirfst, dass er kein Star ist?«

»Quatsch«, sagte Leo.

»Und der Neue?«

»Er liest mir Gedichte vor.«

»Davon lebt er?«

»Er hat Geld«, sagte Leo. »Du tust doch auch nichts anderes, als Geld zu haben.« Dieser Vorwurf von Leo war neu. Sie musste wirklich sehr aufgewühlt sein.

»Lass uns doch nicht streiten, Leo. Nimm dir lieber noch eines mit Aal.« Anni würde gekränkt sein, wenn sie morgen noch Schnittchen im Kühlschrank fände.

»Ich streite ja nur, weil ich ein schlechtes Gewissen habe«, sagte Leo, »aber es ist wie ein Wahn. Ich bin verrückt nach diesem Mann. Vielleicht, weil er mich ernst nimmt und nicht als Klatschblattelse abstempelt.«

»Das tut Nick auch nicht.«

»Doch«, sagte Leo. »Doch. Doch. Doch.« Sie geriet so sehr in Bewegung, dass ihr der Gin aus dem Glas schwappte. Gut, dass das keine Flecken gab auf den grauen Leinenkissen der Bananenblattsessel. Sonst würde Anni die auch noch abziehen und in die Reinigung schicken.

»Was soll ich tun?«

»Mit Nick sprechen.«

Leo schüttelte heftig den Kopf. »Er darf nichts davon wissen«, sagte sie, »versprich mir das.«

71

»Gehen wir davon aus, dass es ein vorübergehender Wahn ist«, sagte Vera, »dann dürfen wir es ihm verschweigen.«

»Ich hoffe, dass es vorübergehend ist.«

»Du hoffst es?«

»Es ist so anstrengend«, sagte Leo und fing an zu weinen. Vera beugte sich vor und streichelte Leos Hand, die auf der Lehne lag. »Irgendwas scheint an deiner Amourette nicht zu stimmen. Heiterer macht sie dich jedenfalls nicht.«

Leo zog die Nase hoch. »Nick tut mir Leid«, sagte sie.

»Er scheint ja noch nicht aus dem Rennen zu sein. Oder?«

»Nein. Ist er nicht.«

»Und wenn Nick dich nun um deine Hand bäte und anfinge, ein paar Gedichte zu lesen?«

»Ich brauche ein bisschen Zeit.«

»Dass elf Jahre da nicht ausreichen, verstehe ich.«

Leo griff nach einem Aalschnittchen. Diesmal knabberte sie behutsam daran herum.

»Stell ihn mir vor. Ich will ihn kennen lernen.«

Leo schien erschrocken. Eine kleine Lauchzwiebel fiel von dem Schnittchen und zierte Leos ärmellosen Rollkragenpulli auf Brusthöhe. »Siehst du«, sagte sie.

»Lässt sich doch sicher arrangieren«, sagte Vera ungerührt.

»Ich kenne deinen Jef ja auch noch nicht.«

»Ein Abend zu viert«, schlug Vera vor.

»Lieber nicht. Das kriegt dann so einen offiziellen Touch.«

»Wo hast du ihn eigentlich kennen gelernt?«

»Auf einer Vernissage«, sagte Leo.

In Veras Ohren hörte sich das vage an. Vage und verhuscht. Passte gar nicht zu Leo. Wenn sie sich nur keinen Tyrannen angelacht hatte. Höchste Zeit, einen Blick darauf zu werfen.

Vera nahm ein Lachsschnittchen und kaute länger auf der Kresse als nötig. Doch ihr kam eine Idee dabei.

Das hier war wirklich Terra incognita für ihn. Philip Perak zuckte zusammen, als sich eine gelb gefärbte Frau mit Einkaufstüten zwischen ihn und das Fenster quetschte.

Er stand auf und hielt sich an der Stange fest und hätte gern Handschuhe angehabt. Die Untergrundbahn holperte, als führe sie nicht über blanke Gleise, sondern über Schotter.

Eben war er noch am Jungfernstieg gewesen und hatte die Auslagen eines Juweliers betrachtet und nun das.

Er wusste kaum noch, wie er da hineingeraten war. Eine Frau, die sich in der Scheibe spiegelte. Eine große schöne Frau. Sie hatten gemeinsam auf ein Kollier mit Saphiren für vierundzwanzigtausend geblickt und sich dann angesehen. Dunkle Locken. Ihre Augen saphirblau.

Eine Frau, wie geschaffen für eine Inszenierung.

Er hatte ihr einfach folgen müssen, und dann fand er sich im Waggon einer Untergrundbahn wieder. Allein.

Nein. Natürlich nicht allein. Viel zu viele Menschen mit ihm.

Nur sie nicht. Er konnte sich nicht erklären, warum er sie verloren hatte und jetzt hier stand und durch Stationen des alten Schlachthofviertels fuhr. Er nahm sich vor, so lange zu fahren, bis er denen entkommen war. Die Eleganz des leichten, doppelt gezwirnten Kaschmirs, den er trug, wäre ein Fressen für die Glatzköpfe, die da draußen lauerten.

Philip Perak provozierte. Das war ihm nicht neu.

Eine Bierdose kam bei jeder Biegung unter einem Sitz hervor, kullerte ihm vor die Füße und kullerte zurück. Er klammerte sich an die Stange, die er eigentlich nicht berühren wollte, und hoffte auf die nächste Station. Größer. Heller. Sauberer.

Aus dem Tunnel ans Licht. Perak atmete auf, als er die Stationsschilder las. Hoheluftchaussee. Eine gemäßigte Gegend. Er stieg aus und lief die Treppe hinunter, als sei jemand hinter ihm her. Er sah die Männer erst gar nicht, die da breitbeinig standen und eine Kette bildeten.

Nein. Philip Perak hatte keine Fahrkarte. Ihm war nicht mal der Gedanke gekommen, dass er eine haben sollte.

Er schloss die Augen vor Scham, als er zur Seite treten musste. Sein Name. Seine Adresse. Ein Zufall nur, dass er einen Ausweis dabei hatte und nicht nur Visitenkarten.

Er hatte nicht mal genügend Geld in der Tasche, um die Strafe zu bezahlen. War er nicht unterwegs gewesen zu seiner Bank, als ihn die Juwelen anfunkelten?

Philip Perak schlich davon, um den langen Gang nach Hause anzutreten, doch schon zwei Straßen später stoppte er ein Taxi. Dafür würde das Geld gerade noch reichen.

Er hatte das dringende Bedürfnis, ein langes und gründliches Bad zu nehmen, schmutzig wie er geworden war.

Nichts Neues. Die Zeitungen schwiegen. Pit schwieg. Telefonierte zwar mal, um »Nick, altes Haus« zu sagen, aber die Nachrichtensperre im Fall der fünf toten Frauen schien nun auch Nick zu betreffen. Nick versuchte, die Frauen aus dem Kopf zu kriegen und Leo dazu.

Er nutzte die ersten weichen Maitage, um Liebespaare an der Alster zu fotografieren. Eine Auftragsarbeit. Freiwillig wäre er nicht darauf gekommen, doch er brauchte Geld. Vielleicht sollte er ein paar Belegfotos an Leo schicken, ein Versuch, ihr Herz zu wärmen. Er hörte nichts von ihr.

Am dritten Tag schlug das Wetter schon wieder um, und er stellte noch Fotos von einem Paar nach, das sich hinter einer nassgeregneten Kaffeehausscheibe küsste. Nick ließ auch einen Schwarzweißfilm mit diesem Motiv durchlaufen, das konnte er einem Kartenverlag anbieten.

Er war zu allerlei Innovationen bereit, um Leo zu erfreuen.

Ihr zu beweisen, dass er nicht der elende Nick war.

Er kriegte Leo nicht aus dem Kopf.

Die anderen Frauen auch nicht.

Freitagabend traf er sich mit Pit auf ein Bier. Sie sprachen über alles, was nicht wichtig zu sein schien. Krochen beide um den heißen Brei herum. Aßen Bratkartoffeln dazu.

Erst, als sie sich vor der Kneipe trennten, sagte Pit etwas, das mit dem Fall zu tun hatte. Ganz nebenbei sagte er es, als begehe er auf diese Weise keine Indiskretion.

Die Frauen hatten einen Traum geteilt. Alle träumten sie davon, ein Glanz zu sein. Sich zu erheben.

Über Schützenfeste und Kneipen und Strumpfläden. Auch die kleine Cellistin hatte als sehr ehrgeizig gegolten.

Nick zuckte die Achseln. Vier junge Frauen.

Klar waren sie ehrgeizig. Versuchte er nicht auch gerade wieder, seinen Ehrgeiz zu wecken?

Vielleicht hat der Täter ihnen etwas versprochen, hatte Pit gesagt. Vielleicht war er auch einfach nur aus einem Busch gesprungen, dachte Nick, als er nach Hause ging.

Hatte ganz ohne Versprechungen gleich gewürgt.

Nein. Das war keine Spur.

Alle Frauen, die er kannte, wollten ein Glanzlicht sein. Tauchte Leo nicht nach Glanz in ihrem Talmi?

Vera. Es wurde Zeit, dass er sie singen hörte in ihrer Bar. Noch scheute er sich vor der Begegnung mit Jef.

Er kam nach Hause und holte den Fernet Branca aus dem Küchenschrank. Viel lag ihm im Magen.

Nicht nur die Toten. Auch das eigene Leben.

Nick ging zum Telefon und wählte Veras Nummer. Ließ lange durchläuten. Es gehörte zu Veras Unverschämtheiten, keinen Anrufbeantworter zu haben.

Vermutlich sang sie gerade ihren Jef an. Hielt sich an der eigenen herrlichen Taille fest und sang Solitary Moon.

Nick goss sich noch einen Fernet Branca ein. Wie kam er ausgerechnet auf Solitary Moon? Die Mond.

»When the night is wrapped around us«, sang Nick. Klang ganz gut. »When the only light that's found us is the solitary moon.« Die gekachelte Küche hatte keine schlechte Akustik. Vera sollte ihn hören. Vielleicht wäre er doch ein Partner für sie. Brother in song. Lover in song.

Er musste Vera die Pistole auf die Brust setzen.

Nick schüttelte sich. Eine dämliche Formulierung. Selbst,

75

wenn man sie nicht laut aussprach. Doch er wollte endlich Klarheit über Leo haben. Konnte es sein, dass die beste Freundin tatsächlich nicht wusste, was los war?

»Nein«, sagte Nick. Er versuchte es noch einmal bei Vera und stellte sich vor, wie das Klingeln des Telefons durch acht Zimmer, zwei Balkone und einen Wintergarten zog.

Keiner nahm ab. Warum lebte Anni nicht dort? Sie war die einzige verlässliche Frau, die er kannte.

Nick wählte Leos Nummer und verweigerte sich ihrem Anrufbeantworter. Leo konnte seine Nachrichten schon zu einem Hörspiel zusammenschneiden.

Er griff noch einmal nach dem Hörer. Endlich Erfolg haben.

Nick erreichte die Taxizentrale und bestellte einen Wagen.

Er guckte nur einmal kurz an sich hinunter, als er einstieg, um zur Bongo-Bar zu fahren. Vielleicht ein bisschen leger.

Vera würde darüber hinwegsehen.

Sie war in jeder Hinsicht eine großzügige Frau.

Ein einziges Lachssandwich mit Kresse lag noch auf dem Teller der Etagere, der für Lachssandwiches vorgesehen war. Vera ignorierte die anderen Leckereien des High Tea und griff nach Lachs und Kresse. Schon sechs Tassen Earl Grey getrunken. Gleich würde sie wieder aufs Klo müssen, und Leo war immer noch nicht da.

Das Kaminfeuer lohte. Der Klavierspieler spielte.

Vor den großen Scheiben des Vierjahreszeiten-Hotels taten sich die Binnenalster und ein trüber Nachmittag auf. Die verregneten Tage nahmen überhand in diesem Mai.

The Girl from Ipanema spielte der Klavierspieler.

Vielleicht sollte sie wenigstens nach Nizza fahren.

Der Tisch ihr gegenüber, der für zwei gedeckt war, blieb unberührt, obwohl die Zeit, zu der Vera ihn auf Leos Namen reserviert hatte, seit einer halben Stunde überschritten war.

Sie hatte sich das nett vorgestellt, einen High Tea nehmen und dabei Leos kultivierten Lover im Visier haben.

Heimlich, still und leise. Vera inkognito.

Leo hatte eingewilligt und nur Angst gehabt, aus der Rolle zu fallen und nervös zu kichern, während sie Törtchen aß und Vera gegenüber wusste, die mit Argusaugen guckte.

Doch Leo war nicht da. Weder mit Lover noch ohne.

Vera hob die Hand, um einen Laphroaig zu bestellen.

Hatte Leo jemals den Namen dieses Herrn genannt?

Vielleicht gibt es ihn gar nicht, dachte Vera einen Augenblick lang. Doch sie verwarf den Gedanken gleich. Leo war nicht der Typ, der sich seine Liebhaber ausdachte.

Der Laphroaig kam. Vera blickte auf die Herrenuhr von Ebel, die einmal Gustav gehört hatte. Vor vierzig Minuten hätte Leo erscheinen müssen. Vera ließ die Rechnung kommen und legte die Scheine in die Damastserviette.

Sie war schon auf dem Weg zur Garderobe und dem Ladys Room, den sie schon vor Ewigkeiten hätte aufsuchen sollen, als sich ein Junge in Livree und mit Tablett näherte. Vera nahm das Kuvert, das darauf lag, und öffnete es.

Warum hast du auch kein Handy. Ruf mich an. Leo.

Vera schnaubte und ging erst mal aufs Klo.

Ein paar Bitte und Danke und Entschuldige hatte sie schon erwartet. Leo vergaß ihre Erziehung, in die ihre Eltern Tausende gesteckt hatten. Dieser Knabe schien keinen guten Einfluss zu haben.

Vera ließ sich ihren Schirm von der Garderobenfrau geben und die Aldítüte, in der das Inhaliergerät war, das ihr Anni aufgedrängt hatte. Für Jef, der seit zwei Tagen mit einer Bronchitis im Bett lag, das auch nur ein aufgeklapptes Sofa war. Wurde Zeit, ihn in die Wohlhabenheit ihres Heimes zu holen. Jefs Wohnung wirkte wie ein vorübergehender Zustand.

Der Doorman strahlte, als Vera an ihm vorbeikam. Es gefiel ihm, dass elegante Damen aus dem Vierjahreszeiten traten und eine Aldítüte schwenkten. Keine Konventionen. Keine Klassen. Danach sehnte sich ein Mensch, wenn er tagein, tagaus vor der Tür eines teuren Hotels stand.

77

»Das sind die Eisheiligen«, sagte Anni, »deshalb soll man vor dem vierzehnten auch gar keine Geranien pflanzen.«

Sie sah den verfrorenen Kerl an, der da in ihrer Küche stand. Jef lächelte, als sie von Geranien sprach.

Anni pflanzte selten Geranien. Auf den vorderen Balkons taten sich Bornholmer Margeriten leichter. War doch oft windig da, und die Bornholmer konnten was aushalten.

»Ich habe Ihnen das Bett im Gästezimmer gemacht. Da legen Sie sich nach dem Essen mal gleich hinein.«

Vera atmete den Duft der Hühnersuppe ein, die auf dem Herd köchelte, und sah, wie Anni den verlegenen Jef in den Korbsessel lockte, so dass er den Vorsitz am Küchentisch hatte, auf dem heute eine blaukarierte Decke lag. Vera kam sich vor, als wirke sie in einem Werbespot für Margarine mit. Vielleicht ein bisschen viel Idylle, die Anni da inszenierte.

»Seit Nelly weg ist, haben wir nämlich nicht mehr im Esszimmer gegessen«, sagte Anni.

»Meine Mutter«, sagte Vera.

Jef nickte. Er kannte die Geschichte.

»Ist hier viel gemütlicher«, sagte Anni und murkste an der Weinflasche herum. Sie war wirklich nervös.

Jef stand auf, um ihr die Flasche zu öffnen.

»Und seitdem mein Vater darauf bestand, auf dem Esstisch aufgebahrt zu werden, mit Blick auf das Klavier, ist es jetzt unsere Aussegnungshalle.«

»Vera«, sagte Anni vorwurfsvoll, »ist doch nicht wahr. Dein Vater lag bei St. Anschar aufgebahrt.«

Jef hatte sich seines Jacketts entledigt. Das erste Mal seit Tagen war ihm warm. Er füllte die Gläser, die Anni bereitgestellt hatte, mit dem tiefroten Salice.

»Trinken wir immer zur Hühnersuppe.« Vera grinste.

»Dürfen Sie denn überhaupt?«, fragte Anni.

»Er ist älter, als er aussieht, Annilein.«

Und gefährlicher, dachte Jef und hatte Jorge vor Augen, im Büro hinter der Bar. Er fühlte sich auf einmal sehr matt.

»Ich dachte nur, falls er Tabletten nimmt«, sagte Anni.

Jef ließ sich in den Korbsessel sinken und trank einen Schluck Salice und nickte Anni beruhigend zu.

Stellte sich vor, er gehöre hier hin.

Das Glück des Hingehörens.

Er hatte nie lange bleiben können.

Seit er zwölf Jahre alt gewesen war, nicht mehr, obwohl er das Haus seines Vaters erst mit neunzehn verließ. Seine vierte Stiefmutter hatte in der Tür gestanden und gelächelt.

Immerhin war er damals alt genug, um sich nicht im dunklen Wald zu verirren, und die Hexe hatte er hinter sich gelassen.

Viel später hatten sie und ihre Tochter, die vielleicht das Kind seines Vaters war, das Haus geerbt.

Hätte er gerne ein Haus am Niederrhein?

Vera deckte die tiefen Teller auf und ließ Jef in seinen Gedanken versunken sein.

Anni hatte Ärger mit dem Eierstich, der nicht aus dem kleinen Stieltopf wollte. Sie bemerkte Jefs Schweigen nicht.

Erst später, als die Suppe gegessen war und Jef Anni hatte hochleben lassen und alles nach einem glücklichen Abend aussah, stieg die Traurigkeit in Vera auf.

Sie sah Jef an, der mit geröteten Wangen dasaß, vom Fieber, vom Wein, und sie wusste auf einmal, dass er immer nur ein Gast sein und nicht hier hingehören würde.

Jef war keiner, der blieb.

»Er hatte eine schwarze Stirnlocke und spielte Strangers in the Night«, sagte Nick, der Tage der Enttäuschungen hinter sich hatte. Keine Vera, die neben einem Steinway stand und sang. Keine Leo, die von sich hören ließ.

»Das ist Jens«, sagte Vera, »er vertritt Jef gelegentlich.«

»So wie er aussah, hätte ich gedacht, er hieße Laszlo.«

»Du hast Vorurteile.«

»Ja«, sagte Nick, »und wo warst du eigentlich?«

»Ich singe nicht mit Laszlo, und Jef lag krank zu Hause.«

»Und du hast ihn versorgt.« Er ärgerte sich selbst darüber, dass er so vorwurfsvoll klang.

»Vorübergehend. Dann habe ich ihn in Annis Hände gegeben, und sie hat ihn an einem Tag auf die Beine gebracht. Er ist vorhin schon wieder zu sich nach Hause gefahren.«

»Er war bei dir und Anni?«

»Ich dachte, dein Feld der Eifersucht sei Leo und ihr imaginärer Liebhaber.«

»Sie hat also einen.«

»Ich sagte imaginär«, sagte Vera. Das war kaum eine Lüge, wenn sie an den Nachmittag im Vierjahreszeiten dachte.

Sie hatte seitdem nichts von Leo gehört, nur einmal auf ihre Mailbox gesprochen. Musste man sich Sorgen machen, wenn eine Frau wie Leo einen Tag lang nichts von sich hören ließ? Vermutlich saß sie in einer Suite auf einem Veloursofa und lauschte den Versatzstücken, die ein Star von sich gab und die später dann Interview genannt wurden.

»Ich habe gar nichts zu trinken da«, sagte Nick.

»Ein neues Leben angefangen?«

»Nur nicht eingekauft.«

»Noch ein Sorgenkind«, sagte Vera. »Könnte es sein, dass du keine Kohle hast?«

»Ich habe Außenstände. Nur leider dauert es immer länger, bis die Herrschaften Honorare überweisen.«

Vera griff nach ihrer Kellybag.

»Nein«, sagte Nick.

»Bei Geld fängt die Freundschaft an.«

»Diese Einstellung ehrt dich«, sagte Nick, »trotzdem nein.«

»Denk aber bitte daran, dass ich keine Lust habe, die Tür aufbrechen zu lassen, um dich verhungert dahinter vorzufinden und dann die Leiche am Hals zu haben.«

»Vielleicht taucht bis dahin Leo wieder auf.«

Vera seufzte. Sie hätte ihm gern erzählt, was sie von Leo wusste.

»Weißt du wirklich nichts?«

Vera guckte die Haferflockendose auf dem Küchenschrank an. In dem künstlichen Efeu, das die Dose umkränzte, hingen Staubfäden. Sie schüttelte den Kopf.

«Gibt es was Neues von den toten Frauen?«, fragte sie.

»Wenn, dann weiß ich es nicht.«

»Der Täter scheint so eine Art Quartalsmörder zu sein. Zwei Tote im September. Zwei im April.«

»Du vergisst unsere unbekannte Novembertote«, sagte Nick. Er kramte im Küchenschrank und fand den Fernet Branca. Nur noch eine Neige, die da in der Flasche war.

»Darf ich das mit dir teilen?«, fragte Nick.

»Du bist ein echter Freund.«

Nick gab die letzten Tropfen in zwei Schnapsgläser. »Könntest du dir vorstellen, dass es eine Frau ist?«, fragte er.

»Die erst tötet und dann auch noch tätowiert? Nein.«

»Sie galten alle vier nicht gerade als vertrauensselig, Männern gegenüber. Nicht mal die Sängerin.«

»Musst du auch nicht sein, wenn vor dir einer aus dem Busch springt und zu würgen anfängt.«

»Sie wurden alle nicht am Fundort getötet.« Das war eine der spärlichen Informationen, die ihm Pit hatte zukommen lassen, als sie gestern telefonierten.

»Irgendein Busch«, sagte Vera, »ich glaube nicht, dass sie in einer Beziehung zu ihrem Mörder standen.« Sie sah Nick an. »Gelten Sängerinnen sonst als vertrauensselig?«, fragte sie.

»Vielleicht gehen sie lockerer mit Männern um.«

Vera guckte auf ihre Uhr. Halb acht. Sie wollte auf jeden Fall noch einen geöffneten Lebensmittelladen finden, um ein paar Tüten für Nick zu füllen und liefern zu lassen.

»Konnte Anni deinen Klavierspieler leiden?«

»Ja«, sagte Vera. Sie stand auf.

»Lässt du mich wissen, wenn du von Leo hörst?«

»Dito. Ich habe noch ein Hühnchen mit ihr zu rupfen.«

Vera drückte Nick einen Kuss auf den Mund.

»Hühnchen?«

»Oder auch ein Lachssandwich mit Kresse«, sagte Vera.

Sie ließ einen verwirrten Nick zurück.

Er hatte einen hübschen jungen Mann vor der Haustür gesehen und einen Augenblick lang gedacht, dass er ihn kannte. Vic? Nein. Er litt schon an Halluzinationen.

Erst als seine Nachbarin aus dem Treppenhaus trat und sich bei dem jungen Mann einhakte, fiel ihm ein, dass der kein anderer war als der Bote, der die Briefklappe an Vera Lichtes Tür geöffnet hatte, um ohne Zweifel einen von ihm verfassten Liebesbrief einzuwerfen.

Philip Perak blickte den beiden nach, als sie davongingen.

Er fühlte sich schlecht, seit die Saphirblaue in der Menge verschwunden war. Dabei hätte sie nur ein kleines Ventil sein sollen, um ihn von Vera abzulenken.

Er nannte seine prächtige Nachbarin tatsächlich schon mit Vornamen. Im Herzen. Er hatte ja kaum eine Chance, in ihre Nähe zu kommen. Nun auch noch ein Konkurrent.

Eine Zeit lang hatte seine Mutter gemutmaßt, dass er homosexuell sei. Vermutlich hatte sie Vic darum vor die Türe gesetzt. Obwohl er Grund zu der Annahme hatte, dass sie ihren Besitzanspruch auf ihn gleichermaßen bei Männern und bei Frauen geltend machte. Die gute Ola. Perak zischte.

Er war einsam. Dann fielen ihm dumme Dinge ein.

Philip Perak drehte sich um und blickte die Fassade hoch.

Eine Kirchturmglocke schlug sechsmal. Ferner Klang. Doch er hörte es und zählte mit. Die alte Hexe, die als Haushälterin agierte, war sicher gegangen. Das tat sie zu dieser Zeit.

Er ging auf die breite Eichentür zu und stieg die Stufen hoch. Die Tür war nicht einmal ins Schloss gefallen. Viel zu nachlässig, der Hausmeister. Welch ein Gesindel konnte hier leicht eindringen. Er stieg in den Aufzug. Drückte den vierten Knopf. Dort oben im Stockwerk war es noch hell. Trübes Licht fiel durch die gläserne Kuppel, die sich übers Treppenhaus spannte. Kein lichter Maienglanz.

Perak hob die Messingklappe an Veras Tür. Versuchsweise.

Er betrachtete die vier Schrauben an jeder Ecke und ließ die Klappe fallen. Eine vage Idee, das ganze Vorhaben. Keiner seiner stahlblitzenden Schraubenzieher, keine Zange konnte ihm hier helfen. Der Schlitz blieb ein schmaler Schlitz, auch wenn er die Umrandung entfernte, und sein Arm war weder dünn noch lang genug, um an das Türschloss zu gelangen.

Er blickte zur eigenen Briefklappe, die er von innen hatte vernageln lassen. Das schien ihm sicherer.

Vielleicht trickste er sich aber auch selber aus, und seine kindischen Einbruchsphantasien sollten ihn nur beschäftigen.

Er erinnerte sich, vor Jahren eine Art Logbuch geführt und jede Bewegung einer jungen Frau darin eingetragen zu haben, die im Haus gegenüber gelebt hatte.

Er hatte das Fernglas kaum von den Augen genommen.

Nur, um der geliebten Mutter nicht an den Hals zu gehen. Eine Beschäftigung, der Ablenkung wegen.

Genau wie diese. Oder?

Philip Perak hob noch einmal die Briefklappe und ließ sie fallen. Eigentlich verabschiedete er sich schon von diesem Plan.

Er zog den Schlüssel für die eigene Tür und öffnete sie.

Etwas Saphirblaues blitzte im Salon auf, als er die elektrischen Kandelaber anschaltete.

Er erkannte erst im zweiten Augenblick, dass es das blaue Glas der Ginflasche war, die noch auf dem Flügel stand.

Bombay Sapphire. Er liebte das Beste.

Perak nahm die Flasche in die Hand. Vielleicht bedeutete das doch mehr, als nur einen exzellenten Geschmack zu haben. Ein Omen vielleicht. Philip Perak stieß einen kleinen Pfiff aus.

Das tat er selten. Doch er hatte gerade beschlossen, auf die Suche nach der Saphirblauen zu gehen.

Das würde ihm über die nächsten Tage helfen.

Der größte Psychopath der Stadt. Dass der ausgerechnet neben Vera lebte. Anni Kock schüttelte den Kopf. Sie sehnte sich nach den Kindern, die drüben zu Hause gewesen waren, bevor im November Philip Perak einzog. Ja. Sie hatte eine tiefe Sehnsucht nach Normalität. Für sich. Für Vera.

War die mit Jef möglich? Darüber hatte Anni nachgedacht, als sie in der dämmerigen Küche saß und auf Vera wartete.

Ein lieber Junge. Kein Hallodri, wie sie vermutet hatte. Ihr fiel es nicht schwer, ihn ins Herz zu schließen, und doch blieb da ihr komisches Gefühl, das sie nicht deuten konnte.

Wollte Vera Normalität? Einen alten Vater zu haben und eine vierzig Jahre jüngere Mutter, die sich an jeder Ecke die Kerle suchte, war sicher keine. Konnte Vera also gar nicht wissen, wie es ist, normal zu leben? Hatte die kleine Anni denn eine normale Kindheit gehabt? Als Neunjährige mit der Mutter in einem Barmbeker Keller sitzen und den Bomben zuhören. Gut, wenn man sie hörte. Dann trafen sie einen nicht.

»War eben Krieg«, sagte Anni laut in die leeren acht Zimmer hinein, »kann man nicht vergleichen.«

Dann der Vater tot, vier Tage vor Annis zehntem Geburtstag, in Kurland gefallen. Wusste doch heute keiner mehr, wo das lag. Alles Lettland jetzt. Vera war ja kaum zwanzig gewesen, als sie Halbwaise wurde. Anni seufzte. Gustav Lichte war der einzige Mann, den sie gelten ließ.

Dieser Jef. Ein hübscher Junge und lieb. Aber da war auch was Verschlossenes an ihm. Er hatte eben auch nicht viel Normalität gehabt. Was sie so von Vera hörte.

Wenigstens hatte das Geklapper an der Wohnungstür aufgehört. Wusste sie längst, dass dieser Perak immer mal durch den Schlitz guckte.

Was dachte er? Dass Vera nackt hinter der Klappe saß?

Anni kicherte. Vielleicht sollte sie sich mal dahinsetzen.

Wo Vera bloß blieb? Sie hatte Jef doch nur in ein Taxi setzen wollen. Anni stand auf und ächzte. Diese Nässe in den letzten Tagen tat ihren Knochen nicht gut. Kaum zu glauben, dass das

Mai sein sollte. Das hatte man nun von den paar Tagen Hochsommer im April. War alles nicht normal.

Sie ging zu der kleinen Kommode, die im Flur stand, und zog die oberste Schublade auf. Dort lag der Zettel, auf den Vera die Telefonnummer von Jef für sie aufgeschrieben hatte. Sollte sie ihn anrufen? Fragen, ob Vera da war?

Sie nahm den Telefonhörer ab und legte ihn wieder auf.

Was waren denn das für Klänge da drüben? Der hatte ja keine Ahnung von Musik. Wenn sie an die Melodien dachte, die Veras Vater komponiert hatte. War immer Herz dabei gewesen, und dann hatte er vorne am Klavier gesessen und die eigenen Lieder gespielt und die der anderen. Aber eben immer Herz. Das war schön, dachte Anni Kock.

Die Normalität, nach der sie sich sehnte, war vielleicht nichts anderes als das Füllen der Stille. Kinderlärm. Klavierspiel. Und ein paar Leute mehr um den Küchentisch.

Anni Kock hörte den Schlüssel im Schloss. Endlich.

»Tut mir Leid«, sagte Vera, »ich war noch bei Nick und dann einkaufen.« Sie warf ihre Tasche auf das Säufersofa.

Konnten wohl nur unzerbrechliche Kleinigkeiten sein, die Vera eingekauft hatte. Anni schüttelte den Kopf.

Endlich mal für eine große Familie sorgen, dachte sie.

Vera hatte vergessen, die Nachttischlampe auszuschalten, das Notlicht, das beinah immer brannte. Das erleichterte es ihr, das Telefon gleich zu finden, obwohl sie aus einem tiefen Schlaf kam. Viertel vor zwei zeigte der Wecker von Cartier an, den ihr Vater ihr geschenkt hatte. Vera zum achtzehnten Geburtstag von ihrem Gustav.

Sie grummelte ein Hallo in das Telefon und hörte einen Haufen Nebengeräusche, die alle nach Bahnhof klangen.

Sie wollte gerade auflegen, als sie Leos Stimme erkannte.

»Verzeihst du mir?«

Vera war nun völlig wach. »Das Vierjahreszeiten oder die nächtliche Ruhestörung?«, fragte sie.

»Ist es schon so spät?«

»Gott, Leo. Da hängen doch sicher Uhren auf dem Bahnhof.«

»Ich bin nicht auf dem Bahnhof.«

»Eine neue Band?«, fragte Vera. Im Hintergrund glaubte sie, einen Zug einlaufen zu hören. Fuhren um diese Zeit denn noch Züge ein? Dann ein Kreischen, das kaum von einer Bremse kam, sondern aus der Kehle einer Frau.

»Leo? Wo bist du?« Vera fing an, unruhig zu werden.

»In einer alten Fabrik. Es ist ein Happening, das du hörst.«

»Ich dachte, das gäbe es nicht mehr«, sagte Vera.

»Harlan ist Spezialist für diese Happenings.«

»Harlan?«

»Gott, Vera. Ich hab dir doch von ihm erzählt.«

Harlan. Keine angenehme Assoziation, die sie da hatte. Hieß der so mit Vornamen?

»Ich dachte, er sei kultiviert«, sagte sie.

Das Geräusch, das sie nun hörte, war ein Zischen von Leo.

»Kultur ist nicht nur in der Kunsthalle stehen und Caspar David Friedrich angucken«, sagte sie.

»Nimm mal deine Zigarettenspitze von der Zunge«, sagte Vera, »du zischst sonst zu sehr beim Sprechen.« Das hatte ihr gefehlt, sich kurz vor zwei mit Leo zu streiten, während die auf einem Happening weilte. Was wollte sie eigentlich?

»Ich wollte mich nur melden«, sagte Leo.

»Gut. Nick und ich ziehen die Vermisstenanzeige zurück.«

»Nick.« Leo klang kleinlaut an dieser Stelle.

»Um eins im Cox«, sagte Vera. »Morgen Mittag. Ich kündige dir die Freundschaft, solltest du nicht aufkreuzen.«

»Ich komme.« Im Hintergrund war jetzt eine Luftschutzsirene zu hören. Es musste ein herrlicher Platz sein, um die Nacht zu verbringen. Vera dankte Gott, dass sie in ihrem Bett lag.

Sie lauschte noch einmal in das Telefon hinein, doch Leo hatte aufgelegt. Hoffentlich kam sie heil nach Hause.

Sie schien nicht ganz bei Verstand zu sein. Vera erinnerte sich nicht, dass ihre beste Freundin je freiwillig eine derartige Veranstaltung aufgesucht hätte.

Die alte Pendeluhr vorne in der Diele schlug zwei. Schön, dass sie jetzt hellwach war und die weiteren stündlichen Schläge verfolgen konnte. Vera seufzte.

Der kleine Stapel Bücher auf ihrem Nachttisch könnte mal abgelesen werden. Eine Biographie von Romain Gary in französischer Sprache lag seit langem oben auf. Ein viel zu ehrgeiziges Projekt. Vera fuhr viel zu selten nach Nizza, um genügend Französisch zu können.

Vera zog das zweitoberste hervor. Ein kleiner Gedichtband von Else Lasker-Schüler, der noch von Gustav stammte.

Leos Lover ließe sich sicher beeindrucken von der Auswahl der Bücher auf ihrem Nachttisch, obwohl ihr etwas Leichtes jetzt lieber gewesen wäre. Doch Vera schlug das Bändchen auf, in dem vorne ein Exlibris von Gustav war.

Sie dachte an die fünf toten Frauen.

Hatte Nick nicht den Vergleich mit einem Exlibris gebracht, als er von den Tätowierungen sprach?

Ein Alter Tibetteppich. Vera blieb an diesem Titel hängen und las die vier kurzen Verse, und sie gefielen ihr.

Vielleicht hätte sie noch das Gedicht vom Blauen Klavier gelesen, das auf der anderen Seite stand, wäre sie nicht auf einmal so gierig nach einem Whisky gewesen.

Vera stand auf und zog den grauen Mohairmantel über und ging nach vorne in das große Balkonzimmer. Sie nahm den Laphroaig vom Sideboard und goss sich großzügig ein, um sich dann auf die Chaiselongue zu legen und nach Leos Klatschblatt zu greifen, das dort lag.

Philip Perak war kein Frühaufsteher. Es gab für ihn kaum einen Grund, das Bett vor zehn zu verlassen, es sei denn in den seltenen Fällen, in denen die Putzfrau zu früh kam.

Er erwartete sie heute nicht, und doch saß er schon um acht Uhr an dem schweren Schreibtisch aus schwarzer Mooreiche, den seine Mutter einmal zusammen mit dem Bücherschrank angeschafft hatte.

Ließ sich in einer Stadt, in der so viele Menschen lebten, eine Frau finden, von der er kaum mehr wusste, als dass sie dunkle Locken und saphirblaue Augen hatte und sich die Auslage bei Brahmfeld und Gutruf ansah? Was blieb ihm anderes übrig, als über den Jungfernstieg zu gehen, in der Hoffnung, dass ihm ein Zufall zu Hilfe kam. Glaubte er denn an Zufälle?

Er liebte die Unvorhersehbarkeiten. Gaben sie doch die besten Kicks. An Zufälle glaubte er nicht. In seinem Leben hatte es keine gegeben. Jedenfalls nicht für ihn erkennbar.

Perak betrachtete die lederne Auflage des Schreibtisches, als läge da ein Plan aus. Die Saphirblaue hatte wohlhabend gewirkt. Dagegen sprach, dass sie die Untergrundbahn aufgesucht hatte. Doch heutzutage neigten auch die Glanzvollen zur Volkstümelei und verloren die Distanz.

Er durfte das Ganze nicht verbissen sehen. Eher spielerisch. Schließlich wollte er sich beschäftigen, und wenn es ihm dabei gelänge, diese schöne Trophäe davonzutragen, umso besser. Oder war die Saphirblaue doch schon mehr als nur ein Objekt für seine Inszenierungen?

Er dachte verdächtig oft an sie. Perak wurde es warm im seidenen Morgenmantel. Hatte er nicht nur ein kleines Ventil suchen wollen, weil er bei Vera nicht weiterkam? Überall angefangene Projekte, denen das Scheitern drohte.

Perak stand auf, um ins Bad zu gehen. Eine Wanne voller Schaum war schon immer Zuflucht für ihn gewesen.
Er ließ Wasser in die große weiße Porzellanwanne einlaufen und goss großzügig Pfirsichfarbenes aus einer Karaffe. Der Duft war betörend. Gut, dass es noch keine Wespen gab.

Der Schaum legte sich um Hals und Schulter, als sei er ein Mantel aus Hermelin. Perak gefiel dieser Gedanke.

Er lag viel zu lange im warmen Wasser, die Haut wellte sich schon. Doch er war entschlusslos. Auch als er den Stöpsel zog, hatte er höchstens eine Scheinlösung gefunden.

Er stieg aus der Wanne, hüllte sich in ein großes Tuch und tappte mit nassen Füßen in das halbe Zimmer, das einst einem Dienstmädchen zugeteilt gewesen war. Heute barg es einen begehbaren Schrank, der im steten Halbschatten lag, denn der dunkelrote Leinenvorhang, der vor dem schmalen Fenster hing, blieb zugezogen.

Philip Perak ließ das Frotteetuch fallen und begann, sich anzukleiden. Er knöpfte das weiße Hemd zu und entschied sich für eine leichte hellgraue Hose mit scharfen Falten.

Den Blazer würde er dazu tragen, den klassisch blauen mit den goldenen Knöpfen, in denen feinziseliert die Laokoon-Gruppe zu erkennen war. Perak war fasziniert von diesen Knöpfen, fasziniert von der Geschichte des trojanischen Priesters Laokoon und seiner Söhne, die von Schlangen umschlungen und schließlich von ihnen erwürgt wurden.

Im Grunde liebte er doch die Leidenschaft.

Er schob die Hände in die Taschen des Blazers, eigentlich, um eine gewisse Lässigkeit zu üben, doch er stieß auf ein kleines Papier, das ein Fahrzeugschein war.

Noch immer stand Ola Perak als Halterin eines Fahrzeuges darin, das die meiste Zeit in einer nahen Garage stand.

Eine große alte Daimlerlimousine, in der er sie gelegentlich herumkutschiert hatte. Viel zu schwerfällig für die Stadt.

Er hatte immer von einem kleinen Sportwagen geträumt, englisch vielleicht. Ein Aston Martin, mit dem er durch die Straßen flitzen und Ausschau halten könnte.

Er zog den Knoten der Krawatte fester und beschloss, ein Taxi zu bestellen. Oder lieber zur Brücke vor zu gehen und dort am Stand in eines zu steigen. Die Luft täte ihm gut.

Seit der vergangenen Nacht regnete es nicht mehr.

Erst vor dem großen Spiegel bemerkte er, dass er noch barfuß war. Er ging zurück, um Schuhe und Strümpfe zu holen, und entschied sich auf diesem kurzen Weg für den Anzeigentext. Welche Zeitungen würde die Saphirblaue lesen? Er selbst las gelegentlich die Neue Zürcher.

Alles andere interessierte ihn nicht.

Erst einmal würde er ins Vierjahreszeiten fahren. Zu einem kleinen Frühstück in der Kaminhalle. Und sich dann etwas Briefpapier geben lassen. Hoteleigenes. Ein kleiner Spleen. Doch er fand es diskreter so.

Er verschloss seine Tür sorgfältig und sah zu Veras hinüber. Seit jenem Abend hatte er sie nicht mehr gesehen. Der Schönling wollte sie doch hoffentlich nicht von hier weglocken.

Perak wandte sich dem Aufzug zu und hörte ihn von unten kommen. Konnte es sein, dass seine Nachbarin schon so früh unterwegs gewesen war? Er trat einen Schritt zurück, bereit die Aufzugtür zu halten. Hielt sie auch, obwohl er Anni Kock am liebsten darin eingeklemmt hätte.

Sie ging ohne Dankeswort an ihm vorbei, und er atmete tief ein, als sich die Aufzugtür hinter ihm schloss.

Er hasste diese Frau. Dabei hatte sie nicht einmal die geringste Ähnlichkeit mit seiner Mutter.

»Was sollte das mit der Zigarettenspitze?«, fragte Leo. »Ich hab doch noch nie geraucht.« Sie schob den Aschenbecher an die Tischkante und sah Vera nicht an. Leo war nervös.

Vera hatte eine Viertelstunde auf sie gewartet und schon an dem kleinen Tisch am Fenster gesessen und versucht, an dem Milchglas vorbeizugucken, das Gott sei Dank nur einen Teil der Scheibe trübte. Nicht auf das bewegte Leben da draußen blicken zu können, wäre nur der halbe Genuss.

Ihr gelang ein Blick auf Sultan's Kebab, vor dessen Laden eine Schar Teenager stand, um sich nach der Schule einen Döner zu gönnen und dann zu Hause keinen Hunger mehr zu haben. Vera grinste. Bei ihr waren es fettige Fritten mit Mayo gewesen. Ein gewagter Grenzgang von ihr zu Junk Food und Ungehorsam. Anni schätzte es auch heute noch nicht, wenn sie auf ihrem guten Essen sitzen blieb.

Vera grinste noch, als Leo endlich vor ihr stand.

Leo beugte sich zu Vera hin und küsste sie und klemmte

sich an den Tisch, ohne auch nur die lächerlich kleine Lacktasche abzustellen, deren Griff sie in der Hand hielt. Leo schien in großer Eile zu sein. In Lunchpausen war das untypisch.

»Was sollte das mit der Zigarettenspitze?«

»Ich war gereizt«, sagte Vera, »du weckst mich um zwei Uhr morgens, dröhnst mir den Krach dieses Happenings in die Ohren und belehrst mich, was Kultur ist.«

»Du bist einfach festgefahren in deinen Gewohnheiten und Ansichten. Ab und zu muss man ein Grenzgänger sein.«

Fettige Fritten mit Mayo fielen Vera ein.

»Harlan zeigt mir Dinge, die mein Denken erweitern.«

»Mir scheint es eher eine Gehirnwäsche zu sein.«

»Du sprichst schon wie Nick.«

Vera sah ihre beste Freundin aufmerksam an. »Warum bist du so giftig?«, fragte sie, »wovor hast du Angst?«

Leo drehte sich nach dem Kellner um. »Ich hab nicht viel Zeit«, sagte sie, »lässt sich das hier beschleunigen?«

»Als wir uns das letzte Mal sahen, hast du in meinem Bananenblattsessel gesessen, einen Gin Tonic in der Hand, und warst in Tränen aufgelöst, weil dir Nick Leid tat.«

»Ich nehme einen Gin Tonic und einen kleinen Salat«, sagte Leo, kaum dass der Kellner nahte.

»Den Tafelspitz und ein großes Wasser«, sagte Vera.

»Wasser? Das ist ja ganz neu.«

»Einer muss hier ja bei Verstand bleiben.«

»Nick tut mir immer noch Leid.«

»Hast du mit ihm gesprochen?«

Leo schüttelte den Kopf. Sie griff nach der Lacktasche und holte ein Taschentuch hervor.

»Heul nicht immer gleich los, wenn wir von Nick sprechen. Geh lieber fair mit ihm um. Sprich endlich mit ihm.«

»Und wie sag ich ihm fair, dass ich einen aufregenderen Mann getroffen habe?«

»Ist es also doch schon entschieden?«

Leo hob die Schultern. »Ich weiß es nicht«, sagte sie, »Harlan weckt etwas in mir, das ich bisher noch nicht kannte.«

»Hört sich an wie der Titel einer schlechten Geschichte.«

Leo trank den Gin Tonic halb leer und stellte das Glas heftig auf den Tisch. »Genau das ist es«, sagte sie. »Ihr haltet mich klein, du und Nick. Lächelt über das, was ich tue, obwohl du den Job auch schon gemacht hast. Nick gibt ohnehin nur noch den Heiligen, und du hast gut spotten. Mir hat Papi keinen Sack Geld unter den Hintern geschoben.«

Vera guckte in ihr Glas und bedauerte nun, dass nur Selters drin war. »Ich dachte, dass du den Job mit genau so viel Spott betrachtest, wie ich es getan habe«, sagte sie.

»Harlan interpretiert ihn ganz anders.«

»Deinen Job?«

»Er sieht ihn als Gesamtkunstwerk.«

Vera nickte. Der Tafelspitz kam, und sie sah ihn freudlos an.

»Weiß ich schon, warum du mich im Vierjahreszeiten versetzt hast?«, fragte sie.

»Hab ich dir das nicht längst gesagt?«

»Vielleicht ist es im Lärm von einfahrenden Zügen und Luftschutzsirenen untergegangen.«

Leo stocherte in den Löwenzahnblättern und stach die Gabel schließlich in ein Stück Tomate. »Ich musste Hals über Kopf nach Berlin«, sagte sie.

»Hals über Kopf. War was mit Udo Walz?«

Leo verzog das Gesicht.

»Entschuldige. Mit deinem Harlan hatte es nicht zu tun?«

»Nein«, sagte Leo. Sie hätte gern noch einen Gin Tonic getrunken und schickte sich an, nach dem Kellner zu sehen, doch dann sah sie nur auf ihre Uhr.

»Harlan ist sein Vorname?«

»Seine Mutter verehrte Veit Harlan.«

»Gott«, sagte Vera, »der hat Jud Süß gedreht.«

»Ich sagte ja, du sprichst schon wie Nick.«

»Vielleicht sind wir zu kritisch und du zu leichtfertig.«

Leo stand auf und ließ ihren Salat eher ungegessen. »Ich muss gehen«, sagte sie und griff nach ihrer Lacktasche.

»Sicher was Dringendes.«

Leo holte einen Geldschein hervor, der lose in der Tasche gelegen haben musste. »Sicher«, sagte sie.

»Lass nur«, sagte Vera, »ich lade dich ein.«

Leo nickte. »Tut mir Leid«, sagte sie, »es wird bestimmt wieder anders. Doch im Augenblick bin ich so absorbiert.«

»Bist du sicher, dass dein Bekannter nicht Graf Dracula ist?«

»Der wohnt doch neben dir«, sagte Leo.

Sie lächelte und ging davon und drehte sich nicht mehr um. Vera sah ihr durch den Spalt Klarglas nach. Wie sie durch die Lange Reihe ging. Sich nach einem Taxi umsah.

Absorbiert war ein mildes Wort. Leergesaugt wirkte Leo.

Vera fing an, sich große Sorgen zu machen.

Da war ihm doch einer der Laokoonknöpfe abgesprungen. Hatte er ganz in Gedanken daran gedreht?

Philip Perak strich über die knopflose Stelle am Blazer, dort, wo sich noch ein kleines Stück Faden befand. Er suchte im dicken Teppich zu seinen Füßen und hob die Damastdecke des Tisches, an dem er saß. Er fand ihn nicht.

Einen Augenblick lang dachte er daran, den Kellner herbeizuwinken und ihn herumkriechen zu lassen. Doch dann war ihm das Aufsehen unangenehm, das es erregen würde.

Er fühlte sich beschädigt. Die Vollkommenheit seines Auftritts hatte Schaden genommen. Perak hielt die flache Hand über das Fadenende und sah aus, als leiste er einen Schwur.

Dabei hatte er eben noch die Genugtuung gehabt, einen erstklassigen Text geschrieben zu haben.

Er betrachtete den Bogen Papier, der neben dem Teller mit dem zerkrümelten Hörnchen lag, und las die Zeilen, die er mit schwarzer Tinte geschrieben hatte. Sprangen die ins Auge?

Perak sah die Saphirblaue vor sich, wie sie mit übereinander geschlagenen Beinen die Zeitung las. Der seidenglänzende Morgenrock verrutschte ihr und sie schnippte die Asche der Zigarette auf den Teller mit den Krümeln eines Hörnchens.

Ganz in Gedanken. Seine Zeilen lesend.

Philip Perak hätte beinah noch einmal an einem der Knöpfe gedreht, als er dieses Bild vor seinem geistigen Auge sah.

Sie musste sich angesprochen fühlen. Er hatte den Tag erwähnt, die Stunde, das Kollier mit den Saphiren in der Auslage des Juweliers. Und von da Bezug auf ihre Augen genommen. Kein kurzer Anzeigentext.

Perak nahm die Hand vom Blazer und faltete das Papier und legte es in das bereitliegende Kuvert.

Fühlte er sich noch in der Lage, zu einer Anzeigen-Annahme zu gehen und den Text persönlich abzugeben?

Er schaute an sich hinunter. Auf den scharfen Bügelfalten lagen Krümel. Perak griff nach der Serviette und wedelte sie weg, um kein Fett in das hellgraue Kammgarn zu reiben. Fast hätte er mit der Serviette den Kellner herbeigewedelt, doch er besann sich und hob nur die Hand.

Als er aufstand, um die Kaminhalle zu verlassen, drückte er das Kuvert an die Brust. Auf Knopfhöhe.

Er würde sich der Anzeigen-Annahme stellen. Den Text abgeben. Chiffre ordern. Die Scheine hinlegen.

Es war nur sehr schade um den Laokoonknopf. Ohne ihn würde der Blazer kaum noch tragbar sein.

Er gehörte zu den Menschen, deren Briefkasten meist leer blieb. Manchmal kam das Angebot einer Künstleragentur. Gelegentlich Briefe von seiner Bank. Kaum mehr.

Das graue Kuvert, auf dem als Absender das Amtsgericht Kleve stand, lag allein im Kasten, vielleicht länger schon,

Jef leerte ihn nicht täglich. Auch jetzt, nachdem er das Kuvert schon in der Hand gehalten hatte, legte er es erst einmal auf das Klavier, als wolle er es eine Weile dort liegen lassen.

Ungeöffnet. Kleve löste Widerwillen in ihm aus.

Erst am späten Nachmittag und kurz bevor Vera kam, öffnete er das Kuvert und las die Nachlasssache der Margret Diem, die er nur unter dem Namen Margo gekannt hatte.

Warum starb seine Stiefmutter mit vierundvierzig Jahren und hinterließ ihm das Haus? Jef suchte vergeblich nach dem Namen derjenigen, die vielleicht seine Halbschwester war.

Er trat ans Fenster, das Schreiben in der Hand, und hatte Schuldgefühle. War Margo doch ein besserer Mensch gewesen, als er es von ihr wusste? Hatte er ihr unrecht getan?

Jef dachte an den Tag, an dem er noch einmal in das Haus gekommen war, in dem er die ersten neunzehn Jahre seines Lebens verbracht hatte. Wenige Wochen nach dem Tod des Vaters war es gewesen. Ein Oktobertag. Die Weiden unten am Rhein hatten sich im Wind gebogen.

Er hatte es vom Fenster im Arbeitszimmer seines Vaters aus gesehen, in das er vom Dienstmädchen geführt worden war. Jef hatte lange gewartet, bis er in das obere Stockwerk ging. Hatte er nicht immer noch ein Recht dazu?

Der Junge, von dem sie sich löste, war höchstens sechzehn gewesen und hatte nicht beglückt gewirkt, eher verstört.

Jef hatte gedroht, es allen kundzutun, wenn sie sich noch einmal an einem halben Kind vergriff.

Konnte er das kontrollieren? Hätte er diesen Missbrauch nicht anzeigen müssen, um andere Jungen zu schützen?

Sie war zu Kreuze gekrochen. Hatte ihn angebettelt zu schweigen. Ehrsame Witwe.

Jef schaute auf die Straße und sah Vera kommen, einen kleinen Koffer in der Hand. Sie kam den ganzen Weg zu Fuß durch ein Glasscherbenviertel, wie es die Schanze war, und trug die Schuhe von Armani im Koffer, die sie ihm für den heutigen Auftritt angekündigt hatte. Er liebte Vera.

Das Schreiben des Amtsgerichtes Kleve legte er zurück auf das Klavier. Er würde es ihr erzählen. In nächster Zeit.

Sie brauchten beide kein Haus am Niederrhein. Das Glück des Hingehörens konnte es ihm nicht wiedergeben.

»Now you say you're sorry for being so untrue.« Vera stand und sang hoch über allem. High heels. Zehn Zentimeter hohe Absätze, die sie auf eine satte Größe von einsachtundachtzig brachten, und der einzige Halt waren die Knöchelriemen.

»Just cry me a river«, sang Vera und kam ziemlich ins Schwanken dabei. »I cried a river over you.«

Sie wusste schon, warum sie die Schuhe kaum getragen hatte. Vielleicht sollte sie die Biester besser nur dekorativ herumliegen lassen. Im Schlafzimmer. Vor ihrem Bett. Als Kunstobjekt. Statt ihnen ihre Füße auszuliefern.

Jef sah sie an und lächelte. Er wirkte auch heute wieder abwesend. Doch war er dabei nicht so düster wie das letzte Mal. Er schien eher verwundert. Ein verwundertes Kind.

Er sieht aus wie fünfundzwanzig, dachte Vera. Keiner wird glauben, dass wir gleichaltrig sind. Noch ein paar Jahre, und sie werden mich für seine Mutter halten.

Sie stürzte sich in die ersten Takte des nächsten Liedes. Etwas veränderte sich in der Atmosphäre, während sie sang.

Vera drehte den Kopf leicht zur Seite und bekam vier Herren in ihren Blickwinkel, deren Haltung erkennen ließ, dass sie sich auskannten hier. Die beiden jüngeren gingen an die Bar, die älteren setzten sich an einen Tisch, der gleich hinter Jef stand und an den sich selten jemand setzte.

Vera sah Jef ganz starr werden. Offensichtlich kannte er die Herren. Sonst hätte er kaum diese Berührungsangst gehabt. Seltsam genug, dass sich dieses Quartett getrennt platzierte, als wollte es eine Beute in die Enge treiben.

Da war etwas, was Jef ihr nicht anvertraut hatte.

Dessen war sie sich sicher.

Vera sang die letzte Zeile des Liedes und verbeugte sich in den Beifall hinein und war dann nur noch bemüht, aufrecht an die Bar zu kommen auf ihren Armani-Biestern. Einer der Herrn stand auf und rückte ihr den Hocker zurecht, als hätte sie allein nicht drauf gefunden. Er schien zu glauben, dass sie noch anderes im Angebot hatte als nur Gesang.

Jef näherte sich der Bar. Sonst spielte er noch, wenn Vera aufgehört hatte zu singen. Doch nun stand er vor ihr, küsste ihre
Hand und zog sie von dem Hocker, auf dem sie gerade Platz genommen hatte.

»Ein kleines Arbeitsgespräch«, sagte er den beiden Herrn.

Er zog sie zur Garderobe, und Vera bemerkte den Blick des
Besitzers der Bar, der kaum freundlich zu nennen war.

»Fahr nach Hause«, sagte Jef, »zu dir. Ich komme nach.«

Er nickte der Garderobenfrau zu, die verstand und nach dem
Telefon griff, um ein Taxi zu bestellen.

Vera hatte es gar nicht gern, wenn über sie bestimmt wurde,
doch etwas ließ sie zögern, dagegen anzugehen.

Sie stand in der Tür, als Jef schon wieder am Flügel saß und
zu spielen begann. Das Taxi kam. Vera verließ die Bongo-Bar
und hörte noch, wie Jef zu God Bless the Child ansetzte.

Kaum Sterne zu sehen am nächtlichen Himmel, obwohl die
Wolken weitergezogen waren. Er sah die Venus und einen
zweiten Stern, den Mars. Den dritten Lichterfleck erkannte er
nicht und erst als der zu blinken anfing, stellte Philip Perak fest,
dass es die Positionslichter eines Flugzeugs waren, das zum
Landen angesetzt hatte. So spät in der Nacht.

Er befand sich in seinem Wintergarten. Die Verglasung, die
ihn vom Abgrund trennte, ließ es ihn ertragen. Seinen Balkon
vorne ignorierte er. Zu groß war seine Höhenangst.

Er saß auf der weißlackierten Holzbank, auf der die großen
Brokatkissen ein grässlicher Stilbruch waren, er hatte nicht gewusst, wohin mit ihnen. Doch er neigte allmählich dazu, sie in
einen Container für Altkleider zu werfen.

Immer mehr Freiheiten, die er sich nahm.

Perak saß in Finsternis. Auch das Licht in der Wohnung hatte
er gelöscht. Als säße er auf einem Hochsitz und lauerte auf das
Wild. Im Wintergarten nebenan leuchtete ein Windlicht.

Er hatte Vera ganz zufällig entdeckt.

Den Blazer hatte er hereinholen wollen, der zum Auslüften

97

hing, auch wenn die eine geöffnete Klappe in der Verglasung ihn nicht gerade durchwehte. Da sah er drüben ein Zündholz aufflammen und dann das hellere Leuchten des Windlichtes. Er erkannte Vera, die ein Glas in der Hand hielt und sich zu ihm drehte und ihn hätte sehen können, denn im Zimmer hinter ihm war noch eine Lampe an. Sie wandte sich ab.

Was hatte er denn geglaubt? Dass sie ihm zuwinkte?

Das Licht löschen. Sich auf die Bank setzen. Beobachten.

In Veras Wintergarten tat sich nichts. Doch sie war noch da. Er sah ihre Silhouette. Sah sie das Glas heben.

Perak hätte gern einen Cognac getrunken, wäre dies nicht mit Bewegung verbunden gewesen.

Sie sollte sich sicher fühlen. Unbeobachtet.

Venus und Mars. Kein anderer Stern am Himmel. Stunden vergingen. Beinah hätte er gar nicht gemerkt, dass Vera aufstand. Diese besondere Nacht schien vorbei zu sein.

Im Windlicht war nur noch ein Flämmchen.

Zwei Silhouetten. Er sah es sofort. Dann die Kerzen eines Kandelabers. Nur wenige von ihnen wurden angezündet.

Doch ihr Schein genügte, um ihn erkennen zu lassen, wer da den Arm um Vera legte. Sie an sich zog.

Die Einsamkeit fing an, ein großer Schmerz zu werden.

Eine von beiden, dachte Perak. Vera. Die Saphirblaue. Eine von beiden musste her. Sonst zerplatzte er.

Hass stieg in ihm hoch. Auf diesen hübschen jungen Mann, der Vera in den Armen hielt. Obwohl er ihn an Vic erinnerte. Vielleicht war es das, was alles noch schlimmer machte.

Anni Kock ging auf Zehenspitzen. Schon vorne in der Diele hatte sie geahnt, dass Vera nicht allein in ihrem Bett lag. Sonst wäre sie weniger behutsam gewesen.

Einen langen Blick warf sie auf die Schlafenden, um dann die Tür zu schließen. Leise. Gut, dass Nick mit der Ölkanne herumgegangen war, nachdem er die Kurbel der Markise repariert hatte. Schon wieder Wochen her.

Sahen sie nicht aus wie Kinder? Anni lächelte. Vera hatte ganz rote Wangen. Vor Hitze vielleicht. Eng, wie die beiden aneinander gedrückt lagen. So beschützenswert.

Anni band die Schürze um und schob die Ärmel ihrer Bluse hoch, um die dickbauchigen Kelche abzuspülen, Gustav Lichtes gute Bordeauxgläser. Ein Wunder, dass Vera sie nicht einfach in die Spülmaschine gestellt hatte, tat doch sonst alles hinein. Ohne Rücksicht auf Verluste.

Um Viertel vor elf beschloss Anni, noch eine halbe Stunde zu bügeln, bevor sie beginnen würde, laut mit dem Geschirr zu klappern. Zu viel Schlaf war auch nicht gesund.

Sie ging in ihre Bügelkammer und griff ein Leinenkleid aus dem Korb, das wohl bald wieder gebraucht werden würde.

Das Wetter sollte ja schön bleiben. Nach all dem Regen.

Anni bügelte und besah sich dabei die Bilder von Vera und Leo, wie sie die Großen dieser Welt interviewten. Das mit Eros Ramazotti hatte sie besonders gern.

Von Leo sah man nicht viel in diesen Tagen. Da konnte was nicht stimmen. Sie hatte da ein komisches Gefühl.

»Hör bloß auf mit deinen Gefühlen«, sagte Anni laut. Vera hielt sich schon die Ohren zu, wenn sie damit anfing. Du hext uns noch was herbei, hatte sie gestern gesagt.

Ein Kimono aus cremefarbener Seide. Ein kariertes Hemd.

Anni legte das Hemd zusammen und hängte den Kimono auf einen Kleiderbügel. War allmählich Zeit aufzuwachen.

Sie würde wohl mal krähen müssen.

Anni trat in den Flur, entschlossen, genügend Krach zu machen. Doch vor der Schlafzimmertür überfiel sie auf einmal ein Schrecken, und sie stellte sich vor, es könnte etwas passiert sein da drinnen.

Du hast zu viel Phantasie, Anni. Hatte das nicht schon Veras Vater gesagt, wenn sie in Worte fasste, was dem Verakind alles geschehen konnte? Aber was gab es nicht alles.

Das Baby der Lindberghs war entführt worden. Unschuldige Menschen wurden in ihren Betten umgebracht.

Sie drückte die Klinke und schob die Tür auf.

Zwei Köpfe kamen hoch und vier Hände griffen nach der Bettdecke, um sie höher zu ziehen.

»Annilein«, sagte Vera, »setz schon mal Kaffeewasser auf.«

Anni war beinahe glücklich, als sie den italienischen Kessel auf den Herd stellte. Lieber daneben stehen bleiben, so laut wie der losheulte. Kaffeewasser aufsetzen.

Wenn es doch immer so bliebe, dachte Anni.

Sie fing an, den Frühstückstisch zu decken.

Der Mai verging, ohne dass ein Mord geschah, der eine Tote mit einer Tätowierung am Hals zurückgelassen hätte.

Messerstechereien. Eine alte Frau, die tot umfiel, als ihr die Tasche entrissen wurde. Ein ungeklärter Sturz auf ein Gleis am Dammtorbahnhof. Pit hatte vor allem mit einem Streit um Kompetenzen auf dem Kiez zu tun, in dem sich bislang nur die unteren Chargen Leid antaten.

Nick sah ihn gelegentlich in seiner Küche. Sonst saß selten einer an dem großen Tisch aus Lindenholz. Nick aß und trank im Stehen. Leo hatte sich seit Ewigkeiten nicht blicken lassen. Vera war ein seltener Gast geworden.

Habe noch eine Büchse Gänseleberpastete, die du mir hast liefern lassen, schrieb Nick auf eine kleine Karte. Bin auch in der Lage, eine Beerenauslese begleitend anzubieten.

Vera kam an einem der ersten heißen Tage des Juni.

Kein ideales Wetter für Gänseleber und Beerenauslese.

Sie aßen und tranken sie trotzdem. Auf dem Küchenbalkon, der eigentlich zu klein war, um darauf zu sitzen.

»Leonie von Velden sitzt vermutlich auf einer weitläufigen Terrasse und guckt auf den Leinpfadkanal«, sagte Nick.

Vera sah ihn an. Sie hatte drei Gläser Schloss Vollrads geleert und war bereit, alles zu sagen.

»Der äußere Rahmen war nie Leos Problem«, sagte sie und zweifelte, ob das stimmte. Leo hatte schon eine Schwäche für Glanz und Gloria. Sonst hielte sie ihren Job nicht aus.

»Erzähl mir, was das Problem ist.«

»Hast du ein Windlicht?«, fragte Vera. Vor ein paar Nächten erst hatte sie mit Jef im Wintergarten gesessen, so nah war er ihr gewesen, und doch hatte er nur einen kleinen Teil der Wahrheit erzählt. Sie ahnte es.

Nick kam mit einem Teelicht und einem leeren Gurkenglas, zündete das Teelicht an und stellte es in das Glas.

»Deine Neigung zum Understatement hat natürlich schon damit zu tun«, sagte Vera.

»Wen hat sie kennen gelernt?«

»Ich bin ihm nie begegnet. Er heißt Harlan.«

»Veit Harlan. Kolberg. Jud Süß. Alles üble Propagandafilme. Hat auf Capri sterben dürfen, dieser Harlan. War sicher eine lieblichere Umgebung als die, in der viele seiner Statisten starben. Die landeten nämlich im Konzentrationslager.«

»Der ist es ja wohl kaum«, sagte Vera und war grimmig, dass Leo Recht gehabt hatte. Nick und sie glichen sich doch sehr in ihren Reaktionen. »Es ist sein Vorname.«

»Du scheinst viel von ihm zu wissen.«

»Nein. Ich täte es nur gern.«

Nick stand auf und stieß an den kleinen Klapptisch, dass die Gläser klirrten. Wirklich kaum Bewegungsfreiheit auf seinem Balkon. Er ging in die Küche, in der nur Kerzen brannten, und öffnete den Kühlschrank. Es wurde deutlich heller.

»Ein gut gekühlter Sauvignon?«, fragte er. »Dem Wetter entsprechend. Können wir noch vertragen.«

»Schenk ein«, sagte Vera, »und hör mir zu. Ich möchte nicht, dass du denkst, ich würde dich seit Wochen hintergehen.«

»Du bist es doch nicht, die mich betrügt.«

»Habt ihr eigentlich noch genügend Beziehung, um von Betrug zu sprechen?«

Nick hörte auf, den Korkenzieher zu drehen, und sah sie an.

»Vielleicht bin ich zu naiv«, sagte er, »glaube, ich habe eine Verlobte, dabei ist es nur eine lose Bekanntschaft.«

»Vielleicht lässt du alles zu lange liegen.«

101

»Ich hätte Leo längst zum Altar schleppen sollen?«

»Warum nicht?«

»Gefesselt und geknebelt? Dann nehme ich den Knebel heraus, und Leo sagt nein.«

»Leo hat eine große Sehnsucht nach Bestätigung.«

»Und die findet sie nun?«, fragte Nick. Er riss den Korken aus der Flasche, dass er bröckelte.

»Versuch mal, nicht beleidigt zu sein. Ich mach mir Sorgen um Leo. Sie ist ganz hingerissen von diesem Harlan, weil er ihr Denken erweitert. Sagt sie. Doch sie wirkt völlig neben sich.«

»Er ist ein Sektenheini.«

Vera schüttelte den Kopf. Sie leckte ihr Messer ab und holte damit die Korkenkrümel aus dem Wein. »Du und ich hielten sie klein. Verachteten sie. Sähen sie als Klatschelse.«

»Ist doch verrückt.«

»Nein«, sagte Vera, »da ist was dran.«

»Sie sieht mich als Versager. Das ist das eigentliche Problem.«

»Dann habt ihr ja beide die gleiche Identitätskrise.«

»Ich bin ein Versager.«

»So viel haben wir doch gar nicht getrunken«, sagte Vera.

»Ich verliere Leo. Kriege keine Jobs. Mit der großen Geschichte von den toten Frauen ist auch Sense, geschweige denn, dass wir den Täter haben. Und du liebst einen Klavierspieler.«

»Die Mond«, sagte Vera und guckte in den nächtlichen Himmel, der ganz mondlos war.

»Vielleicht haben wir demnächst eine Mondfinsternis, und der Mörder will uns sagen, dass er zu diesem Zeitpunkt etwas wirklich Großes vorhat. Massaker liegen im Trend.«

»La luna«, sagte Vera, »im Italienischen ist der Mond weiblich.«

»In allen romanischen Sprachen ist er weiblich.«

»Ein wahnsinniger Philologe«, schlug Vera vor. Sie schaute auf die Ecke Toast, die noch auf ihrem Teller lag. »Dieser Harlan liest ihr Gedichte vor.«

»Über allen Gipfeln ist Ruh«, sagte Nick.

»Ich nehme an, dass er experimenteller denkt. Er schleppt Leo auf Happenings, auf denen Sirenen heulen.«

»Hört sich überholt an«, sagte Nick, »woher weißt du das?«

»Weil sie mich nachts um zwei aus dem Schlaf gerissen hat, um mir diese Geräusche am Telefon zu gönnen.«

»Das klingt nicht gut«, sagte Nick.

»Das sage ich doch.«

»Was schlägst du vor? Dass ich das Schwert schwinge und den Rivalen angreife? Leo würde mir an den Hals gehen.«

Vera schenkte sich noch Wein ein. Nick vergaß ganz seine Gastgeberpflichten, erregt wie er war.

»Hörst du eigentlich noch was von deinem Kripo-Freund?«

»Nichts von Tätowierungen auf Hälsen. Er ist an irgendeiner Kiez-Geschichte dran. Gestern Abend hat er hier vom Tisch aufspringen müssen, weil irgendein Drogenkurier übel zugerichtet worden ist. Kehle durch oder so ähnlich. Vor der Tür des Darius.«

»Das Darius ist doch ein Jazzlokal.«

»Ja«, sagte Nick, »gib bloß auf dich Acht.«

Vera lag es auf der Zunge, von Jef zu erzählen. Das Wenige, das sie wusste. Vier Herren waren in den Laden gekommen. Kiezgrößen. Klar. Versuchten sie, Jef in eines ihrer Geschäfte hineinzuziehen? Herointütchen im Steinway? Jef hatte ihr lediglich gesagt, dass er vom Chef aufgefordert worden sei, die Herren nicht zu kennen. Die drei Affen zu geben. Nichts hören. Nichts sehen. Nichts sagen. Was wusste er?

Vera schob die Ecke Toast, die hart geworden war, in den Mund und ließ sie zwischen ihren Zähnen krachen.

»Was werden wir tun?«, fragte Nick.

»Die Herrschaften im Auge behalten.«

»Willst du, dass ich vor Leos Wohnung Wache stehe?«

»Harlan übernehme ich«, sagte Vera, »der Fall ist für mich leichter. Leo führt ihn mir vor, und ich klopfe ihn ab.«

103

»Haben wir noch andere Fälle?«, fragte Nick. Er wirkte wenig überzeugt von Veras Vorhaben.

Vera zögerte. »Halte mich auf dem Laufenden, wenn du was von den tätowierten Frauen hörst«, sagte sie dann.

»Ich fürchte, das schläft ein. In ein paar Jahren wirst du dir eine Dokumentation darüber angucken können. Die großen ungelösten Kriminalfälle.«

»Haben sie keine Spuren für die DNA?«

»Hilft dir doch nicht, wenn dein Killer in keiner Kartei ist.«

Vera nickte. »Da ist eine angeschnittene Kehle auf dem Kiez schon leichter zu lösen.«

»Das ist was Handfestes«, sagte Nick und fand sich nicht nur zu flapsig, sondern schon reichlich morbid. Da musste er unbedingt gegensteuern.

»Ich habe übrigens noch zwei Cornetto im Kühlfach«, sagte er.

»Krönender Abschluss eines köstlichen Abends«, sagte Vera, »ich hoffe, es ist Stracciatella.«

»Erdbeere«, sagte Nick, »ich bin und bleibe eben ein Mann, der die Erwartungen nicht erfüllt.«

Hohe Stufen. Sie kicherte. Stakste wie ein Storch, um nicht fehlzutreten. Kamen ihr die Stufen nur hoch vor, weil ihre Augen verbunden waren?

Ein Spiel, in dem sie geprüft werden sollte. Ihre Beherrschung des Körpers, ihr Improvisationstalent.

War sie nun allein? Kein Laut kam mehr von hinten. Sie zögerte und blieb auf einer der Stufen stehen und spürte schon die Hand im Rücken, die sie weiterdrängte.

Treppen, die kein Ende nahmen.

Da kam wieder dieses Kichern über sie. Dabei war sie voller Anspannung gewesen am Anfang des Abends. Woher die Heiterkeit? Ob sie ein Glas Cognac trinken wolle, war sie gefragt worden. Vielen der Bewerberinnen half es, sich zu lösen, wurde ihr gesagt.

Die Angst vor dem Vorsprechen verlieren.

Casting, dachte sie. Das war doch ein Casting hier.

Den Cognac hatte sie abgelehnt. Nur zwei Tassen Tee getrunken, und doch war ein Gefühl von Leichtigkeit in ihrem Kopf, als atme sie zu dünne Luft ein.

Ein breiter Treppenabsatz, auf dem sie zu stehen kam.

Eine Tür, die geöffnet wurde. Hätte sie mehr auf die Geräusche achten müssen? Würden die abgefragt werden? Ein Teil der Prüfung, bei dem sie dann versagte?

Ein Holzboden jedenfalls, auf den sie jetzt trat. Dielen knarrten unter ihren Sandaletten.

Ein Stuhl, auf den sie gedrückt wurde.

Wann würde ein Text von ihr erwartet? Welcher Text?

Auf einmal war die Heiterkeit weg.

Versagensangst, die in ihr hochstieg. Wie oft war sie schon durch Prüfungen gefallen. War durchs ganze Land gereist, um sich dem auszuliefern. Wie oft hatte sie in den Gesichtern der versammelten Juroren vergeblich nach der Bestätigung gesucht, dass ihr Vortrag gut aufgenommen wurde.

All diese dahingegangenen Hoffnungen.

In den Mienen war schon die Ablehnung zu lesen gewesen, noch ehe sie den letzten Satz ihres Textes gesprochen hatte.

Vielleicht war es nur gut, dass ihre Augen verbunden waren.

Dann blieb ihr das erspart.

Eine Hand, die ihr in die Haare fasste.

Etwas war falsch an dieser Hand.

Ihre Haare waren immer ihr Glanzpunkt gewesen.

Sehr hell. Sehr leuchtend. Warum dachte sie daran? Jetzt?

Sie versuchte, sie abzuwehren. Die Hände, die sich um ihren Hals legten. Versuchte, die Augenbinde abzustreifen.

Schlug um sich. Griff in das Gesicht hinein, das ihr doch vor wenigen Stunden noch wohlwollend erschienen war.

Ein Würgen, als sich der Druck verstärkte.

Der Druck auf ihre Kehle.

Sekunden, in denen sie verstand, was ihre Rolle war.

Ihr Kopf schien zu platzen.

Qualvolle Sekunden.

Dann kam er doch rasch, der Tod.

Vier Angebote von Partnervermittlungen. Ein Brief eines Transvestitenklubs. Der Brief war beinahe persönlich gehalten, als sei Philip Perak ein alter Bekannter. Perak schmerzte die Vorstellung, als zugehörig betrachtet zu werden.

Er prüfte den großen Umschlag der Offerten-Expedition, doch der blieb leer. Es waren nur diese fünf Briefe, die ihm zugeschickt worden waren. Die Saphirblaue schien keine Leserin von Kleinanzeigen zu sein, oder, was schlimmer wäre, sie wollte keinen Kontakt zu ihm.

Philip Perak trat an das Fenster des Salons und blickte auf die sechs Buchsbäume, die in weißlackierten Kübeln auf seinem Balkon standen. Die Putzfrau musste vergessen haben, sie zu gießen. Die Erde wirkte verdorrt.

Perak war kein Geizhals, er hasste es nur, wenn die Dinge nicht gepflegt wurden. Teuer Angeschafftes. Doch er brachte es nicht fertig, den Balkon zu betreten, öffnete nur die Klappe der Tür. Gelächter nebenan. Als säßen sie da und lachten ihn aus. Er erkannte Veras Altstimme.

Die kurzen Stöße, dem Gemecker einer Ziege ähnlich, das konnte nur die Alte sein.

Das weiche Lachen eines Jungen. Perak trat näher an die Tür. Legte das Ohr an die schräggestellte Klappe. War er das? Dieser Mensch, der ihm Vera wegnahm?

Perak biss die Zähne in die Unterlippe. Das war mehr, als er ertragen wollte. Er drehte sich um, sah in seinen leeren Salon hinein. Kein Trost. Nirgends.

Er blickte zu dem Bösendorfer. Konnte er anspielen gegen das Gelächter? Das Einzige, das sie da drüben innehalten ließe, wäre wohl, wenn er sie mit Stardust überraschte.

Das erwartete keiner von ihm.

Philip Perak ging zu dem Mooreichenschrank. Öffnete die

Glastür. Ganz unten lagen die Noten, die er suchte. Er zog sie hervor und trug sie zum Flügel. Setzte sich. Legte die Hände auf die Tasten. Dieses Staunen da drüben.

Der erste Takt. Perak spielte ihn. Dann brach er ab.

Es hatte keinen Sinn. Er war unfähig. Auf einen Balkon zu gehen. Stardust zu spielen. Unfähig.

Perak strengte sich an, nicht loszuheulen, als er den neuen Leinenanzug anlegte. Nun blieb ihm nur die Flucht. In diesen herrlichen Junitag, der mit so viel Gelächter bedacht wurde. Auf Veras Balkon.

Treffen wir uns wieder, hatte er geschrieben, vor dem Kollier aus Saphiren. Er würde warten. Was sollte er sonst tun.

»Du hast sehr helle Augen«, sagte Leo, »Gletscherseen.«

Harlan nickte. Er kannte den Vergleich, der nicht einmal stimmte. Gletscherseen waren von einem matten Grün, hatten kaum je die helle Durchsichtigkeit seiner Augen. Vielleicht war es die Kühle, die ihn umgab und die er kultivierte, die an Gletscherseen denken ließ.

»Eigentlich haben sie kaum Farbe«, sagte Leo.

Er stand auf und ging zu dem großen Fenster hinüber. Ihm wurde es leicht zu eng mit ihr auf dem Sofa. Sie war eine Frau, die Berührungen suchte. Er wusste nicht genau, was er finden wollte in ihr. Ihm gefiel die Intensität, mit der sie den Gedichten lauschte, und die Bereitschaft, auf das bisschen Wahnsinn anzuspringen, das er ihr bot.

Leo schien weg zu wollen von der Normalität. Er hatte sonst eher das umgekehrte Problem bei Frauen.

Die Kehrwiederspitze drüben auf der anderen Seite der Elbe wirkte dunkel, obwohl sie von hell erleuchteten Bars und Coffeeshops umgeben war, die aus dem Boden sprossen.

Er genoss den Blick auf den Hafen. Leo sagte, dass sie ihn liebe, den Blick. Kannte wohl nur Wohnungen ohne Aussicht, obwohl sie auf einem holsteinischen Gut aufgewachsen war. Doch was gab es da anderes als plattes Land.

Er hörte ihr zu. Erzählte nichts von sich. Seine Wortbeiträge waren von philosophischer Art. Oder er las Gedichte vor.

Leo trat neben ihn. »Ich liebe diesen Blick«, sagte sie.

Harlan nickte. Sie fing an, ihn zu langweilen.

Diese Vera interessierte ihn, von der sie sprach. Doch Leo schien eher zu verhindern, dass er ihr begegnete.

Witterte wohl Gefahr. Harlan lächelte.

Was würde er tun mit Leo? Erst einmal alles laufen lassen?

»Trinkst du noch eine Tasse?« Er wandte sich um und ging zu dem Stehpult, einem der kargen Möbel im loftähnlichen Raum.

Er hob die Brauen und blickte zu ihr hin. Das Teelicht des Rechauds brannte langsam aus.

»Es ist mir zu spät für Tee«, sagte Leo.

Er hielt sie längst für eine verkappte Alkoholikerin.

»Du kannst da hinübergehen.« Sein Kinn wies den Weg zur Kehrwiederseite. »Alfredo«, sagte er, »da gibt es alles zu trinken, was du willst.«

»Ich gehe nach Hause«, sagte Leo.

»Nicht, ohne ein Gedicht gehört zu haben.«

Leo sah ihn an und hatte eine Ahnung von Sehnsucht nach Nick. Doch sie ließ sich auf dem Ledersofa nieder, bereit zu hören, obwohl ihr diesmal ein Gin Tonic lieber gewesen wäre.

Harlan schaltete die kleine Leselampe an, die am Stehpult befestigt war, und schlug ein Buch auf.

Schwarze Milch der Frühe wir trinken sie abends

wir trinken sie mittags und morgens wir trinken sie nachts

wir trinken und trinken

»Was ist das?«, fragte Leo.

Harlan hasste es, unterbrochen zu werden. Er antwortete widerwillig. »Paul Celan«, sagte er.

Leo hatte die Frage auf den Lippen, ob es ein langes Gedicht sei. Eine große Müdigkeit überkam sie.

Harlan sah sie mit seinen sehr hellen Augen an, holte sich ihre Konzentration zurück. Es war ein langes Gedicht.

Die Stunde der Vögel. Vorboten des Tages. Vera und Jef gingen Hand in Hand den nahen Weg von der Bar zu ihm nach Hause. Die Luft war auch in der kühlsten Stunde des Morgens noch warm. Doch Jef hatte sein Jackett auf Veras nackte Schultern gelegt.

Vera hatte gesungen und im Applaus gebadet. Der Besitzer der Bar hatte gelächelt. War es wie früher?

»Könnten wir auch anders leben? Du und ich?«

»Ohne Nächte in der Bar?«

Vera nickte und war verwundert, dass sie so anfällig war an diesem Morgen. Gleich würde sie weinen.

»Bitte hör auf in der Bongo-Bar«, sagte sie.

»Ich kann noch nicht«, sagte Jef. Ihm war vor Tagen schon klar geworden, dass er nicht einfach aufhören konnte.

Klavierstunden geben. Anderswo spielen.

Der Chef würde ihn nicht aus den Augen lassen wollen. Jef war derjenige, der verraten konnte, dass die Bongo-Bar längst nicht mehr der sauberste Laden der Stadt war.

»Ich habe Geld genug für uns beide.«

Jef blieb stehen und sah sie an. »Ich werfe eine Villa am Niederrhein hinein«, sagte er.

»Das Haus deines Vaters?«

»Ich habe es geerbt. Von der vierten meiner Stiefmütter.«

»Was verschweigst du mir noch alles?«, fragte Vera.

»Ich weiß es noch nicht lange.«

»Sie ist tot? Und die Tochter?«

Jef zuckte die Achseln. »Fragen, die ich dem Amtsgericht gestellt habe«, sagte er, »die Antworten stehen noch aus.«

»Lass uns neu anfangen.«

»Neu anfangen? Bist du bereit, dein Leben hier aufzugeben? Deine Wohnung? Diese Stadt?«

»Wäre das alles nötig?«, fragte Vera.

»Er lässt mich nicht gehen«, sagte Jef, »er weiß, dass ich weiß, dass er in einem Drecksgeschäft drinsteckt.«

»Ja«, sagte Vera. Sie hatte es doch längst geahnt.

109

Sie kamen vor Jefs Haus an und standen vor der Tür, als müssten sie sich hier verabschieden. Von einem der Balkons gegenüber schaute ihnen ein Mann im Unterhemd zu und rauchte eine Zigarette dabei. Es war kurz nach vier.

»Lass uns nach oben gehen«, sagte Jef.

Vera guckte auf das Gesprenkel des Terrazzo, als sie die Treppen hochstiegen. Verdrängte die Traurigkeit.

»Ich liebe dich«, sagte Jef, »ich habe nur Marie so geliebt.«

Vera nickte und dachte an Gustav.

All die Hypotheken, die sie durchs Leben schleppten.

»Ich liebe dich, Jef«, sagte sie und zog ihn auf die kalten Terrazzosteine und küsste ihn.

Gott, lass es gut gehen, dachte sie.

Nichts war gut gegangen für Perak an diesem Nachmittag im Juni. Er hatte lange vor den Schaufenstern des Juweliers gestanden und irgendwann wohl genügend trostlos gewirkt, dass ihm jemand ein paar Cents in die Hand drücken wollte.

Vielleicht knitterte das Leinen des Anzuges zu leicht und sah dann für das unkundige Auge verwahrlost aus.

Vielleicht löste er sich allmählich auf und wurde zum Penner.

Philip Perak war so sehr außer sich, dass er die Treppe zur Untergrundbahn hinunterstieg und seinen Irrtum nur darum bemerkte, weil einige junge Kerle ihn anrempelten, die doch nichts anderes wollten, als ihre Bierbüchsen zur gegenüberliegenden Alsterseite tragen und während des Trinkens den Schiffen und den Schwänen zuzusehen.

Perak floh und stieg in das nächste Taxi ein. Ließ es die Alster entlangfahren, unschlüssig, ob er schon nach Hause wollte, um der Heiterkeit zu entfliehen, die diese Stadt ergriff, kaum dass einmal die Sonne schien. Horden schoben sich die Außenalster entlang. Standen in Pulks. Enge. Nähe.

An der Fährhausstraße forderte er den Fahrer zum jähen Bremsen auf. Der Mann tat es und empörte sich im nächsten

Augenblick ob dieser Zumutung. Drehte sich nach seinem Fahr-
gast um, der mit weit aufgerissenen Augen aus dem Rückfens-
ter guckte. Was war dort zu sehen?

Eine Frau mit Hund. Fahrradfahrer. Eine andere Frau, groß
und mit auffallend langen dunklen Locken.

Philip Perak hielt einen zu großen Schein hin und wartete
das Wechselgeld nicht ab. Stand schon auf der Straße, als der
Fahrer noch nach den Eurostücken kramte.

Er kam fast ins Stolpern, als er der Dunkellockigen nachlief,
die zu großen Schritten ausholte. Er fasste ihren Arm.

Nie zuvor hatte er so etwas getan.

Sie drehte sich um und lächelte, und Perak wusste gleich,
dass auch sie nur eine verzweifelt Suchende war.

Das Haar zu matt, um echt zu sein. Die Schminke zu heftig.

Er ließ sie los und entschuldigte sich.

Der Brief des Transvestitenklubs fiel ihm ein.

Philip Perak ging zu Fuß nach Hause. Er hatte es nicht weit.

Er hätte etwas darum gegeben, sich ins Haus schleichen zu
können, von keinem gesehen, doch es gelang ihm nicht.

Den Schlüssel hielt er schon gezückt, als sich die große
Eichentür öffnete und Vera heraustrat. In einem schwarzen
Korsettkleid. Die Schultern nackt. Die Abendsonne ließ ihr
messingblondes Haar leuchten, das aus einem viel zu lose ge-
steckten Knoten fiel.

Perak wollte zu lächeln anfangen.

Doch er hörte gleich wieder auf, als er ihrem Blick folgte und
den Schönling sah, der am Straßenrand neben einem alten Peugeot stand und auf Vera wartete.

Die sechste Tote war die erste von den Frauen, die nicht von
Nick am Fundort fotografiert worden war. Er hatte es zu spät
erfahren, fuhr im Holsteinischen herum, um die Kamera auf
die letzten blühenden Rapsfelder zu halten. Der Auftrag eines
Verlages von esoterischen Kalendern. Er war nun zu vielem bereit, um beschäftigt zu sein und Geld zu verdienen.

Er sah die junge Frau mit den flachshellen Haaren erst nach Tagen, als sie aus einer Kühllade gezogen wurde.

»Ein deutliches F«, sagte Pit. Er hielt Nick eine Lupe hin.

Nick beugte sich über das F, und dann entdeckte er den kleinen Strich und den Punkt neben dem F.

»Vielleicht ist er gestört worden«, sagte Pit, »und dann wurde er zu nervös für die Feinarbeit.«

»Du meinst, er hatte wieder vor, ein paar Buchstaben mehr einzuritzen und ihm ist nur die Klinge ausgerutscht?«

»Der Pathologe glaubt, dass es eine Nadel ist, wie sie in den professionellen Tattoostudios benutzt wird.«

»Oder er fängt an zu morsen«, sagte Nick.

Diese neue Neigung zur Albernheit, um nicht zu weinen.

Er fing sich einen gereizten Blick ein.

»Ich habe nichts in den Zeitungen gelesen.«

»Nachrichtensperre«, sagte Pit, »irgendein Detail, das nicht der Öffentlichkeit zum Fraß vorgeworfen werden soll. Kann auch sein, dass der Kriminaldirektor die Nase voll hat, über unser aller Versagen zu lesen.«

»Kennst du das Detail?«

»Nein«, sagte Pit.

Nick war sich ziemlich sicher, dass das nicht stimmte. Er holte die kleine Nikon aus der Tasche und fotografierte den Hals der Toten und dann ihr Gesicht. Pit erhob keinen Einspruch. Wenigstens darin blieb er kooperativ.

»Wer ist sie?«, fragte Nick.

»Eine Schauspielschülerin. Aus einem westfälischen Kaff gekommen, um an einer ominösen Schule zu studieren.«

»Sie hätte eine gute Ophelia gegeben. Warum ominös?«

»Eine bizarre Alte, die behauptet, Gründgens' Augenstern gewesen zu sein. Bei ihr landen alle, die an den anderen Schulen nicht bestanden haben.«

»Eine Cellistin aus Georgien. Eine kleine Schauspielerin aus Westfalen. Würdest du deine Tochter noch nach Hamburg schicken?«

Pit hob die Schultern. »Die anderen kamen von hier«, sagte er, »das heißt, von der dritten wissen wir es nicht.«

»Liegt sie hier noch irgendwo?«, fragte Nick und sah sich in dem kühlen Saal um. Er fing an zu frösteln.

»Nein. Solange bewahren wir sie nicht auf.«

»Es läuft auf Mondfinsternis hinaus«, sagte Nick.

Pit sah ihn verständnislos an.

»DIE MONDF. Fällt dir da was anderes ein?«

»Mondfähre«, sagte Pit, »Mondfisch.«

»Kenn ich nicht. Mondfisch?«

»Schwimmt in der Hochsee herum. Soll nicht genießbar sein.«

»Ich staune über das Wissen eines Kripobeamten.«

»Ich tauche«, sagte Pit. Er klang gekränkt.

Nick überlegte, ob er ihm von seiner Theorie über das Massaker zur Mondfinsternis erzählen sollte. Vermutlich wusste ein naturwissenschaftlich gebildeter Mensch wie Pit, wann die nächste war.

»Wie alt war unsere Ophelia?«

»Vierundzwanzig. Die letzten beiden Opfer waren deutlich jünger als die ersten vier.«

Nick dachte, dass diese Tendenz Anni Kock beruhigen würde. Vera war damit nicht mehr im Visier des Täters.

»Du hast doch niemanden eingeweiht?«

»Nein«, sagte Nick und fühlte sich schlecht dabei.

Doch sein Kumpel schien keine Zweifel an ihm zu haben.

»Kommst du mit auf eine Pizza?«

Nick schaute auf die Kühlschublade, die gerade wieder geschlossen worden war. Doch er nickte.

»Hältst du das für pietätlos?«

»Ich nehme an, das ist alles eine Frage der Gewohnheit.«

»Ins Martini Cinque. Da können wir draußen sitzen.«

Da war der Sommer. Da war das Leben. Das ließ sich leicht vergessen in den kühlen Sälen der Pathologie.

Nick nahm sich vor, noch einmal auf das geheimnisvolle

Detail zu sprechen zu kommen. Ein paar Gläser Wein beim Italiener.

Es war längst nicht mehr nur die große Geschichte.

Er hoffte darauf, einen Mörder aufzuhalten in seinem Lauf.

Die Abrechnung der Diners Card, ein Brief vom Bankhaus Julius Bär, ein anderer von der Dresdner Bank, der Katalog eines Londoner Hemdenmachers, Philip Perak legte die Post auf die Konsole in der Diele und begann als Erstes, im Katalog zu blättern.

Ein Frackhemd mit Silberknöpfen, in die Halbmonde aus Perlmutt eingelassen waren. Er liebte das Besondere.

Aber gab es noch Anlässe, zu denen er einen Frack trug? Sein gesellschaftliches Leben war schon zu Zeiten seiner Mutter kaum frackfähig gewesen. Konzerte. Gelegentlich eine Gala für eine Wohltätigkeit. Doch nach ihrem Tod war das auf ein Nichts geschrumpft.

Keine Opernbälle. Keine Staatsempfänge. Schon gar keine Verleihung des Nobelpreises. Perak blickte bedauernd auf das Frackhemd. Er hatte den Katalog von Austin Reed fast schon zur Seite gelegt, als ihm der Umschlag auffiel, der in den hinteren Seiten steckte. Er drehte ihn um und las den Absender der Offerten-Expedition.

Hatte er denn die Anzeige damals nicht bar bezahlt?

Philip Perak trat in den Salon und nahm den Brieföffner vom Schreibtisch und schnitt den Umschlag auf. Ein blaues Kuvert lag darin. Großzügig geschriebene Zahlen und Buchstaben der Chiffrenummer. Perak zögerte, das Kuvert zu öffnen.

Er atmete den Duft eines Parfüms ein, das er zu kennen glaubte, und begann zu zittern, als er das Kuvert endlich aufschnitt. Ein Ort. Eine Zeit. Kein weiteres Wort.

Das Wenige in einer eleganten, fast kunstvollen Schrift.

Philip Perak hatte nicht den kleinsten Zweifel, dass die Absenderin die Saphirblaue war.

Zwei Tage noch, bis er sie wiedersehen würde. Ein wenig nur wunderte er sich über den Ort. Er hatte gehofft, sie vor den Auslagen von Brahmfeld und Gutruf zu treffen.

Ihr vielleicht eine Kleinigkeit kaufen und dann in ein Taxi, um nach Hause zu fahren zu einer Inszenierung.

Die Hochbahnstation am Baumwall war unbekanntes Land und ihm ganz und gar nicht angenehm.

Warum diese Neigung zum Gewöhnlichen?

Dabei war die Saphirblaue eine sehr kultivierte Frau. Dessen fühlte er sich sicher. Philip Perak war kein Professor Higgins.

Er wollte das geschliffene Juwel.

»Ein Detail, das nicht der Öffentlichkeit zum Fraß vorgeworfen werden soll«, sagte Nick, »das waren seine Worte.«

»Was kann das sein?«, fragte Vera. »Es hilft ihnen doch nur, wenn sie es veröffentlichen.«

»Du denkst an Gegenstände. Ein Knopf, um den sich die Hand des Opfers gekrampft hat.«

»Indisches Halstuch«, sagte Vera.

»Das entscheidende Detail halten sie doch ohnehin geheim, die Tätowierungen. Pit hat mich noch einmal verdonnert, zu schweigen oder vielmehr darüber geschwiegen zu haben.«

Nick seufzte und legte die Fotografien zusammen, die auf der karierten Decke des Küchentisches lagen. Seit Jef das erste Mal da gewesen war, ließ Anni den schönen alten Holztisch kaum mehr unbedeckt. Die neue Gemütlichkeit.

»Wo ist Anni eigentlich?«, fragte er.

»Beim Frisör. Die jährliche Dauerwelle. Da ist sie gnadenlos.«

»Kannst du Kaffee kochen?«

»Ich kann sogar wütend werden«, sagte Vera und nahm den Kessel, um Wasser einzufüllen.

»Entschuldige. Ich erlebe dich in deiner Küche meist mit Anni gemeinsam, und die nimmt dir jeden Handgriff ab.«

Vera stellte den Kessel auf den Herd und den Filter auf die Kanne. Sie legte eine Tüte ein, füllte andächtig Kaffeepulver ab und gab noch eine Prise Salz dazu, als sei dies ein Schulungsprogramm zum Thema Kaffeezubereitung.

»Irgendwas ist an diesem Mord anders«, sagte Nick.

»Eine junge Tote mit einem Tattoo am Hals und obendrein Schauspielschülerin. Klingt leider vertraut. Die erste war Sängerin. Die vorletzte eine Cellistin. Die Kunst scheint eine gewisse Anziehungskraft auf ihn zu haben.«

»Die beiden letzten Toten waren auffallend zart«, sagte Nick, »vielleicht könnte der Täter doch eine Frau sein.«

»Und die ersten vier? Voll entwickelt. Das war dein Wort.«

Nick schrak zusammen, als der Kessel heulte.

»Neben Anni ist jemand eingezogen«, sagte Vera, »er spielt Oboe. Vorzugsweise abends.«

»In der Wohnung der toten Strumpfverkäuferin?«

»Genau da.« Vera goss den Kaffee in die Tassen.

Nick trank und grinste. »Vollendeter Genuss«, sagte er.

»Warum kommst du darauf zurück, dass es eine Frau sein könnte? Weißt du was, das ich nicht weiß?«

Nick schüttelte den Kopf. »Nur so ein Gefühl«, sagte er.

»Gott«, sagte Vera, »du nicht auch noch. Anni und ihre Ahnungen gehen mir genügend auf die Nerven.«

»Sie hat Angst um dich.«

»Gibt keinen Grund dazu. Ich bin gesund und kräftig, kriege vierteljährlich einen Haufen Geld von der Gema und habe obendrein noch den Mann meines Lebens getroffen.«

»Ja«, sagte Nick. Er klang traurig. »Darf ich Blumen streuen?«

»Ich werde dir den Brautstrauß zuwerfen.«

»Gibt es etwas Neues von Leo?«

»Sie kommt heute Abend in die Bongo-Bar, um ihre beste Freundin singen zu hören.«

»Und den Bräutigam der besten Freundin zu begutachten.«

»Vor allem werde ich Harlan begutachten.«

»Der kommt mit?«

»Darauf habe ich gedrungen.«

»Kommst du morgen Mittag auf einen kleinen Lunch zu mir?«

»Klar«, sagte Vera, »ich werde dir berichten.«

»Dieses Detail«, sagte Nick und rührte in seinem Kaffee, in dem es gar nichts zu rühren gab. Er trank ihn schwarz.

»Wo haben sie die Schauspielschülerin gefunden?«

»Das weiß ich nicht«, sagte Nick. Es erstaunte ihn, dass er es nicht wusste. Das Essen der Pizza im Martini Cinque war nicht sehr ergiebig gewesen. Pit und er hatten nichts anderes als Mineralwasser getrunken.

»Vielleicht ist da das Detail zu finden.«

»Ich werde Pit fragen.«

»Morgen Mittag wollen wir das wissen. Ich bin um zwei bei dir.«

»Warum erst um zwei?«

»Weil ich eine lange Nacht vor mir habe.« Vera hoffte, dass ihr dabei die Herren vom Kiez erspart blieben. Harlan genügte.

»Wo bleibt Anni denn bloß?«

Vera stand auf und holte die gusseiserne Pfanne hervor.

»Spiegeleier?«, fragte sie. »Ich nehme an, du hast Hunger.«

Der Himmel färbte sich rot hinter dem Hafen. Harlan stand am Fenster und schaute der Barkasse zu, die im Zollkanal anlegte. Zwei tiefe Züge tat er, dann hatte er die Zigarette zu Ende geraucht. Es gab Menschen, die rauchten nur in Gesellschaft. Er rauchte, wenn er allein war.

Gleich halb zehn. Zeit, Leo abzuholen, um mit ihr in diesen Laden zu gehen. Wahrscheinlich stand sie schon vor der Tür der Fünfzigerjahre Fliese, in der sie lebte. Sie fing an, so eifrig zu sein. Lang würde er es nicht mehr aushalten.

Doch heute Abend galt es, die Sängerin kennen zu lernen.

Er staunte noch immer, dass Leo es vorgeschlagen hatte.

Die beste Freundin, aber er spürte da Eifersucht.

Harlan nahm den blauen Glasteller mit den beiden Kippen und trug ihn zu der Spüle, die neben Kühlschrank und Herd und einem Meter Granitplatte die Küche darstellte.

Er ließ Wasser über den Teller laufen und ertränkte die Kippen. Den Geruch der abgerauchten Zigaretten ertrug er nicht. Doch sie so nass zu sehen, ekelte ihn.

Er sollte sich die elende Raucherei abgewöhnen.

Um viertel vor zehn verließ er das Haus und ging zu der Rover Limousine, die unter den Hochbahngleisen stand.

Er legte eine Kassette in den Recorder. Marianne Faithfull stimmte ein brüchiges Lied an. Harlan startete den Rover.

Boulevard of Broken Dreams. Er liebte die Faithfull. Fand sie hochgradig ästhetisch in ihrer Kaputtheit.

Leo sah großartig aus. Das schwarze Schlauchkleid, das ihr am Körper klebte. Der hohe Kragen, der Ärmelausschnitt, der ihre Schultern komplett entblößte. Harlan war angetan.

Er küsste Leos Hand, bevor er ihr die Autotür öffnete. Vielleicht war doch nicht so viel Abwechslung nötig in den nächsten Tagen. Leo hatte noch eine Chance verdient.

Er fuhr zum Hafen zurück und am Bismarck vorbei und bog in die Reeperbahn ein. Keine Gegend, die er schätzte. Doch die Bongo-Bar, die abseits dieses grässlichen Trampelpfades lag, bekam allmählich einen guten Ruf, auch unter Ästheten. Kein wirklicher Jazz, aber die American Standards, die dort gespielt wurden, fanden auf hohem Niveau statt.

Als Harlan in der Nähe der Bar hielt, setzte ein jäher heftiger Regen ein. Erst als er die Tropfen auf dem Autodach hörte, fiel ihm auf, dass Leo und er kein Wort gesprochen hatten.

Er stellte den Motor ab und schob eine Hand hinüber. Das kurze Kleid war ihr hochgerutscht. Leo saß mit nackten Schenkeln, ohne das zu korrigieren. Seine Hand stieg auf zu dem Tanga, den sie trug. Er schob einen Finger hinein.

So weit war er noch nie gegangen bei ihr. Er wollte keinen Sex mit Leo. Sie war die Frau, der er Gedichte vorlas.

Harlan hielt inne, als wäre er gestört worden. Er sah auch angestrengt durch die Windschutzscheibe, wie um das zu bestätigen. Dabei war vorne nur ein Türsteher zu sehen, der unter dem Vordach einer Diskothek stand.

Der Regen hörte so plötzlich auf, wie er gekommen war.

Harlan zog seine Hand zurück und lächelte.

»Deine Freundin wartet sicher schon«, sagte er.

Leo sah ihn irritiert an. Worauf sollte Vera warten? Auf den Einsatz, den Leo und Harlan ihr gaben?

Sie zog an dem Kleid. Zog es über ihre Knie. Erstaunlich, wie weit hinunter sich dieses Kleid ziehen ließ.

Harlan öffnete die Tür auf Leos Seite und hielt ihr die Hand hin, die sie nicht nahm. Leo sah traurig aus.

Sie gingen die hundert Meter zur Bongo-Bar schweigend.

Er hätte sie beinah aufgefordert zu lächeln. Harlan lag daran, ein gutes Entree zu haben, bei der Sängerin.

Doch er sorgte sich ohne Grund. Leo hatte ein strahlendes Lächeln aufgesetzt, als sie die Bar betraten.

Vera war überrascht. Sie hatte sich Leos Dämon anders vorgestellt. Härtere Gesichtszüge. Dominanter. Wenn er es denn war, dann spiegelte es sich nicht in seinem Gesicht wider. Alain Delon fiel ihr ein. Der eiskalte Engel.

War es das, warum sie bei What's now my Love auf einmal ins Französische fiel und Jefs verwunderten Blick auffing, weil sie Et Maintenant gesungen hatte? Que vais-je faire.

»What's now my love, now that it's over«, sang Vera. Sie hatte sich wieder gefangen. Blinzelte Leo zu, die mit Harlan an einen nahen Tisch geführt worden war. Ein Silberkübel mit einer Flasche Veuve Clicquot wurde gebracht. Obere Mitte bei den Preisen für Champagner in der Bongo-Bar.

Vielleicht gefiel er ihr sogar. Er schien Stil zu haben. Er hatte ein hübsches Gesicht. In ihr waren doch wohl mehr Gene von Nelly, als sie wahrhaben wollte. War sie, anders als ihre liebe Mutter, nicht immer ganz unabhängig von hübschen Gesichtern gewesen? Dann kam Jef. Nun Harlan?

Das nächste Lied, das sie mit Jef abgesprochen hatte. Ein langes Vorspiel für den Pianisten. Send in the Clowns.

Was hatten sie denn heute für ein Repertoire? Sie entfernten sich weit vom Jazz. Doch Jef wusste, wie sehr sie Stephen Sondheim verehrte, den genialen Songschreiber.

»Isn't it rich, isn't it queer. Losing my timing this late in my career.« Harlan lächelte. Vielleicht war er nicht kalt.

Vielleicht hatte er sogar Humor.

Vera hätte beinah den Kopf geschüttelt, in den Beifall hinein den Kopf geschüttelt. Nein. Harlan durfte ihr nicht gefallen. Das konnte sie Nick nicht antun.

Sie lächelte Jef zu, der das nächste Lied von Sondheim anspielte. »Nothing's gonna harm you«, sang Vera, »not while I'm around.« Jef legte den Kopf in den Nacken. Er brauchte auf keine Noten zu gucken, während er spielte. Konnte sie Jef je mehr lieben als in diesem Augenblick, in dem er die Augen schloss, um dem Lied nachzulauschen, und ihm die dunklen Locken über den weißen Stehkragen fielen?

Jefs Doc Holliday-Hemd. Vera gluckste in die nächste Zeile hinein. Sie blickte zu Leo hinüber, die angespannt aussah.

Vielleicht irrte sie sich doch, und Harlan war ein Aas, und sie verlor sich in ihren Liebesliedern und war nicht mehr ganz bei Verstand. Anni hätte hier sein sollen.

Ein kleiner letzter Akkord, und Vera hatte zu Ende gesungen und ging an Leos Tisch. Eine zweite Flasche Champagner wurde bestellt.

»Kann Jef nicht kommen?« Leo sah Vera an.

Vera guckte auf die väterliche Uhr, die zu groß an ihrem Handgelenk hing. »In einer Viertelstunde«, sagte sie.

Harlan sah zu Jef hinüber. Kein freundlicher Blick.

Er hob das Glas, in dem der sanftgelbe Clicquot perlte, und lächelte Vera an. »Auf eine großartige Sängerin«, sagte er.

Harlan hatte etwas Faszinierendes. Ein Sog, dachte Vera und trank und nickte ihm zu und war dankbar, dass Jef nah war. Ihr war es ein Leichtes, Harlan zu entkommen.

Die junge Frau mit den flachshellen Haaren hatte auf einem leeren Grundstück gelegen, wo nur noch die letzten Reste eines

Kellers davon zeugten, dass hier einmal eine Villa gestanden hatte. Kaum zu glauben, dass sechzig Jahre nach den Tagen der schrecklichsten Bombenangriffe noch Trümmergrundstücke in dieser Stadt waren.

Vielleicht hatte sie leicht verrenkt im hohen Gras gelegen, doch das unterschied sie kaum von den fünf anderen Toten, die vor ihr gefunden worden waren. Die kleine Ophelia war so wenig missbraucht worden wie ihre Vorgängerinnen.

Auf den Fingerkuppen ihrer linken Hand war eine Spur von Lippenstift, nicht auf ihrem Mund und nirgends sonst.

Das Gras wurde durchkämmt, die Erde gehoben.

Die Leute von der Spurensicherung hatten in Tagen und Nächten nicht nachgegeben zu suchen. Eine angerauchte Zigarette fanden sie, bei der sich jemand die Mühe gemacht hatte, sie in den Boden zu graben. Der Speichel, der daran festzustellen war, blieb unbekannt.

Malvenfarben war der Lippenstift an der Hand der Toten. Später würden sie herausfinden, dass er unter dem Label Mauve Diabolique vertrieben wurde, und einige Männer aus der SoKo würden die Köpfe schütteln über die leichtfertigen Einfälle der Kosmetikindustrie.

Doch alle waren sich einig, dass es eine abwehrende Geste gewesen sein musste, die den Lippenstift an Ophelias Hand zurückgelassen hatte, und es wichen die Zweifel, dass der Täter eine Frau gewesen sein könnte.

»Ich beschwöre dich, keiner Seele etwas davon zu erzählen«, sagte Nick und sah Vera eindringlich an. Er staunte noch darüber, eingeweiht worden zu sein.

Ohnehin ein Glücksfall, dass Pit gestern Nachmittag gleich Zeit gehabt und sich an Nicks Küchentisch gesetzt hatte.

Nick hatte eine Flasche Tochuelo auf den Tisch gestellt, ein weißer kräftiger Wein aus der Gegend von Madrid, und Tapas, die für den Lunch mit Vera vorgesehen gewesen waren. Nick wollte seinen Informanten milde stimmen.

Pit war nicht nur milde, sondern schon mürbe.

Nichts lief. Noch wurde die SoKo nur intern kritisiert. Doch es war eine Frage der Zeit, bis die Öffentlichkeit aufbegehrte. Sechs Frauen waren getötet worden. Was hatte einer von den Psychologen, die für das Täterprofil zuständig waren, gesagt? Dass man einen Wahnsinnigen leichter fange als einen Profikiller? Wie viel Wahnsinn musste ihr Täter noch an den Tag legen, um endlich gefasst zu werden?

Pit war in der Stimmung gewesen, dem Tochuelo gründlich zuzusprechen. Nick hatte ihn nicht daran gehindert und nur kleine Gewissensbisse gehabt.

»Ist noch was von dem Wein da?«, fragte Vera. »Ich gebe die Informationen auch leichter raus, wenn ich getrunken habe.«

»Harlan«, sagte Nick, »erzähle.«

Vera tat Harlan mit einer Handbewegung beiseite. »Sind sie mit den Tätowierungen weitergekommen?«, fragte sie.

Nick schüttelte den Kopf. »DIEMONDF«, sagte er, »ich halte nach wie vor Mondfinsternis für möglich.«

Er öffnete die letzte Flasche, die von dem Spanier übrig geblieben war, und füllte die Gläser. »Tapas gibt es leider keine mehr«, sagte er, »aber ich kann dir Eierspeisen à la carte anbieten.«

»Spiegeleier werden unsere Spezialität.«

»Ich dachte an ein Omelette natur.«

»Fein«, sagte Vera, »was weißt du von Mondfinsternissen?«

»Der Mond verfinstert sich durch den Schatten der Erde. Am gleichen Ort passiert das etwa alle achtzehn Jahre.«

»Wann war die letzte?«

»Keine Ahnung«, sagte Nick. Er holte den Sechserkarton Eier aus dem Kühlschrank. »Nehmen wir an, es war tatsächlich eine Frau, was tätowiert sie ihren Opfern in den Hals?«

»Wären die Opfer Männer, dann fiele mir was ein.«

Nick war dabei, die Eier aufzuschlagen. »So?«, fragte er.

»Nieder mit der männlichen Vorherrschaft.«

»Das geht völlig am Zeitgeist vorbei«, sagte Nick und griff zur Gabel. »Willst du Schnittlauch darin haben?«

»Alles, was du willst«, sagte Vera.

»Ist Harlan ein Vertreter männlicher Vorherrschaft?«

»Da ist eine gewisse Dominanz. Obwohl sie ihm nicht auf den ersten Blick anzusehen ist.«

»Keine Kinnlade wie ein Schlächter?«

»Er ist ein hübscher Mann, nur eher düster.«

Nick blickte sie strafend an, als er mit der Schere auf den Balkon schritt, um Schnittlauch zu schneiden, der da einsam in einem Kasten zwischen trockener Erika wuchs.

»Harlan hat etwas Faszinierendes«, sagte sie vorsichtig. Nick wandte ihr den Rücken zu und schnitt länger als nötig.

»Eine Faszination, wie Sektenführer sie haben«, fuhr Vera fort, »ich glaube nicht, dass er Leo gut tut, und ich glaube auch nicht, dass es lange gut geht.«

Nick kam in die Küche zurück.

»Jef kann ihn nicht ausstehen.« Es war ein Bonbon, das sie für Nick aufbewahrt hatte.

»Wann lerne ich Jef kennen?«, fragte Nick. Er stellte die Lyoner Pfanne in beinah aufgeräumter Stimmung auf den Herd.

»Wann immer du willst.«

»Und was soll ich in Sachen Harlan tun?«

»Nichts. Nur abwarten. Es wird sich von selbst erledigen.«

»Dein Wort in Leos Ohr«, sagte er.

»Und was tun wir in Sachen Tattoomörder, nun, da du und ich Eingeweihte sind?«

»Es ist nur ein Verdacht. Es kann nach wie vor ein Mann sein.«

»Nichts? Nur abwarten? Bis zur nächsten Toten?«

»Schlag was vor«, sagte Nick. Das Öl zischte. Die Pfanne war schneller heiß geworden, als er gedacht hatte. Er gab die gerührten Eier hinein und ließ sie kurz stocken.

»Ein Lockvogel? Ich stelle mich zur Verfügung.«

»Gott sei Dank eignest du dich nicht dazu. Die beiden letzten Toten waren dünner und jünger als du.«

»Kann man einer Frau etwas Netteres sagen?«

»Ganz abgesehen davon, an welche Ecke dieser Stadt wolltest du dich denn hinstellen, um zu locken?«

»Hat die Kripo nichts eingekreist?«

»Er scheint in allen Stadtteilen tätig zu sein.«

Nick nahm die Pfanne und ging zum Tisch hinüber, um das Omelette auf Veras Teller gleiten zu lassen.

»Du isst nichts?«

»Kommt noch«, sagte Nick, »ich habe nur eine Pfanne. Falls Leo und ich wieder zusammenkommen, werde ich meinen Haushalt aufstocken.«

»Ein F«, sagte Vera, »und sonst nur Punkt und Strich.«

»Genau.«

»Was könnte ihn gestört haben?«

Nick zuckte die Achseln. »Seine Ehefrau?«, schlug er vor. »Er wäre nicht der erste Serienmörder, der Frau und Kinder zu Hause hat und anschließend den Fernseher anschaltet und die »Lustigen Musikanten« anguckt.«

»Wir sind wieder beim männlichen Personalpronomen angekommen«, sagte Vera.

»Die männliche Vorherrschaft.«

»Vielleicht bewerten sie die Lippenstiftspur völlig über.«

Nick seufzte. »Erzähl mir doch nochmal die Geschichte von Sisyphus«, sagte er.

Nick wälzte sich im Schlaf. Hatte ihm ein Omelette jemals so schwer im Magen gelegen? Als läge der Stein des Sisyphus darin. Wirres Zeug, das er da träumte.

Leo, die nackt aus einem Sumpf gekrochen kam und am ganzen Körper mit Lippenstift beschmiert war.

Pit lag im Gras und rührte sich nicht. Schlief er nur?

Wo war er selber? Nick hatte das Gefühl, anwesend zu sein, doch er konnte sich nicht finden in diesem Traumbild.

Und doch kroch Leo auf ihn zu.

Nick spürte die Anstrengung, auf sich aufmerksam zu machen. Obwohl er doch nicht da war, streckte er die Arme aus. Versuchte, sie beide zu fassen. Leo. Und Pit.

Er wachte von einem Krampf auf, den er in der linken Wade hatte. Nicht in den Armen. Nick setzte die Füße vors Bett und stand vorsichtig auf und tapste über den Flur und in die Küche und dann zum Schlafzimmer zurück. Bei der vierten Runde ließ der Krampf endlich nach.

Doch im Dunkeln stieß er gegen die Tüte Altpapier, die er am Abend noch im Flur bereitgestellt hatte. Er fluchte, als er das Licht anschaltete, um die Zeitungen aufzusammeln.

Ein ziemlich schlechtes Foto von Pit mit Handy, der vor dem Darius stand, dort, wo ein Drogenkurier getötet worden war. Links neben Pit ein Schaukasten.

Hatte die Bongo-Bar einen Schaukasten? Mit Bildern von Vera? Und Jef? Nick erinnerte sich nicht.

Er war auch abgelenkt von einer anderen Zeitungsseite.

Die Nahaufnahme eines alten Mannes, der aus irgendeiner Tür kam. Die der Gerichtsmedizin, dachte Nick.

Er guckte lange in die Verzweiflung hinein, die das Gesicht des alten Mannes zeigte.

Dann saß er noch eine Weile auf den harten Dielen vor seiner Wohnungstür und weinte. Das Wenigste, was er tun konnte.

Weinen um eine Tochter aus Georgien.

Um eine Ophelia.

Um die anderen Frauen.

Keiner beschäftigt sich mit solch gewaltsamen Toden, ohne zu weinen. Wirr zu träumen. Sich um den Schlaf zu bringen.

Keiner, der war wie Nick.

Philip Perak hatte sich bis zum Sloman Haus fahren lassen, das gegenüber der Hochbahnstation Baumwall lag. Das Licht der untergehenden Sonne färbte die Wolken rot, die über den Hafen zogen. Perak ging zur Station hinüber.

Wenigstens war sie die schönste Station der Stadt, mit einem

Blick auf den Hafen und hinein in die Docks, in die auch um zehn Uhr abends noch die großen Schiffe fuhren.

Perak blickte beunruhigt auf all die Schönheit. Er fröstelte, obwohl es warm war an diesem Abend im Juli.

Noch war er allein auf dem Bahnsteig, in dem in acht Minuten wieder ein Zug einfahren würde. Vielleicht war sie in einem der Wagen. Vielleicht kam sie gar nicht. Ihn hatten Zweifel angefallen, seit er aus der Tür getreten war.

Eine Frau näherte sich von der Seite des großen Verlages, dem ein Steg von der Bahn bis zur eigenen Drehtür gebaut worden war. Zu klein, die Frau. Zu zierlich. Perak drehte sich um und schaute zu den Schiffen, die dort drüben festgemacht waren. Sah sie ihn aus der Ferne und entschied sich gegen ihn? Wirkte er lächerlich in diesem naturfarbenen Leinenanzug? Wie ein höherer Beamter aus den Tropen, Abgesandter einer vergangenen Welt?

Philip Perak fühlte sich unsicher. Sein Elan war dahin.

Er setzte sich auf die silberblanke Bank, die sauber aussah.

Das Schlimmste geschah, seine Hände wurden feucht.

Die Bahn der Linie 3 lief ein, und er stellte erst da fest, dass es schon zehn Minuten über die verabredete Zeit war. Sollte alles umsonst gewesen sein? Perak wischte sich verstohlen die Handflächen an der hellen Hose ab.

Eine Frau mit vollen Alditüten in der Hand stieg aus. Zwei junge Männer, die zu dem Verlag hinübergingen. Die Frau mit den Tüten streifte ihn fast. Sie wirkte angetrunken.

Aus einer der Tüten fiel ein Teil zu Boden, und Perak bückte sich automatisch, um es aufzuheben. Doch er ließ es liegen, als er ein Wäschestück erkannte. Eine Unterhose vielleicht.

Die Frau trollte sich zur Treppe, und Philip Perak erhob sich von der Bank, um ebenfalls zum Ausgang zu gehen.

Die Dame, die auf ihn zukam, war groß und schön. Er hatte ganz vergessen, wie schön sie war. Das Haar sah aus wie Seide, und die Augen schienen ihm in dem weißen Licht der Bahnstation blauer und dunkler als Saphirblau.

Ein Traum, dachte Perak, ein großer Traum.

»Verzeihen Sie den seltsamen Ort«, sagte die Saphirblaue.

Ihre Stimme war weich und wohl temperiert. »Ich arbeite da drüben«, sagte die Stimme und eine lange schmale Hand deutete auf das gegenüberliegende Ufer, dort, wo die Speicherstadt aufhörte und die neuen Bürohäuser an der Kehrwieder begannen.

Einen Gedankensplitter lang tönte es in Peraks Kopf, ob da drüben auch Prostituierte ihr Domizil hatten.

Die Saphirblaue lächelte, als läse sie den Gedanken. »Ich liebe das Besondere«, sagte sie, »ich handele mit Kunst.«

»Wohnen Sie hier in der Nähe?«, fragte Perak.

»Nein. Aber ich habe mein Auto hier stehen.« Diesmal zeigte die schmale Hand zur Überseebrücke. »Vielleicht wollte ich Sie noch einmal im gnadenlosen Licht dieser Station hier betrachten«, sagte die Saphirblaue, »es war nur ein kurzer Eindruck vor dem Schaufenster des Juweliers.«

Perak sah an seinem hellen Leinenanzug hinunter und fühlte sich unwohl. Was hatte ihn geritten, den anzuziehen.

»Sie haben bestanden«, sagte sie und legte die Hand auf den Leinenärmel. Kurze tiefrote Nägel. Hatte er nicht gerade gelesen, dass lange Krallen gewöhnlich waren?

»Wären Sie einverstanden, zu mir zu fahren?«, fragte Perak. Warum es nicht verkürzen? Sie war eine souveräne Frau.

»Sie wollen doch keinen schnellen Sex?« Die Saphirblaue lächelte. Ihm war klar, dass sie das Heft in der Hand hielt.

Philip Perak schüttelte den Kopf. Nein. Er wollte keinen schnellen Sex. Er hätte Angst davor gehabt. Diesen Vogel einfangen wollte er. Prächtig wie Vera.

»Ich könnte Ihnen auf dem Klavier vorspielen«, sagte er, »und vielleicht spielen wir dann das eine oder andere Spielchen?«

»Das klingt wunderbar«, sagte die Saphirblaue.

Sie stiegen die Treppe hinunter, und sie führte ihn das kurze Stück zu ihrem Wagen. Philip Perak stand das Herz still.

Ein Aston Martin. Nicht das neueste Modell, aber dennoch, sie musste gut verdienen beim Handel mit der Kunst. Alle seine Träume erfüllten sich.

Er hoffte nur, dass sie etwas aushielt. Doch konnte man sich bei ihr Zimperlichkeit vorstellen? Philip Perak stieg ein, und das kühle Leder des Sitzes, an dem er sich festhielt, tat seinen aufgeregten Händen gut.

Die Saphirblaue drehte den Zündschlüssel.

»Sagen Sie mir den Weg an?«, fragte sie.

Philip Perak sagte den Weg an, und die Saphirblaue fuhr die ihm vertraute Strecke, und alles war anders für ihn.

Die Leiche des älteren Herrn wurde am Abend des zwölften Juli gefunden. Es war eine der Leichen, die sofort mit dem Kiez in Verbindung gebracht wurde. Nicht, dass die Kripo dann in ihrem Eifer nachgelassen hätte, doch es ging ihnen weniger ans Herz, als eine tote junge Frau mit einer fragwürdigen Tätowierung am Hals es tat.

Pit war es, der den Toten als Holländer Michel identifizierte, seit vierzig Jahren auf dem Kiez beschäftigt, in den letzten zehn in gehobener Position. Drogen. Prostitution.

Das eigene Geld legte er gerne im Käsehandel an, kleine Läden, an denen blauweißrote Fähnchen wehten und die den besten Ziegengouda der Stadt verkauften.

Die Leiche war im Freihafen gefunden worden, auf der Rampe des Kaispeichers A, einem Betonsilo der Nachkriegszeit, den keiner mehr brauchte. Doch er hatte seine Chance als Tatort genutzt. Abgelegen. Trist. Die ideale Kulisse für einen professionellen Mord. Die Kehle wies einen tiefen Schnitt auf. Dort, wo die Halsschlagader war.

Der Holländer Michel hatte geblutet wie ein Schwein.

Pit stand auf der Rampe und sah auf die großen dunklen Flecken, die in den Betonboden gesickert waren.

Was war los auf dem Kiez? War irgendein Terrain übertreten worden, dass sich die Herren an den Kragen gingen?

Querelen darüber, wer in welchen Diskos und Bars den Scheiß verkaufen durfte? Ecstasy für die Kids. Kokain für die gesellschaftlich Fortgeschrittenen.

Der Sohn eines Kollegen von der Sitte war nach ein paar Pillen ausgeflippt und saß jetzt in der Klapse. Bot eine echt gute Gelegenheit, an Schizophrenie zu erkranken, dieses Zeug.

Beinah hätte Pit auf die Blutflecken gespuckt.

Kein Leben für einen Kriminalbeamten, am Kaispeicher zu stehen, auf den Kreideumriss eines Körpers zu gucken und von der Schlechtigkeit der Welt zu wissen und nichts daran ändern zu können. Pit spuckte. Aber in die andere Richtung. Die Rampe runter. Es fing an, dunkel zu werden. Die Kollegen stellten schon die Scheinwerfer auf.

Sechzig Jahre alt war der Holländer Michel geworden. Wer erbte nun die Käseläden? Und die übrigen Pfründe?

Pit überlegte, ob es schon zu spät war, um in Nicks Küche einzukehren. Es würde an höherer Stelle wenig begrüßt werden, wenn man wüsste, was ein Außenstehender alles an Interna erfuhr. Doch Pit tat dieses Abladen bei Nick gut.

Seelenhygiene. Sonst wäre er sicher bald verrückt.

Er drehte sich zu den Leuten von der Spurensicherung um und meldete sich ab. Morgen früh um sieben war die erste Konferenz angesetzt. Er kannte Menschen, die um zehn anfingen und um sechs nach Hause gingen. Ohne Last auf den Schultern. Ohne Leichen. Ohne Albträume. Irgendwie hatte er die falsche Karte gezogen.

Er tippte Nicks Nummer in sein Handy ein, als er zum Auto ging. Wenigstens eine kleine Vorwarnung wollte er geben.

Nick meldete sich nach dem ersten Läuten.

Er schien einsam zu sein.

Pit versprach, Wein von der Tanke mitzubringen. Sie alle wurden zu Säufern. Doch er war dankbar, nicht gleich in seine eigene leere Wohnung gehen zu müssen, sondern für ein paar Stunden bei Nick aufgefangen zu werden.

Er lag unter seinem Flügel, als die Saphirblaue das Haus verließ. Philip Perak war trunken und beseelt und lag ohne Hosen unter dem Bösendorfer. Hatte er Sex gehabt?

Er kroch hervor und wunderte sich, dass es schon hell war.

Die Nacht war ihm entglitten.

Seine helle Leinenhose hing an der geschnitzten Lehne des Schreibtischstuhls. Zwischen den Löwenköpfen.

Er erinnerte sich nicht daran, die Hose ausgezogen zu haben. Erinnerte er sich überhaupt?

Auf dem Flügel standen zwei leere Flaschen Dom Perignon und eines der hohen Kelchgläser. Das andere knirschte unter seinen Füßen, als er aufstand, um in die Küche zu gehen.

Er hatte Kopfschmerzen. Starke Kopfschmerzen. Doch in seinem Körper summte es, wie er es kaum kannte.

Die Saphirblaue hatte ihn verhext.

Die Knie gaben ihm nach, als er den Arm hob, um an das oberste Fach des Küchenschrankes zu kommen und nach dem Aspirin zu greifen. Doch es gelang ihm, zwei Tabletten in einem Glas Wasser aufzulösen und zurück in den Salon zu gehen und sich auf das Sofa fallen zu lassen.

Hier würde er abwarten, bis er wieder bei Sinnen war.

Perak schlief Stunden auf seinem Sofa. Als er aufwachte, glaubte er, vom Geräusch des Aufzugs geweckt worden zu sein. Es ging ihm besser. Er blickte wieder klarer.

Das Erste, was er sah, waren die Scherben des kostbaren Kelches. Der Stiel war abgebrochen, der Rand zersplittert.

Er stand auf und bückte sich. Vorsichtig. Ganz sicher war er sich seiner Bewegungen noch nicht. Als seien Körper und Kopf eine Weile voneinander losgelöst gewesen.

Philip Perak hob den einzig größeren heilen Teil des Glases auf, den unteren Kelch. Ein helles sandiges Gekrümel hatte sich darin gesammelt. Weinstein.

Gab es diese Rückstände im Champagner? Ihm war es nie vorher aufgefallen. Das hier sah aus wie der Rest einer nicht vollständig aufgelösten Tablette.

Natürlich kam ihm der Gedanke. Es hätte vieles erklärt.

Die Gedächtnislücken. Vielleicht auch das Gesumme in seinem Körper. Kannte er sich denn aus mit Drogen?

Sicher gab es da welche, die einen Mann wie ihn dazu brachten, seine Hosen auszuziehen.

Doch Philip Perak schob den Gedanken zur Seite.

Er nahm einen der cognacbraunen Budapester, die ebenfalls unter dem Flügel lagen, statt an seinen Füßen zu sein. Obwohl es wirklich lächerlich ausgesehen hätte, ganz ohne Hosen. Perak schüttelte den Kopf und gleich überkam ihn Schwindel. Er wartete einen Augenblick, bis er sich wieder bücken konnte, doch dann sammelte er jede einzelne Scherbe ein und legte sie in den Schuh.

In der Küche kippte er ihn über dem Abfallsack aus.

Er wollte nichts wissen.

Die Saphirblaue sollte unantastbar sein.

Unerträglich der Gedanke, dass er diesen prächtigen Vogel verscheuchte. Durch kleinliches Misstrauen.

War ihm je eine Frau näher gekommen?

Philip Perak guckte an seinen nackten Beinen hinunter.

Ganz offensichtlich nein.

Jef las es in der Zeitung. Auf der zweiten Seite des Lokalteils war das Foto eines jovial lächelnden älteren Herrn zu sehen. Daneben eine weniger deutlich erkennbare Leiche, die auf nacktem Betonboden lag. Blut an der Kehle.

Love me tender. Jef hatte ihn vor Augen, wie er am Steinway hing, zu volltrunken, um vorsichtig zu sein mit den Worten.

Die Nacht im Büro hinter der Bar. Jorge, der Schläger, in seiner knappen Lederjacke.

Der Abend, an dem Vera sang und vier Herren hereinkamen, von denen sich die beiden älteren dicht hinter ihn setzten.

Nein. Jef hatte nicht vergessen. Auch nicht die Angst.

Er wusste jetzt, wie umgegangen wurde mit denen, die in Gefahr waren, zum Verräter zu werden. Vielleicht nicht einmal

131

absichtlich zum Verräter wurden. Dumme Kerle, wie er einer war, die sich gar nicht vorstellen konnten, dass der Tod darauf stand, Geschäfte wie diese auszuplaudern.

Kein dummer Kerl, dieser Holländer Michel. Er war einer, der dazu gehörte, das Geschäft seit langem kannte, gut daran verdiente. Auch in der Zeitung standen nur Mutmaßungen, warum er hingerichtet worden war.

Jef legte die Zeitung zusammen und tat sie vorzeitig auf den Stapel Altpapier. Einmal hatte Vera ihn gebeten, in der Bongo-Bar aufzuhören. Er sollte es einfach riskieren. Sie würden ihm deshalb nicht die Kehle durchschneiden. Oder?

Er konnte in den Foyers der Hotels spielen, auf Hochzeiten. Was sollten die künstlerischen Ansprüche, wenn man derart unter Druck stand. Dann lieber Wunschkonzert.

Jef wollte sein Leben ändern. Um Veras Willen.

Er kam ins Träumen und stellte sich vor, dass es ihm doch noch gelänge, ein angesehener Pianist zu werden. Außerhalb von Bars. Als Klavierbegleiter. Auf der Bühne. In Studios. Vielleicht sogar eine eigene kleine Produktion.

Vera hatte Besseres verdient als einen Prinzgemahl.

Jef ging in die Küche und goss sich einen Tomatensaft ein, gab dann doch noch einen Schuss Wodka dazu und Chili.

Ein Getränk, das er sich zu früher Stunde abgewöhnt hatte, doch er brauchte jetzt Leichtigkeit in den Gedanken.

Einfach die Fühler ausstrecken. Dann Vera zu Rate ziehen. Die Bongo-Bar war schließlich auch ihr Podium.

Love me tender, love me sweet, never let me go.

Dass jetzt dieses Lied in seinem Kopf sein musste.

You have made my life complete, and I love you so.

Alkohol am Vormittag stärkte die Nerven längst nicht so, wie er es sich erhofft hatte. Er ging zu dem Altpapierstapel und griff nach der Zeitung. Schlug die zweite Seite des Lokalteils auf und guckte die Fotografie des jovial lächelnden älteren Herrn an. Kiezgröße. Käsehändler. Vielfältiges Leben.

Fast tat er ihm Leid, der ältere Herr.

Er hatte die feste Absicht, nicht so zu enden.

Jef nahm einen tiefen Schluck und war zuversichtlich.

Love me tender. Er pfiff es, als er das Haus verließ.

Kohlrouladen im Juli. Diese altdeutsche Kocherei musste sie sich doch mal aus dem Kopf schlagen. Mitten im schönsten Sommer. Anni Kock wedelte die Flügel der Fenster hin und her, als seien sie ein großer Fächer. Kohlgeruch in acht Zimmern. Das sollte ihr mal einer nachmachen.

Vera würde staunen, wenn sie sah, was es zu essen gab. Bei dreißig Grad im Schatten. Nur weil Anni mal wieder ganz sentimental geworden war, als sie die Lieblingsgerichte von Gustav Lichte nachgelesen hatte. War doch die schönste Zeit, als Vera Kind war und der alte Herr noch lebte. Wenn nur Nelly nicht so gestört hätte.

Anni ließ die Fenster offen stehen und ging zu dem kleinen Tisch in der Diele, auf dem die Post lag, die sie mit nach oben gebracht hatte. Ein Brief von Nelly Lichte war dabei. Meistens wollte sie ja was, wenn sie schrieb. Ein Glück nur, dass sie schon damals bei der Trennung von Gustav gut abgefunden worden war und nicht an Veras Geld konnte.

Anni nahm den Brief und schnüffelte daran. Hätte doch nach Lavendel duften müssen, wo er aus Nizza kam. Stattdessen roch er nach einem Parfüm, das eine gepflegte Wohnung im Nu in einen Puff verwandelte. Unauffällig war Nelly ja noch nie gewesen. Dann lieber der Geruch nach Kohlrouladen.

Neben Nellys Brief lagen noch zwei Kuverts, die ganz nach vornehmen Einladungen aussahen. Vera ging ja kaum noch irgendwo hin, seit sie Jef kannte und in der Bar sang.

Nachher würde sie sich wundern, dass keiner mehr Vera Lichte zu seinem Ringelpietz einlud.

Vera war doch immer gern dabei gewesen, und das Schönste waren ihre Schilderungen der gesellschaftlichen Ereignisse. Anni seufzte. Oh, wie hatte sie das geliebt, vormittags mit Vera in der Küche sitzen und alles erzählt zu bekommen.

Mit Spott hatte Vera ja selten gespart.

Nun war es schon gleich eins. Konnte doch allmählich mal aufkreuzen, das Kind. Dass sie auch immer bei Jef schlief, wo die beiden es doch hier so nett hatten. Was hatte Vera als Grund genannt? Zu Jef könne man bequem zu Fuß gehen von der Bar. Zu Fuß. Das alles in der Nacht und noch dazu in dieser zweifelhaften Gegend.

Musste sie sich doch mal angucken, das Ganze. Vera hatte sie ja schon oft aufgefordert. Dann machst du dich fein und lässt dich im Taxi hinchauffieren, hatte Vera gesagt. Vielleicht sollte sie das bald tun, wo die Dauerwelle noch frisch war.

Anni legte den Brief zurück auf den kleinen Tisch, der unter dem antiken Spiegel stand. Was Nelly wohl wollte?

Eine kleine Eifersucht stieg in Anni Kock auf. Im Grunde war es doch ein Glück, dass Nelly eine miserable Mutter abgab.

So hatte sie Vera meistens für sich alleine gehabt.

Vera, Anni und Gustav. Anni gab kaum je vor sich selber zu, dass sie Veras Vater nicht nur verehrt, sondern auch geliebt hatte. Heimlich, still und leise. Außer ein paar Neckereien war nie etwas gewesen zwischen ihr und Gustav.

Anni schreckte zusammen, als es klingelte. Sie öffnete die Tür, vor der keiner stand, und drückte dann auf den Knopf der Sprechanlage. Wer war das nun wieder?

»Annilein, ich habe den Schlüssel vergessen«, sagte Vera.

Na endlich. Dann konnte sie ja die Kartoffeln aufsetzen.

Anni ließ die Tür einen Spalt offen und war schon auf dem Weg in die Küche, als sie umkehrte. Konnte man doch nie wissen, ob der Verrückte da drüben aus seiner Wohnung kam und hier eindringen wollte.

Vera kam keuchend die Treppe hoch. Hielt einen auch nicht gerade fit, die Nächte in einer Bar zu verbringen.

»Gott. Ist das heiß«, sagte Vera.

»Ist der Aufzug kaputt?«

»Steht im ersten Stock. Da lädt einer Dutzende Kartons Wein aus. Wir sollten auch mal wieder was bestellen.«

Vera wischte sich über die schweißnasse Stirn.

»Es gibt Kohlrouladen.« Am besten das gleich loswerden.

»Warum denn das? Es ist Hochsommer.«

»Hab in den Rezepten mit den Lieblingsgerichten deines Vaters gelesen«, sagte Anni entschuldigend.

»Mochte er keine kalte Gurkensuppe?«, fragte Vera.

Kohlrouladen hatten ihr gerade noch gefehlt. Sie hatte ohnehin heute das Gefühl, wenigstens zwei Kilo zu viel auf den Hüften zu haben. Der enge Leinenrock spannte.

»Da liegt ein Brief von Nelly auf dem Tischchen.«

Vera nickte ergeben. Das liebe Mütterlein hatte meistens ein Anliegen. Kontakte knüpfen, damit die Ferienhäuser von Nellys Freundinnen vermietet wurden. Tabletten besorgen, die es angeblich in ganz Frankreich nicht gab. Und natürlich Erkundigungen über Schönheitschirurgen einziehen.

Vera nahm den Brief. Woher bezog Nelly nur diese Parfüms? Sie riss den Umschlag auf.

Nelly et Edouard sont émus de vous annoncer leur mariage le 20 juin à Saint Paul de Vence.

»Ich bin platt«, sagte Vera.

Kein anderer Text. Nur Nellys Adresse in Nizza.

Vera drehte die Karte um. Doch Nelly hatte sich nicht die Zeit genommen, einen Gruß an ihr einziges Kind zu schreiben. Vermutlich hatte sie hunderte Karten zu verschicken gehabt.

»Eine Vermählungsanzeige«, sagte Vera, als sie in die Küche kam. »Nelly und Edouard haben am 20. Juni geheiratet.«

Anni ließ fast die Kasserolle mit den Kohlrouladen fallen.

»Wer wohl Edouard ist?«, fragte Vera.

»Sicher ein steinreicher Kerl«, sagte Anni, »sonst hätte Nelly ihn nicht genommen.«

»Einer ihrer jugendlichen Liebhaber vielleicht?«

Anni schüttelte den Kopf. »Setz dich und iss«, sagte sie, »du brauchst jetzt was Kräftiges für den Magen.«

»Junge Leute können durchaus wohlhabend sein.«

»Dann tun sie sich aber nicht mit einer Schrulle zusammen, die auch nur zwei Jahre jünger ist als ich.«

»Allein die Schönheitsoperationen, von denen ich weiß, müssten Nelly nagelneu gemacht haben.«

Anni stellte einen vollen Teller vor Vera hin.

»Sei nicht böse, Annilein. Ich kann das nicht alles essen.«

»Ist es dir doch auf den Magen geschlagen.«

»Nein. Aber ich schwitze schon genug.«

»Nimmt dich eben mit, die Nachricht.«

»Anni, hör auf«, sagte Vera. Sie teilte eine Kohlroulade mit der Gabel und nahm zwei halbe Kartoffeln dazu. Den größeren Teil dessen, was auf ihrem Teller lag, trennte sie davon, indem sie eine Grenze durch die Sauce zog. So hatte sie es schon als Kind gemacht, wenn Annis Portionen zu groß gewesen waren. Sie nahm eine Gabel voll Hackfleisch.

»Es ist mir völlig egal, wen Nelly ehelicht«, sagte sie kauend, »soll sie glücklich werden mit Edouard. Komisch, dass gar kein Nachname dabei steht.«

»Dann kann es kein Graf sein. Das hätte sie sich nicht nehmen lassen, uns einen Titel auf die Nase zu binden.«

»Vermutlich heißt er Dupont«, sagte Vera, »was hältst du davon, wenn wir ihr auch eine Anzeige schicken?«

Anni konnte nicht gleich antworten. Sie kaute an einem zu großen Stück Kohlroulade.

»Was denn für eine Anzeige?«, fragte sie schließlich.

»Jef und ich werden heiraten. Wir sind alt genug.«

Anni fing an zu husten. Sie hatte doch zu hastig gekaut.

»Ist das ein Schreck für dich?«

»Nein«, sagte Anni, »ich hab den Jungen gern.«

Sie schob ihren Teller zurück. Groß war ihr Appetit nicht mehr. »Aber ihr wohnt doch hier?«, fragte sie.

»Natürlich«, sagte Vera.

»Und was ist mit mir?«, fragte Anni.

Vera stand auf und legte die Arme um Annis Schulter.

»Annilein«, sagte sie, »ich kann mir ein Leben ohne dich gar nicht vorstellen.« Sie gab ihr einen Kuss auf die Wange, die nicht von einem Schönheitschirurgen geglättet worden war.

»Du bist mir die Liebste. Ohne dich geht nichts.«

Dann setzte Vera sich und aß noch eine Kohlroulade. Sie verstand es als einen Teil ihrer Liebeserklärung.

Schon der vierte Tag, der verging, seit die Saphirblaue aus dem Haus gegangen war. Er musste tatsächlich von Sinnen gewesen sein, sich nicht die Adresse geben zu lassen.

Nur den Vornamen kannte er. Gloria. Konnte es einen passenderen geben für diese prächtige Frau?

Das durfte doch nicht sein, dass sie aus seinem Leben gegangen war nach dieser kurzen Nacht des Glücks.

Perak hatte sich zu dieser Interpretation entschlossen.

Die kurze Nacht des Glücks.

Natürlich war ihm nicht verborgen geblieben, dass die Krawattennadel mit den grauen Perlen fehlte, die auf der Kommode in der Diele gelegen hatte.

Ich liebe das Besondere. Waren das nicht ihre Worte gewesen? Ein kleines Erinnerungsstück. Es sollte sein.

Wenn Gloria nur wieder zu ihm fände.

Sonst musste er sie finden. Perak dachte daran, die alte Daimlerlimousine aus der Garage zu holen und zu dem Parkplatz am Hafen zu fahren. Falls er den Aston Martin dort stehen sah, könnte er stundenlang in seinem Auto sitzen, ohne auffällig zu sein. Bis sie käme.

Er stand an dem großen Fenster seines Salons und sah in den noch hellen Sommerabend hinein.

Sollte er das heute Abend bereits tun?

Perak seufzte. Ihm war danach, es aufzuschieben. Er wollte die Hoffnung noch nicht aufgeben, dass sie es sein würde, die den nächsten Kontakt aufnahm.

Er hatte Sehnsucht nach ihrer Sehnsucht.

Was seine Nachbarin wohl tat an einem solchen Abend?

Er öffnete die Balkontür, um nach Stimmen zu lauschen,

doch es blieb still. Vielleicht saß sie in irgendeinem Garten. Lag in einem Garten. In den Armen dieses Mannes, der ihn so fatal an Vic erinnerte.

Ein Spaziergang. Vielleicht könnte er einen Spaziergang machen. Zur Garage. Nach der alten Limousine sehen.

Wer hätte das gedacht, dass ihr noch eine Rolle zukam.

Perak öffnete die Schublade des Schreibtisches, um die Schlüssel herauszunehmen. Die Initialen von Ola Perak hingen in schwerem Gold daran.

Er war unschlüssig, ob er ein Jackett anziehen sollte an diesem warmen Abend. Perak betrachtete die Schlüssel und steckte sie dann in die Tasche seiner Hose.

Dort hingen sie schwer. Perak holte sie wieder hervor und bog den Schlüsselring mit Hilfe des Brieföffners auf und entfernte den Klumpen Gold, der zu einem OP geformt war.

Er atmete tief durch. Ein kleiner Befreiungsschlag. Wäre er doch in der Lage zu größeren. Einen Augenblick lang sah er sich die Möbel zerschlagen. Er hasste Mooreiche.

Perak ließ die Schlüssel in der Hosentasche klimpern, als er zur Garage ging. Er war noch jung. Oft vergaß er das. Doch bei diesem Gang jetzt spürte er eine Leichtigkeit im Körper.

Der Gedanke verdichtete sich in ihm, sein Leben ganz neu anzufangen. Die Saphirblaue tat ihm gut.

Er öffnete das Garagentor. Auf den acht Stellplätzen stand nur einer dieser vulgären Maseratis und hinten in der Ecke die Daimlerlimousine. Der Anblick rührte ihn beinah.

Vielleicht sollte er das Auto nicht so sehr mit seiner Mutter assoziieren. Er schloss auf und setzte sich hinein.

Die Kühle der Ledersitze. Das glänzende Wurzelholz des Armaturenbretts. Er wäre geborgen darin, wenn er unten am Hafen stand und auf die Saphirblaue wartete. Gloria.

Morgen, dachte Philip Perak. Vielleicht übermorgen.

Er drehte den Zündschlüssel und wartete einen Moment lang bange darauf, dass der Motor ansprang.

Das satte Geräusch des Daimlers. Perak atmete durch.

Er schaltete den Motor ab, stieg aus und verschloss den Wagen. Nichts würde ihm im Wege stehen.

Der Himmel färbte sich rötlich, als er nach Hause ging.

Wenige Stunden noch, dann war dieser Tag vorbei.

Der vierte Tag nach Gloria.

Doch Philip Perak war nicht mehr niedergeschlagen.

Es tat ihm gut, etwas vorzuhaben. Er hatte viel zu wenig vorgehabt in seinem Leben. Und ausgeführt.

Selbst Ola Perak war friedlich im Schlaf gestorben.

»Sieh jene Kraniche in großem Bogen«, las Harlan. Er hatte Mühe zu lesen, es war dunkel im Loft, und nur eine Kerze leuchtete auf dem Stehpult, an dem er stand.

Er unterbrach und sah Leo strafend an. Sie wirkte schläfrig.

»Bertolt Brecht«, sagte er. Leo nickte.

»Hat es Sinn weiterzulesen? Hörst du zu?«

»Ich hatte einen harten Tag.«

»Die Wolken, welche ihnen beigegeben, zogen mit ihnen schon, als sie entflogen. Aus einem Leben in ein andres Leben.« Harlans Stimme hörte sich angestrengt an.

Leo entglitt ihm. Es würde nicht mehr lange gut gehen.

Ihm gelang auch kaum noch, Interesse zu heucheln für ihre harten Tage. Er hasste Banalitäten.

Leos Leben schien ihm eine einzige Banalität zu sein.

Er hatte sich getäuscht in ihr. Geglaubt, eine gute Gefolgsfrau zu finden. Eine Gläubige. Ein Gefühl von Verlust überkam ihn, wenn er daran dachte, mit welcher Intensität sie seinen Gedichten gelauscht hatte.

»In gleicher Höhe und mit gleicher Eile scheinen sie alle beide nur daneben.« Harlan brach ab. Er verlor die Konzentration, zu sehr hingen seine Gedanken an Leo.

Er hatte keine Schönere gehabt bisher. Das hielt ihn.

Harlan dachte an die Sängerin, Vera, die nicht weniger schön war. Wenn auch anders. Ganz anders. Nichts für ihn.

Zu sehr im Leben. Zu fest auf dem Boden.

Leo schlief. Einen Augenblick lang dachte er darüber nach, wie es wäre, sie im Schlaf zu nehmen.

Harlan schüttelte den Kopf. Er war kein Vergewaltiger.

Er ließ sie auf dem Ledersofa liegen. Holte noch ein Plaid aus weichem Mohair, um sie zuzudecken.

Vielleicht sollte er Leos Rolle ändern. Ihr nicht länger Gedichte vorlesen, sondern Sex mit ihr haben.

Er ging zum Stehpult und nahm den silbernen Leuchter, um dann an Leos Seite zu treten und sie zu betrachten.

Ja. Sie war schön. Er wollte nicht auf sie verzichten.

Harlan ging zu dem großen Schrank, der in der hintersten Ecke des Loftes stand, und schloss ihn ab. Dann löschte er die Kerze und tastete sich im Dunkeln davon.

Wo war er gewesen, als Margos Tochter neun Jahre alt war? Jef stand am Fenster und versuchte, sich zu erinnern.

London tauchte vor ihm auf. Ein Jazzlokal in Soho. Er war nur als zweiter Pianist engagiert, durfte an den freien Tagen des ersten spielen. Jef dachte daran, wie mühevoll es gewesen war, sich über Wasser zu halten.

Dass ihm gerade diese Formulierung einfiel.

Jef ging zum Klavier und nahm den Brief des Notars, den er dort abgelegt hatte. Margos Tochter. Seine Halbschwester? Kind seines Vaters? Der schon tot war, als die Kleine ertrank.

Jef sah das Ufer des Rheins vor sich, so wie es war unweit des Hauses. Hinter dem Garten. Weiden wuchsen dort.

Die Böschung war steil. War sie abgerutscht? Ihm war das einmal passiert, als er ein Junge war. Doch er hatte sich halten können an den Zweigen der kräftigsten Weide.

Das Kind, das er nicht gekannt hatte, tat ihm Leid.

Wie alt wäre sie heute? Neunzehn.

Jef spürte so etwas wie Sympathie für Margo, die vierte seiner Stiefmütter. Keiner hatte verdient, dass ihm ein Kind starb. Hätte er davon gewusst, er wäre zu ihr gegangen.

Wie seltsam, dass ihre Tochter hatte ertrinken müssen.

Jef dachte an seine Mutter, deren Leiche das Meer erst nach Tagen freigegeben hatte. Damals in Nieuwpoort.

Gab es nicht Familien, die häufiger von gewaltsamen Toden heimgesucht wurden als andere? Gehörte seine dazu?

Vielleicht war Margo danach weich geworden. Manche wurden durch das Leid weicher.

Hatte sie sich darum an den verlorenen Sohn erinnert?

Ihm das Haus am Niederrhein vermacht?

Über den frühen Tod der Margo Diem wurde nichts berichtet im Brief des Notars. Mannigfaltige Möglichkeiten zu sterben mit vierundvierzig Jahren. Jef faltete den Brief zusammen.

Formalitäten, die zu erledigen waren. Er hoffte, dass es von Hamburg aus ginge und er nicht nach Kleve müsste.

Jef hatte Angst vor der Begegnung mit dem Haus.

Er würde es vermieten. Was sollte Vera dort? Was sollte er dort? Einen Augenblick lang erwog er, es als Fluchtort zu nehmen, falls alles schief ging und die Mörder des älteren Herren sich an seine Fersen heften sollten.

Keiner in der Bongo-Bar hatte auch nur mit einer Silbe erwähnt, was dem Käsehändler zugestoßen war. Konnte sein, dass alles ruhig blieb. Konnte sein, dass es die Ruhe vor dem Sturm war. Schätzte Vera die Gefahr richtig ein?

Er tat nichts dazu, sie zu beunruhigen.

Eine Neunjährige, die im Rhein ertrank. Ihre Mutter, die früh starb. Vielleicht hatte die Familie genügend Opfer gebracht.

Jef war bereit, die beiden als Familie zu betrachten.

Eines der kleinen Spiele des Lebens. Der Gewitterregen, in den Vera geriet, tropfnass kam sie nach Hause. Anni gab nicht nach, bis Vera sich vollständig auszog und ein heißes Bad nahm. Anni kümmerte sich um die nassen Kleider.

Erst am Tag danach sah Vera nach den Mokassins, die durchtränkt gewesen waren und nun unter der Heizung in der Diele standen. Ausgestopft mit Zeitungspapier.

Vera zog es heraus und glättete es, bereit, die zerrissenen Seiten in den Korb mit dem Altpapier zu tun, ehe sie sich mit Anni auf eine Diskussion zum Thema Mülltrennung einließ.

Sie erkannte den jovial lächelnden Herrn sofort.

Das Datum war noch lesbar. Der vierzehnte Juli. Jef hatte Tage Zeit gehabt, um ihr davon zu erzählen. Konnte es denn sein, dass er nichts wusste? Von dieser Zuspitzung, die ihn anging, die sie beide anging?

Vera erinnerte sich an das Unbehagen, das sie an dem Abend in der Bongo-Bar empfunden hatte, als die beiden Herrn sich hinter Jef setzten. Momente hatte es seitdem gegeben, in dem sich das Unbehagen zur Angst verdichtete. Doch hatte sie dabei an Mord gedacht?

Vielleicht neigte sie dazu, den Kiez und die Vorgänge dort zu romantisieren, wie es viele Leute in dieser Stadt taten, die die Nutten auf der Davidstraße als Zierrat empfanden, wie es die Säulenheiligen der Michaeliskirche waren.

Doch es gab nicht nur die Mädchen auf der Straße, es gab auch die Männer dahinter. Mörder unter ihnen.

Vera setzte sich an den Schreibtisch, den sie immer noch Gustavs Schreibtisch nannte. Sie war dankbar, dass Anni im hinteren Teil der Wohnung beschäftigt war, als sie den Telefonhörer nahm. Doch Jef meldete sich nicht.

Es war Nick, den sie erreichte.

»Hast du schon mal vom Holländer Michel gehört?«

Nick zögerte. »Ich nehme an, du meinst nicht den aus dem Kalten Herzen von Hauff«, sagte er.

»Ich spreche von dem, der tot vor einem Gebäude lag, das hier als Kaispeicher A beschrieben wird.«

»Ja«, sagte Nick, »von dem habe ich gehört.«

Nick, der treue Nick. Natürlich war er damit einverstanden, dass Vera zu ihm kam. Natürlich hatte er Zeit.

Wenn Vera eines nicht wollte, war es, dass Anni von der Gefahr, in der Jef steckte, etwas mitbekam.

Ihre Stimme war heiter, als sie Anni zurief, dass sie zu Nick gehe. Vera wusste, dass Anni dagegen nichts hatte, und so schlüpfte sie in die Mokassins und verließ das Haus.

Es fing schon an, dunkel zu werden, als er auf den Parkplatz nahe der Überseebrücke fuhr. Perak hatte lange gezögert, ehe er den Daimler aus der Garage holte, und bis zuletzt auf eine Nachricht gehofft, die ihm diese Fahrt erspare.

Er fühlte sich, als ob er den Autostrich ansteuere.

Der Parkplatz war ziemlich voll, vermutlich der Lokale wegen, von denen sich immer neue auftaten in der Hafengegend.

Philip Perak fand den Aston Martin erst, als er das eigene Auto geparkt hatte und ausgestiegen war.

Die Saphirblaue arbeitete also noch.

Perak stellte sich neben den Aston. Er wagte nicht, sich in seinen Wagen zu setzen, zu schlecht war die Sicht, die er von ihm aus hatte. Er stand da und sah den Leuten zu, die in seine Nähe kamen, in Autos stiegen, davonfuhren.

Irgendwann parkte er den Daimler um und kam neben dem Aston Martin zu stehen. Konnte sich nun endlich den Blicken entziehen, die man einem Mann gab, der einsam auf einem Parkplatz stand und nicht nach dem Weg fragte und nach keinem Überbrückungskabel.

Gegen zwei Uhr schreckte er aus einem kurzen Schlaf und glaubte, die Saphirblaue zu sehen. Gloria, die lächelnd auf ihn zukam. Doch je näher sie kam, desto weniger klar waren ihre Umrisse und nach Sekunden hatte sie sich aufgelöst.

Perak versuchte, wach zu werden. Ihm war kalt.

Der Aston Martin stand unberührt.

Philip Perak holte ein kleines Kuvert aus der Innentasche des Jacketts. Er hatte alles vorbereitet und doch gehofft, dass es sich anders löse und er ihr diese dringende Bitte, Kontakt zu ihm aufzunehmen, nicht hinter die Scheibenwischer stecken müsse. Doch er konnte nicht mehr.

Er war ganz steif, als er ausstieg und zu dem Aston ging und das Kuvert zurückließ. Es war trocken und windstill. Er sollte die Größe haben, die glücklichen Aspekte zu würdigen.

Perak startete den Daimler und war erleichtert, den Parkplatz hinter sich zu lassen. Er lenkte das Auto vorsichtig in Richtung Innenstadt und kam an der nächsten Ampel zu stehen.

Er blickte zu der Limousine, die neben ihm hielt. Ein Mann und eine Frau saßen darin. Überall kamen die Menschen paarweise vor. Nur er war allein.

Philip Perak wollte sich schon abwenden, doch sein Blick blieb an der jungen Frau hängen. Er kannte sie.

Erst, als ihn der Wagen schon hinter sich gelassen hatte, fiel ihm ein, sie im eigenen Treppenhaus gesehen zu haben. Die junge Frau mit den kurzen blonden Locken, die in der Rover Limousine saß, war die Freundin seiner Nachbarin.

Jef hatte den Karton von Stollwerk hervorgeholt, exotische Vögel auf schwarzem Grund. Knuspergold. Eines der Stücke, die er durch das Leben trug, obwohl der Karton schon leicht eingedrückt war. Er erinnerte sich gar nicht, ihn geschenkt bekommen zu haben, und doch glaubte er sicher zu sein, dass Knuspergold mit seiner Mutter zu tun hatte.

Der Karton ließ Vera erst einmal schweigen über den Toten vom Kaispeicher, obwohl sie sich kaum vorstellen konnte, dass Jef nichts von ihm wusste. Sie war zu gerührt von den Fotografien, die sie da sah. Der kleine Junge, der Jef mal gewesen war. Die Mutter. Der Vater.

Das Haus am Niederrhein. Vom Garten aus fotografiert.

An den Fenstern hingen Geranien. Der Kleine vorne im Bild. Vergnügt. Ein vergnügter Junge von vielleicht vier Jahren.

Vera hatte geglaubt, dass Jef ohne Kindheit gewesen sei. Ohne Glück. Doch es war anders gewesen.

»Die ersten Jahre«, sagte Jef, »die waren gut.«

Vom Kind, das ertrunken war, gab es kein Foto im Karton. Auch nicht von Margo. Nur ein einziges von der ersten Stiefmutter, die in die Kamera lächelte, während sie eine Hand auf die Schulter eines Jungen legte, der zornig aussah und sich ihr zu entziehen versuchte.

»Da war ich dreizehn«, sagte Jef.

Keiner von den beiden auf dem Foto schien es leicht gehabt zu haben mit dem anderen, und doch hatte Jef dieses Bild aufbewahrt. Das einzige aus der Zeit nach Marie Diems Tod.

»Ich freue mich auf deine Kinderfotos«, sagte Jef.

Vera dachte an Nelly, die auf all den Bildern aussah, als gingen sie der alte Mann und das Kind, mit denen Nelly da fotografiert worden war, nichts an.

Nelly, verheiratet mit Edouard, dem Mann ohne Nachnamen.

»Meine Mutter hat sich vermählt«, sagte sie, »ich habe eine Anzeige bekommen.«

»Lässt es dich so kühl, wie du klingst?«

»Völlig«, sagte Vera und war sich nicht mehr sicher. Irgendwie ärgerte es sie doch, dass Nelly die eigene Tochter aus ihrem Leben heraushielt.

»Ganz anderes brennt mir auf dem Herzen«, sagte Vera, »der Tod eines Mannes, der Holländer Michel genannt wurde.«

Jef atmete tief durch. Er hatte gehofft, dass diese Nachricht an Vera vorbeigegangen sei.

»Ich wollte dich nicht beunruhigen«, sagte er.

Vera schnaubte. »Was glaubst du, wie beunruhigt ich erst bin, wenn deine Leiche vor einem Speicher gefunden wird.«

»Vielleicht übertreiben wir«, sagte Jef, »ich bin doch nur eine ganz kleine Nummer in diesem Spiel.«

Vera stand auf und trat ans Küchenfenster. Im Hof unten lag eine Katze in einem Liegestuhl mit blauweißen Streifen. Zwei Kinder spielten Federball. Sommer. Frieden. Übertrieben sie?

»Ich habe Kontakt zu einem Konzertagenten aufgenommen.«

Vera drehte sich um.

»Ich könnte auch als Korrepetitor arbeiten.«

»Glaubst du, er lässt dich gehen?«, fragte Vera.

»Er ist Besitzer der Bongo-Bar und nicht Al Capone.«

»Hat er den Käsehändler auf dem Gewissen?«

Jef hob die Schultern. »Ich weiß es nicht«, sagte er, »kann einer, der so viel von Musik versteht, ein Mörder sein?«

»Böse Menschen haben keine Lieder?«

»So ähnlich«, sagte Jef.

»Es zittern die morschen Knochen«, sagte Vera. »Die Fahne hoch, SA marschiert mit festem Schritt und Tritt. Auch als Horst-Wessel-Lied bekannt.«

Jef winkte ab.

»Heydrich spielte ausgezeichnet Geige«, sagte Vera.

»Ich staune über dein Wissen«, sagte Jef.

»Mein Freund Nick hat eine gut sortierte Bibliothek.«

»Ich würde ihn gern mal kennen lernen.«

»Er dich auch. Du hast sein Herz schon gewonnen, dadurch, dass du Harlan nicht leiden kannst.«

Jef nickte. »Nick soll bald mal in die Bongo-Bar kommen«, sagte er, »vielleicht geben wir unsere Abschiedsvorstellung schneller, als wir denken.«

»Nick war da, als du krank warst.«

»Lad ihn ein. Donnerstag ist ein guter Tag.«

Vera ging zum Küchentisch und nahm eine der Fotografien in die Hand. Ein kleiner Junge am Klavier.

»Von wem hast du das Talent?«

»Vom Vater«, sagte Jef und lächelte. »Meine Mutter war völlig unmusikalisch. Sie hörte nicht, wenn ich falsch spielte. So wurde sie eine große Verehrerin meiner Darbietungen.«

Vera nickte. Sie ging selbstverständlich davon aus, dass sie ihr Gesangstalent den väterlichen Genen verdankte, obwohl Nelly als Soubrette aufgetreten war, bevor sie in Gustav Lichtes Leben trat. Wer war bloß dieser Edouard?

Sie legte das Foto auf den Tisch, und Jef sammelte die anderen ein und tat sie in den Knuspergold-Karton.

»Hast du von deiner Freundin Leo gehört?«

»Nein. Aber ich habe vor, es heute noch zu tun. Die Dame ist zur Zeit ziemlich schwer zu fassen.«

»Sie wirkte auf mich, als ob sie Angst hätte.«

»Leo? Vor Harlan? Vielleicht ist er zu sehr von sich überzeugt, doch Furcht erregend fand ich ihn nicht.«

»Frag Nick, ob er am Donnerstag Zeit hat«, sagte Jef.

Es überraschte ihn selbst, dass ihm das dringend war, doch er konnte einen Freund brauchen. Dieser Nick schien dafür in Frage zu kommen.

»Ist was Besonderes am Donnerstag?«

»Der Chef ist nicht da. Dann bin ich entspannter.«

Vera sah ihn an, und sie sah die Anspannung in seinem Gesicht, und ihr fielen zum ersten Mal die feinen Linien unter den Augen auf. Jef Diem hatte angefangen, wie achtunddreißig auszusehen.

Leo legte die sechs großen Farbabzüge aneinander, als sei es eine Bildergeschichte, die sie mit Charles und Camilla plane. Die Fotos variierten kaum. Thronfolger und Geliebte guckten eher gelangweilt, trotz der prunkvollen Umgebung. Doch es galt, das Glanzvollste zu finden, um den Leserinnen Freude ins bürgerliche Herz zu bringen.

»Das zweite von links. Da ist Camillas Kinn am besten.«

Leo zuckte zusammen. Sie hatte Vera nicht kommen hören.

»Das siehst du auf einen Blick?«

»Klar«, sagte Vera. »Seit wann nehmt ihr diese Tapeten, statt Dias auf den Leuchttisch zu legen?«

»Sie kamen so hier an«, sagte Leo und klang spitz. Ihr gefiel es nicht, wenn Vera in die Redaktion platzte. Sie hätte vorher gern noch ihren Schreibtisch umgestaltet. Die internationalen Käseblätter abgeräumt und dafür ein paar Spiegel Spezial hingelegt. Vera setzte sie unter Druck, wie Nick es tat.

»Bin ich in deine Bongo-Bar gekommen und habe bohrende Fragen gestellt, warum du das singst und nichts anderes?«

»Entschuldige. Das kommt nur, weil ich hier gearbeitet habe.«

»Das ist aber lange her.«

»Sei friedlich. Ich störe dich nur deshalb in deinem Büro, weil ich dich sonst nicht mehr zu Gesicht kriege.«

Leo ließ sich auf den Drehstuhl fallen und gähnte. »Ich hatte einen harten Tag.« Viel zu oft sagte sie das in letzter Zeit.

»Kannst du nicht Schluss machen? Dann lade ich dich auf einen Drink ein.« Vera sah auf ihre Uhr. Es war schon sechs.

Leo schüttelte den Kopf.

»Harlan?«

»Nein«, sagte Leo, »heute nicht. Mit ihm war ich die ganze letzte Nacht aus. Charles und Camilla wollen noch ins Heft.«

»Ich kann dir helfen.«

»Nur das nicht. Denk an deinen Auftritt.«

»Ich singe nicht jeden Tag.« Vera setzte sich auf die Kante des Schreibtisches. Leo hätte sie gern zur Tür hinausgetragen. Das war deutlich zu spüren.

»Ich bin kein Unmensch«, sagte Vera, »ich gehe.«

Leo atmete auf. »Tut mir Leid«, sagte sie.

»Tu mir lieber einen Gefallen und komm zu mir, sobald du Charles und Camilla versorgt hast. Das wird ja wohl nicht die Nacht dauern. Du kannst Gin Tonics trinken und dann im Gästezimmer schlafen.«

»Und dir Rede und Antwort stehen«, sagte Leo schwach.

Vera rutschte von der Schreibtischkante und schob einen der Farbabzüge zurecht, den sie berührt hatte.

»Komm, Leo. Mir ist bange, dass unsere Freundschaft in die Binsen geht.«

»Blödsinn«, sagte Leo, »ich werde mich beeilen.«

Den ganzen Tag keine Silbe von der Saphirblauen, keinen Ton. Perak traute sich kaum, das Telefon aus den Augen zu lassen. Anrufbeantworter hatte er bisher als einen Verfall der guten Sitten betrachtet, unfein, wie es Handys waren, die Krethi und Plethi besaßen.

Gegen Abend hatte Philip Perak Verdauungsstörungen.

Sein Leib war hart vor Anspannung und der Notwendigkeit, in der Nähe des bescheidenen Kommunikationsmittels zu bleiben, das sein Haushalt bot. Er nahm ein Abführmittel und beschloss, sich fortan nicht mehr gegen technische Neuerungen zu wehren. Ein schnurloses Telefon hätte er sich gönnen sollen. All das war von ihm für eine modische Torheit gehalten worden, wie es Hemden waren, die sich ohne Manschettenknöpfe tragen ließen. Philip Perak sah nun ein, wie antiquiert diese Meinung war, und er wäre noch losgegangen, um eines dieser Geräte zu kaufen, hätte er es nur gewagt, die Wohnung zu verlassen.

Was er wagte, war, die Tür einen Spalt zu öffnen, weil er zu hören glaubte, wie sich der alte Aufzug von Stockwerk zu Stockwerk schleppte. Er hatte richtig gehört.

Der Aufzug kam im vierten Stock an, die Tür öffnete sich, und natürlich stand nicht die Saphirblaue da, sondern Vera, was genauso gut gewesen wäre, hätte sie ihn nicht nur kühl gegrüßt, sondern seine Not und seine Sehnsucht erkannt und Bereitschaft gezeigt, beidem Abhilfe zu verschaffen.

Doch sie verschwand in ihrer Wohnung, schloss die Tür hinter sich, und es blieb ihm nichts anderes, als seine zu schließen. Perak verzog sich neben das Telefon.

Er schreckte zusammen, als es klingelte. Doch die Leitung war tot, ehe er auch nur seinen Namen zu Ende gesprochen hatte. Vielleicht schämte sie sich.

Der Krawattennadel mit den grauen Perlen wegen. Gloria ahnte sicher, dass er das Fehlen bemerkt hatte. Wäre ihm nur die Möglichkeit gegeben, ihr zu sagen, wie wenig ihn der Verlust der Nadel schmerzte. Einen Augenblick lang dachte er daran, ein weiteres Briefchen zu schreiben und unter den Scheibenwischer des Aston Martin zu stecken.

Er war bereit, ihr viel mehr zu geben als eine Nadel mit grauen Perlen. Wäre sie nur bei ihm.

Um zweiundzwanzig Uhr hatte er vier Gläser Hine Antique getrunken, der feinste Cognac, den er im Hause hatte, und stell-

149

te Überlegungen an, ob er vielleicht übertrieb mit dem Verlangen nach der Saphirblauen.

Hatte seine Mutter ihn nicht gern hysterisch genannt?

Hysterisch. Memme. Warum eigentlich Memme? Weil er nicht den Mut fand, ihr an den Hals zu gehen?

Die größte Angst Ola Peraks war es gewesen, dass ihr Sohn homosexuell sein könnte. Philip Perak lachte auf. Wenn sie wüsste, wie er hier saß und sich nach einer Frau sehnte.

Der Cognac beruhigte ihn nicht lange.

Bald stand er so unter Strom, dass er durch die Räume lief, heftig gestikulierte und Beschwörungen und Drohungen ausstieß. Er erschrak, als er an dem hohen Spiegel in der Diele vorbeikam und das eigene verzerrte Gesicht sah.

Perak ging in die Küche und goss sich Wasser ein, das er in einem Zug trank. Er kehrte in den Salon zurück und ließ sich auf dem mooreichenen Schreibtischstuhl nieder, dessen geschnitzte Löwenköpfe mit ihren aufgerissenen Mäulern ihn heute zu verhöhnen schienen.

Sein Kopf sank auf die Schreibtischplatte. Er war erschöpft.

Nicht lange nach Mitternacht fing Philip Perak an, klagende Laute auszustoßen.

Diese Laute waren es, die Vera weckten. Sie lag auf der Chaiselongue in ihrem Wohnzimmer und fuhr aus einem Traum, in dem Leo zur Tür hereinkam und Charles und Camilla im Schlepptau hatte.

Geister, dachte Vera. Geister, die in ihrer Gruft heulen.

Sie überlegte, wann sie das letzte Mal die Pendeluhr in der Diele hatte schlagen hören. Sie war sich nicht mehr sicher, ob es elf oder zwölf Schläge gewesen waren.

Vera war keine ängstliche Seele, doch diese Situation ließ sie frösteln. Allein in der großen nächtlichen Wohnung und dann diese Laute, die durch die Wände drangen.

Perak, dachte Vera, kaum dass sie ganz wach war.

Heulte er selbst oder quälte er jemand anderen?

Die sechs toten Frauen. Hatten sie hohe klagende Laute ausgestoßen, bevor sie starben?

Vera stand auf. Sie musste etwas tun. Klären, ob es nicht doch ein anderer als ihr Nachbar war, der da klagte.

Er hatte noch seltsamer als sonst auf sie gewirkt, als sie aus dem Aufzug gekommen war und ihn in seiner Tür stehen sah.

Wie viele Stunden war das her? Sie ging in die Diele und sah auf die Uhr, deren große schwarze Zeiger über das Email krochen. Zehn vor eins. Um sieben war sie gekommen.

Vera öffnete leise die Wohnungstür. Ihr erster Impuls war, das Licht im Treppenhaus anzuschalten, doch sie ließ es. Lieber sich im Dunkeln hinschleichen, um an Peraks Tür zu lauschen, hinter der es gerade still geworden war.

Das Einzige, was Vera hörte, war das eigene Herz.

Sie wollte gerade umkehren, als das Heulen und das Klagen erneut losging. Vera überwand sich und legte das Ohr an Peraks Tür. Wenn er sie nur nicht öffnete.

Es war Perak, der diese Töne erzeugte. Sie war sich sicher.

Vera schlich in die eigene Wohnung zurück und drehte den Schlüssel zweimal um. Ging ins Wohnzimmer und warf der Literflasche Gordon's, die im silbernen Kühler stand, einen zornigen Blick zu. Verfluchte Leo, die nicht gekommen war, der es nicht einmal nötig erschien anzurufen.

Die sie allein ließ, wenn die Geister heulten.

Die ihre Freundschaft gefährdete durch Treulosigkeit.

Vera schnappte sich den Gin und eine kleine Schweppes und ein Glas, um damit nach hinten in ihr Schlafzimmer zu gehen.

Diesmal ließ sie alle Lampen an.

Sie hörte Perak noch klagen, als sie den hinteren Flur entlangging. Erst ihre Schlafzimmertür dämpfte die Geräusche.

Vera zog sich aus und wollte schon ihr Kleid über den Kopf ziehen, doch sie zögerte und schloss zuerst die Vorhänge.

Als flöge Perak ums Haus.

So ging es nicht weiter mit ihrem Nachbarn.

151

»Vielleicht ist er ein Werwolf«, sagte Nick.

Vera konnte nicht lachen, sie hatte die ganze Nacht kaum ein Auge zugetan. Der Verrückte nebenan. Die Angst um Jef. Der Ärger über Leo, die nichts von sich hatte hören lassen.

»Sprich mit dem Verwalter«, sagte Nick. Er schnitt eine der Zwetschgen auf, die vor ihm auf dem Küchentisch lagen, entsteinte sie und gab sie Vera.

»Erzähl Anni nichts davon«, sagte Vera, »sie ist ohnehin dauernd beunruhigt.«

»Ist ja auch was los in deinem Leben. Haben sich die Herrn um den Holländer Michel nochmal gezeigt?«

Vera zuckte die Achseln. »Ich bin ja nicht jeden Tag da«, sagte sie, »und Jef erzählt mir längst nicht alles.«

»Vermutlich aus den gleichen hehren Gründen, derentwegen du Anni vieles verschweigst.« Er nahm das Messer, um weiter an seinen Zwetschgen zu schnitzen, die eigentlich auf ein Backblech sollten. Viele waren nicht mehr da.

»Kann ich es nochmal bei Leo versuchen?«

»Klar«, sagte Nick. Er sah sich suchend nach dem Telefon um. Einer der vielen vergeblichen Versuche, Leo zu erreichen.

»Eigentlich hatte ich vor, nur wütend auf sie zu sein«, sagte Vera. Sie griff sich zwei Zwetschgen und kaute langsam und gedankenverloren, um dann die nächsten zwei zu nehmen.

Nick guckte auf das Blech mit dem Mürbeteig, der unbelegt bleiben würde. »Wahrscheinlich ist sie auf eine kleine Reise zu den Großen dieser Welt gegangen«, sagte er.

»Das hätte sie doch gestern gesagt.«

»Wer sagt denn hier wem noch was.«

Vera stand auf. »Ich fahre hin«, sagte sie, »in der Redaktion ist sie nicht. Dann vielleicht zu Hause.«

»Soll ich mitkommen?«, fragte Nick.

Er stellte mit Schrecken fest, dass er das Gefühl hatte, in Leos Leben nichts mehr zu suchen zu haben.

»Oder glaubst du, Harlan kommt in Unterhose an die Tür?«

»Wenn er kommt, dann in einem seidenen Kimono.«

Nick seufzte. Vielleicht gab er sich zu leicht geschlagen. Kämpfen sollte er, statt Leo an solche Kerle zu verlieren.

»Ich fahre dich hin«, sagte er, »ich kann ja im Auto sitzen bleiben.« Er sah Steve McQueen vor sich, wie er den Fluchtwagen fuhr.

»Fein. Hast du übrigens Donnerstagabend Zeit?«

»Ich habe immer Zeit«, sagte Nick. Seine Auftragslage war auch nicht gerade die Beste.

»Jef bittet dich, in die Bongo-Bar zu kommen. Zu Klavierspiel und Gesang. Er freut sich darauf, dich kennen zu lernen.«

Ein kleiner Stich in Nicks Herz. Eifersucht, die er gleich zu verdrängen versuchte. Um Veras willen und weil er eine Ahnung hatte, dass er Jef gut leiden können würde. Wäre doch beruhigend, wenn sich mal was Neues aufbaute und nicht nur Trümmer herumlagen.

Nick nahm den Autoschlüssel und hoffte, dass der gute alte Golf anspringen würde. Er zickte in letzter Zeit.

»Du könntest ein neues Auto brauchen«, sagte Vera, die leidenschaftliche Nichtfahrerin, als Nick den Zündschlüssel zum dritten Mal drehte.

Nick dachte an die vollen Tüten, die der Feinkosthändler in Veras Auftrag gebracht hatte. »Komm mir auf keine dummen Gedanken«, sagte er, »ich will den Golf. Tot oder lebendig.«

Das Auto sprang an.

Dumpfes Tuten drang an sein Ohr. Das Horn eines Schiffes.

Er dachte einige Sekunden lang, dass man sich einen Scherz mit ihm erlaube, doch dann hörte Philip Perak die weiche Stimme der Frau, die er so schmerzlich vermisst hatte.

»Ein kleiner Handel in London«, sagte die Saphirblaue, »zwei Präraffeliten, die es zu kaufen galt. Ich bin eben erst zurück und zu meinem Auto gekommen.«

Er dankte den Mächten, die dafür zuständig sein mochten, dass kein Windstoß das Kuvert verweht, keine gierige Hand es an sich genommen hatte. Er wusste schon, dass er diesen Moment später als einen der glücklichsten empfinden würde.

Gloria war wieder da und wollte ihn.

Ein kleiner Handel in London hatte sie davon abgehalten, bei ihm zu sein, und er hatte das Schlimmste vermutet.

Zurückweisung. Ablehnung. Lächerlichkeit.

Philip Perak hätte von Herzen gelacht, wäre er nicht bedacht gewesen, als Erstes eine Verabredung zu treffen und so auf der sicheren Seite zu sein.

»Ich komme zu Ihnen«, sagte die Saphirblaue, »wenn Sie wollen, heute Abend schon.«

»Um sechs?«, fragte Perak. »Ich bereite etwas vor.«

»Das ist zu früh. Sagen wir um zehn?«

Er hätte sie zu jeder Zeit empfangen. Doch die Verzögerung hatte etwas Gutes. Es ließ sich viel mehr vorbereiten.

»Zehn ist Ihre Zeit, nicht wahr?«, fragte Perak. Er glaubte, Gloria lächeln zu hören. Ein kleiner Ausstoß des Atems.

Es klang amüsiert.

»Um zehn bin ich bei Ihnen.«

Philip Perak wollte etwas erwidern. Sein Glück kundtun. Seine Vorfreude. Sich ihrer nochmal versichern. Doch Gloria hatte aufgelegt. Er blieb an seinem Schreibtisch sitzen und sah den Hörer ehrfürchtig an, und flüchtig streiften die Qualen, die er in der letzten Nacht durchlitten hatte, sein Gedächtnis.

Wie anders würde die nächste werden. Perak dachte ans Vögeln. Er würde es wagen mit der Saphirblauen.

Austern. Aß man sie im August?

Keine Austern. Das erinnerte ihn viel zu sehr an das Debakel, das er vor Monaten mit der drallen Dame erlebt hatte.

Perak sah an sich hinunter. Er war noch nicht vollständig angekleidet. Zu dem Panamahemd mit den großen Streifen trug er noch immer seine Schlafanzughose.

Er war in seinem Ankleidezimmer gewesen, als das Telefon geklingelt hatte. Da hatte er gerade das rosa Hemd mit den weißen Streifen angezogen, in der Hoffnung, dass ihn das ein wenig frischer wirken ließ. Nach dieser Nacht.

War er nicht ein wirklicher Kämpfer?

Perak kehrte zu seinen Kleidern zurück und wählte eine leichte Hose, auch wenn es wirklich keine Hundstage waren, die ihn da draußen erwarteten.

Vielleicht war die kühle Witterung sein Glück. Sonst hätte die Saphirblaue noch auf den Balkon hinausgewollt.

Perak schloss die Augen. Nur der Gedanke daran ließ ihn aus höchsten Höhen tief fallen. Er schauderte.

Der Tee, den er sich eher lieblos mit einem Fertigbeutel bereitete, beruhigte seine Nerven wieder.

Er dachte über die Köstlichkeiten nach, die er kaufen wollte.

Sann darüber, welche Blumen ihr die liebsten waren.

Perak hatte gerade die Schublade des Schreibtisches aufgezogen, um die Schlüssel für Auto und Garage zu entnehmen, als ihm ein wunderbarer Gedanke kam.

Er nahm einen dritten Schlüssel heraus, einen kleinen, und öffnete die linke Schreibtischtür. Ganz hinten war das Geheimfach, das seiner Mutter so gefallen hatte, dass sie vermutlich darum diese ganze Kollektion von Möbeln aus schwarzer Mooreiche angeschafft hatte.

Philip Perak setzte den Schlüssel an und öffnete das Fach.

Die kalbslederne Schatulle, die er hervorholte, war nicht verschlossen. Er hob den Deckel und betrachtete das, was Ola Peraks Schmuck gewesen war.

Welch eine Freude würde es sein, die kleinen Kostbarkeiten zu verteilen, sie scheinbar nachlässig, wenn nicht gar schon vergesslich herumliegen zu lassen. Welche Freude, wenn die Saphirblaue sie dann fände und an sich nähme.

Er war gern bereit, die Augen vor vielem zu verschließen.

Ihr die Heimlichkeit zu lassen.

Wenn Gloria nur glücklich wäre.

Keine Leo. Nirgends. Vera hatte vor ihrem Haus gestanden und geklingelt, und schließlich war es ihr gelungen, in das Treppenhaus zu kommen, als ein anderer das Haus verließ. Doch auch das Klopfen und Rufen an der oberen Tür brachte nichts. Nicht einmal die Nachbarn schienen sich gestört zu fühlen ob des Lärms, den Vera veranstaltete.

Einen Augenblick lang kam die Angst in Vera hoch, Leo könne hinter der Tür liegen, tot, ein Dutzend leere Folien neben sich, in denen Schlaftabletten gewesen waren.

Doch warum hätte Leo das tun sollen?

Verändert war sie und gereizt. Aber depressiv?

Nick hatte vorgeschlagen, zum Hafen zu fahren. Zu Leos Büro. Vielleicht klärte sich alles auf, und nur die Sekretärin, die Vera am Telefon gesprochen hatte, war nicht informiert.

Vera erinnerte sich aus der eigenen Zeit in der glanzvollen Welt des Klatsches, dass es das gegeben hatte. Nächtliche Anrufe vom Chef, nach denen man sich am nächsten Tag in einem Flugzeug wiederfand, um die einmalige Chance eines exklusiven Interviews wahrzunehmen. Irgendwo.

Eine leichte Verärgerung, dass Leo sich nicht abgemeldet hatte und nicht einmal glaubte, eine Migräne vortäuschen zu müssen, das war alles, was Vera in der Redaktion vorfand.

Keine Leo. Nirgends.

Eine Weile noch fuhren sie ziellos herum, als glaubten Vera und Nick, dass Leo an einem der Zebrastreifen stünde und Nick nur zu halten brauchte, und alles war gut.

Wahrscheinlich regen wir uns ganz umsonst auf, hatte Nick gesagt. Wo wohnt denn dieser verdammte Harlan?

Keiner von ihnen wusste es, doch wenigstens wussten sie beide wieder, dass Leo zu ihnen gehörte. Nicht zu Harlan.

Und dass sie ihr nicht wirklich böse waren.

Nur die Sucherei hatten sie satt.

Die Ungewissheit.

Nick sprach als Erster von den sechs toten Frauen.

Passte Leo nicht genau in das Opferschema?

Vera hatte es bis jetzt nicht zu denken gewagt.

Sie fuhren zu Vera. Sehnten sich nach Annis Normalität.

Ihre Gedanken waren abstrus geworden.

Wir haben zu viel Phantasie, hatte Nick gesagt, als sie vor Veras Tür standen. Eine Last konnte sie sein, die Phantasie.

Leo lag in einer dunklen Ecke des Lofts, in die das Tageslicht nicht kam. Harlan hatte sie mit großen Vorhängen verhängt, die hell und heiter wirkten, doch kein Licht drang durch.

Die Schlafecke. Ein großer Futon, auf dem Leo lag.

Sie öffnete die Augen und hatte das Gefühl, aus einer tiefen Narkose zu kommen. War sie so erschöpft gewesen?

Eine lange Nacht mit Harlan? Eine vage Erinnerung stieg in ihr auf. Hatte sie nicht zu Vera gehen wollen?

Eine Stimme im Loft. Harlan? Sprach er mit ihr?

Leo konnte die Worte kaum verstehen, doch sie waren auch nicht an sie gerichtet. Harlan schien zu telefonieren.

Als es wieder still war, keiner mehr sprach, rief Leo nach ihm.

Ihr war die eigene Stimme heiser und leise vorgekommen, doch Harlan kam sofort.

»Geht es dir besser?«

»Ist es mir schlecht gegangen?«

»Du bist mir in die Arme gefallen. Hier vor dem Haus.«

Leo wusste nichts mehr davon. Sie hatte nicht zu Harlan gehen wollen, der unweit ihres Büros wohnte. Nein. Sie war auf dem Weg zu ihrem Wagen gewesen, der unten an der Elbe geparkt stand. Hatte sie ihren Autoschlüssel vergessen gehabt, dass sie wieder zurück zur Straße gegangen war? Eine Frau, dachte Leo. Da war doch eine Frau gewesen, die sie angesprochen hatte. Oder?

»Ist es schon spät?«

»Zwölf Uhr.« Harlan sah auf seine Uhr. »In zwei Minuten.«

Leo fuhr hoch. Schwindel in ihrem Kopf. Sie war nicht einmal entschuldigt. Weder bei Vera noch in der Redaktion.

»Ich bin dir in die Arme gefallen. Und dann?«

»Habe ich dich hergetragen. Eine Braut, die ich über die Schwelle trug.« Er wusste nicht, warum er das sagte. Sicher nicht, um Leo einzulullen. Ihr Hoffnung zu machen.

Harlan hätte nicht im Traum an Heirat gedacht. Keine, die ihn das je hatte denken lassen.

Leo sah auch nicht hoffnungsvoll aus. Eher wachsam.

Obwohl ihr noch die Schatten unter den Augen hingen.

»Darf ich telefonieren?«

»Natürlich.«

Er brachte ihr das Telefon und zog sich zurück.

Die Redaktion, die sie anrief. Dann Vera. Bei der keiner abnahm. Hätte nicht wenigstens Anni da sein müssen?

Leo stand vorsichtig auf. Sie trug ein großes weißes Hemd.

Harlan reichte ihr eine Tasse Tee.

»Willst du was essen? Ein paar Früchte vielleicht?«

»Ich muss jetzt gehen«, sagte Leo.

»Geh heute Abend früh ins Bett«, sagte Harlan, »mit einem Buch.« Er lächelte und gab ihr einen kleinen alten Band, der griffbereit gewesen war.

»Hatten wir uns heute nicht sehen wollen?«

»Du solltest dich von den Anstrengungen erholen, die ich dir bereite«, sagte Harlan, »schlaf dich mal aus.«

Leo trank den Tee und zog sich an. Harlan küsste sie flüchtig, als sie ging. Erst im Treppenhaus blickte sie auf den Titel des Bandes. Mohn und Gedächtnis. Gedichte von Paul Celan. Hatte er ihr daraus nicht schon vorgelesen?

Leo steckte das Buch in die Tasche und fuhr sich mit den Händen durch das Haar. Nicht einmal einen Kamm hatte sie, doch die kurzen dichten Locken saßen auch noch nach dieser Nacht. Welch eine seltsame Geschichte.

Harlan in die Arme zu fallen und nichts mehr zu wissen.

War sie denn ohnmächtig gewesen?

Hatte ihn das nicht erschreckt?

Leo war müde, als sie in die Redaktion kam, doch auch ein wenig, als sei sie losgelöst. Von was?

Harlan schien ihr heute weit weniger streng gewesen zu sein, als er es sonst oft war. Leo schüttelte den Kopf. Es half nichts. Sie musste sich erst einmal dem Tag stellen.

Anni war sich sicher, dass sie nur die halbe Wahrheit von Vera und Nick erfuhr. Da saßen die beiden in der Küche und wirkten, als kämen sie aus einer Schlacht, und erzählten ihr, alles sei nicht schlimm. Nur, dass sie Leo nicht fänden.

Anni kochte Kakao. Kaffee half hier nicht. Kakao beruhigte die Nerven und tat der Seele gut. Noch Sahne dazu.

»Du lässt keine Gelegenheit aus, mich zu mästen«, sagte Vera. Doch der heiße Kakao tat ihr gut. Dieser August war von der Art, dass sie durch die Wohnung ging und guckte, wo ein Kaminofen hinpassen könnte.

»Gut, dass ich eben einkaufen war«, sagte Anni. »Gibt nachher noch Birnen, Bohnen und Speck.«

Vera und Nick sahen sich an. Sie hatten sich nach Annis Normalität gesehnt, nach ihrer Fürsorge, doch den großen Hunger hatten sie beide heute nicht.

»Wo könnte Leo denn noch stecken?«, fragte Anni, die es gar nicht gern hatte, wenn ihr was vorenthalten wurde. Sie legte ein Messer auf den Küchentisch und schüttete die Tüte mit den Bohnen aus, zögerte und ging dann zum Schrank und holte zwei weitere Messer aus der Schublade. Eignete sich nicht schlecht, so eine gemeinsame Küchenarbeit, um ins Gespräch zu kommen.

»Vielleicht ist sie nach Plön zu ihren Eltern gefahren«, schlug Anni vor und häufte geputzte Bohnen vor sich, ehe Vera und Nick angefangen hatten. Sie durfte nicht so schnell sein.

»Warum sollte Leo in der Nacht anderthalb Stunden nach Plön fahren, wenn sie mit einem Glas in der Hand auf meiner Chaiselongue liegen kann?«

»Könnte ja mal was mit dem Vater sein«, sagte Anni, »hat er es nicht am Herzen?«

»Dann rufen wir doch in Plön an«, sagte Nick.

»Um sie da alle zu ängstigen?«, fragte Vera. Sie glaubte an keine medizinischen Notfälle. Harlan war ihr im Kopf.

»Und dieser Kerl«, sagte Anni, »kennt ihr den?«

Nick sah Vera an.

»Woher weißt du davon?«, fragte Vera.

»Ich kann zwei und zwei zusammenzählen. Brauch mir nur Nick anzugucken, und dich vernachlässigt Leo doch auch.«

»Dies zum Thema Anni nicht beunruhigen«, sagte Nick.

Anni sah gleich sehr beunruhigt aus. »Gibt es hier noch was, das ich nicht weiß?«, fragte sie.

Vera schüttelte den Kopf. Sie wusste aus lebenslanger Erfahrung, dass sie Anni jetzt besser nicht ansah. Doch Anni stand auf, um einen Topf auf den Herd zu stellen und den Speck anzubraten.

Sie hatte gerade das Sieb mit den Bohnen in der Hand und war auf dem Weg zum Spülbecken, als es in ihrer Schürze klingelte.

Vera nahm ihr das Telefon aus der Schürzentasche, ehe Anni das Sieb abgestellt hatte.

»Leo«, sagte sie.

»Sag ihr, sie soll kommen und Birnen, Bohnen und Speck essen«, sagte Anni, »das bringt einen auf den Boden.«

Vera ging in den Flur hinaus. Nick fiel es schwer, nicht zu folgen und ihr den Hörer aus der Hand zu reißen.

Kein langes Gespräch. Vera kam in die Küche zurück und sah so nachdenklich aus, dass Nick aufhörte, erleichtert zu sein.

»Sie ist bei Harlan aufgewacht und weiß nicht, wie sie dahin gekommen ist.«

»Vielleicht hat ihr einer was ins Glas getan«, sagte Anni.

»War sie denn vorher schon mit ihm unterwegs?«, fragte Nick.

»Leo sagt nein. Sie sei auf dem Weg zu mir gewesen und ist ihm dann vor seinem Haus in die Arme gefallen. Er wohnt wohl nicht weit von ihrem Büro.«

»Kann ein Mensch denn so erschöpft sein, dass er sich nicht mehr erinnert?«

»Dann müsste man wohl schlafwandeln.«

»Vielleicht ist es nur eine Ausrede«, sagte Nick, der eine lange Leidensgeschichte mit Leos Ausreden hinter sich hatte.

»Es soll mal hier einen gegeben haben, der den Frauen ein Tuch mit Chloroform aufgedrückt hat, um sie in sein Versteck zu schleppen und ihnen sonst was anzutun«, sagte Anni. Sie war gerade fertig geworden mit Kartoffelschälen. Wurde doch ein arg verspätetes Mittagessen.

»Was heißt hier?«, fragte Vera.

»In Hamburg. Hat alle in einen Bunker geschleppt. Gab ja noch genügend nach dem Krieg.«

»Wann war denn das?«, fragte Nick.

»Ich war noch ein ganz junges Ding.«

Vera seufzte auf. »Das ist ja schon länger her«, sagte sie.

»Deck du mal den Tisch«, sagte Anni.

»Hat man ihn gekriegt?«, fragte Nick.

»Nicht, dass ich wüsste. Hat ja auch keine was erzählen können, das die Polizei auf eine Spur gebracht hätte.«

»Er hat sie getötet?«

»Nein«, sagte Anni, »er ist von hinten gekommen und hat ihnen das Tuch auf die Nase gedrückt, und wenn sie dann wieder aufwachten, lagen sie in einem Bunker, und nur ein paar Ratten waren noch da.«

»Hast du nicht mal eine Geschichte von einem Mann erzählt, der seinen Opfern mit einer heißen Nadel Male einstickte?«

»Anni ist voller guter Geschichten«, sagte Vera.

»Das hab ich dann bei einer Kollegin gesehen, mit der ich am Lütjensee baden war«, sagte Anni, »die hatte so ein Mal. Der Kerl mit dem Chloroform war noch früher.«

»Und Leo ist nun das Opfer eines Nachahmers?«

»Ich halte das Ganze für eine Schutzbehauptung von Leo«, sagte Nick und klang bitter. »Dieser Harlan rief an, und sie wollte nicht nein sagen. Leo ist nicht ohnmächtig in seine Arme gefallen, sondern kam mit offenen Armen an.«

Anni nahm eine Gabel und stach in die Kartoffeln. »Gleich gibt's Essen, Kinder«, sagte sie.

»Leo soll heute Abend kommen«, sagte Vera, »vielleicht gelingt es uns ja diesmal.«

»Singst du heute nicht?«, fragte Nick.

»Morgen erst wieder. Dann speziell für dich.«

Anni fasste ihre Dauerwelle an. Noch schön fest. Aber bald musste sie auch mal in die Bar zu Vera. Sonst war die ganze Pracht perdu.

Einen Augenblick dachte er daran, das Eis in der großen Kristallschale von unten zu beleuchten. Doch schmolz es dann nicht schneller? Perak entschied, auf diesen Effekt zu verzichten. Es war mühsam gewesen, all die Eiswürfel zu zerstoßen, die der Kühlschrank hergegeben hatte.

Kurz vor zweiundzwanzig Uhr ging Philip Perak ein letztes Mal durch die Räume, um sein Werk zu betrachten.

Dutzende weiße Lilien waren auf die Vasen verteilt und dufteten so schwer, dass es der Saphirblauen hoffentlich nicht den Appetit auf Kaviar verschlug.

Vielleicht hätte er doch die Callas mit den geheimnisvollen Trichterblüten wählen sollen. Er nahm die Vase, die auf dem Flügel stand, und stellte sie weiter weg, damit ihr Duft den Kaviar nicht störe. Eine Kilodose des besten Beluga prunkte auf dem Eis, Perlmuttlöffel lagen bereit, um sich hineinzugraben in die grauen Perlen.

Er hoffte, Gloria schätzte Kaviar.

Für den schlimmen Fall, dass sie es nicht tat, hatte er Hummerkrabbenschwänze in feinster Cocktailsauce im Kühlschrank bereit stehen. Vom Dom Pérignon standen Flaschen in Kühlern bereit. Sie hatte diesen Champagner doch gerne getrunken beim letzten Mal. Oder?

Perak verdrängte die Erinnerung an das Gekrümel im zerbrochenen Glas. Wenn er daran dachte, nannte er es Weinstein. Das Salz der Weinsäure. Warum nicht?

Andere Erinnerungen hatte er kaum noch an den ersten Abend mit der Saphirblauen. Außer, dass der ein Rausch gewesen war und er im Rausche.

Er sollte behutsamer trinken heute.

Philip Perak trat vor den großen Spiegel in der Diele und blickte prüfend hinein. Vielleicht würde sie sich wundern, dass er so förmlich angezogen war. Im dreiteiligen Anzug aus tasmanischer Merinowolle.

Schließlich war es ein kühler Abend, und wenn es ihm warm werden sollte, hoffte er, ausgezogen zu werden von ihr.

Auf der Kommode hatte er das erste kleine Schmuckstück ausgelegt. Eine Brosche aus Brillanten und Bergkristall.

Ein paar andere hatte er im Salon verteilt, das Teuerste lag ganz zufällig unter dem Plaid, das über der Sofalehne hing.

Er wünschte sehr, dass sie darauf zu liegen kämen.

Dann wäre es ein Leichtes, dass das schwere Platinarmband in Glorias Hände glitt. Eine extra große Belohnung fürs Vögeln sozusagen. Er atmete tief durch.

Schöpfte noch einmal genügend Atem. Es hatte geklingelt.

Perak stand in seiner Wohnungstür. Zum Empfang bereit. Nur ein flüchtiger Blick, den er auf Veras Tür warf.

Beinah hatte er das Gefühl, die ginge ihn nichts mehr an.

Leo hatte sich in ihren karierten Hausmantel gehüllt und kauerte mehr im Sessel, als dass sie saß. Ihr war kalt.

»Ich hab mir bestimmt was geholt«, sagte sie, »wenn ich wüsste, wie lange ich da am Hafen herumgelaufen bin.«

Sie sah blass aus. Vera hatte ihre Freundin selten so ganz ohne Schminke gesehen. Leo gehörte zu den Frauen, die sich nackt fühlten ohne Lippenstift.

»Kannst du dich noch immer nicht erinnern?«, fragte Vera.

»Ich erinnere mich, dass es einen Umtrunk in der Graphik

gab, als ich mit Charles und Camilla herummachte. Einer der Graphiker kam und stellte mir ein Glas Prosecco hin.«

»Da bist du anderes gewöhnt«, sagte Vera, »das wird dich nicht ohnmächtig in Harlans Arme sinken lassen.«

»Glaubst du, dass ich ohnmächtig gewesen bin?«

»Ganz bei Sinnen wohl kaum.«

»Hätte Harlan da nicht den Arzt holen müssen?«

»Er scheint sich auf jedem Gebiet sicher zu sein«, sagte Vera. Ihre Stimme klang spitz.

»Er gefällt dir nicht.«

»Ich denke nur, dass das, was du an Tiefgründigkeit an ihm schätzt, auch ein dunkler Abgrund sein könnte.«

»Er kann sehr lieb sein.«

»Als er in die Bar kam, dachte ich, dass er aussehe wie Alain Delon«, sagte Vera. Sie wollte was Nettes sagen.

»Dafür hat er zu helle Augen.«

Vera stand auf und ging in Leos Küche, um noch einmal Teewasser aufzusetzen. In der letzten Runde hatten sie mehr Rum als Tee in der Tasse gehabt. Das hatte Leo entspannt, aber kaum ihren Kopf klarer gemacht. Vera hätte gern Licht in das Dunkel der gestrigen Nacht gebracht.

»Danke, dass du hergekommen bist«, sagte Leo, »ich hätte es nicht mehr geschafft, nochmal aus dem Haus zu gehen.«

»Hast du nicht manchmal Sehnsucht nach dem ganz normalen Leben mit Nick?«

»Normales Leben mit Nick? Gibt es eigentlich etwas Neues von seinen Leichen? Ich höre gar nichts mehr davon.«

Vera zögerte. Sie dachte an das, was ihnen heute Vormittag durch den Kopf gegangen war.

Dass Leo genau ins Opferschema passte.

»Nichts Neues«, sagte Vera.

Sie stand auf, weil der Wasserkessel pfiff.

»Harlan hat mir heute Mittag einen Melissentee gemacht.«

»Sehr fürsorglich«, sagte Vera, als sie mit den beiden Keramikbechern ins Wohnzimmer kam.

»Nicht auf das Buch«, sagte Leo, als Vera den einen in ihrer Nähe abstellen wollte. »Das ist von Harlan. Er hat es mir heute mitgegeben. Als Bettlektüre.«

»Mohn und Gedächtnis. Wie sinnig.«

»Ich wünschte, ich könnte mich an diese Frau erinnern. Sie hat mich angesprochen. War das auf dem Parkplatz?«

»Du glaubst, dass die Begegnung von Bedeutung war?«

Leo nickte. »Das glaube ich bestimmt«, sagte sie.

»Kam sie dir bekannt vor?«

Leo dachte nach. Ihre Augenbrauen zogen sich zusammen von der Anstrengung, sich zu erinnern.

»Ich weiß es nicht mehr«, sagte sie schließlich.

»Hast du eigentlich vorher schon mal bei Harlan geschlafen?«

»Ich bin einmal auf seinem Ledersofa eingeschlafen. Als ich in der Nacht aufwachte, war er nicht da, und ich bin gegangen.«

»Hast du ihn nachher nicht gefragt, wo er gewesen war?«

»Er ist nicht der Mann, der solche Fragen beantwortet.«

»Und das nimmst du hin«, sagte Vera. Sie seufzte und griff nach dem Gedichtband und blätterte darin.

»1952 erschienen«, sagte sie.

»Er hat viele von diesen alten Ausgaben.«

Vera dachte an den Gedichtband, in dem Gustav Lichtes Exlibris klebte. Else Lasker-Schüler. Sie sollte ihn mal wieder zur Hand nehmen. ›Der Tibetteppich‹ hatte ihr gefallen.

»Was bedeutet dir Harlan?«, fragte sie.

Leo nahm die Rumflasche und goss davon großzügig in den Teebecher. Blaukreuzler waren sie alle nicht.

Sie nahm einen tiefen Schluck, ehe sie antwortete.

»Manchmal denke ich, dass ich ihn liebe.«

»Wann denkst du das?«

Leo hob die Schultern. »Er ist so besonders«, sagte sie, »Nick kommt mir dagegen wie der gute Kumpel vor.«

»Das ist er auch«, sagte Vera, »aber nicht nur.«

»Vielleicht wärst du die bessere Frau für Nick.«

Vera lächelte. »Ich habe Jef«, sagte sie.

Es tat ihr ungeheuer gut, das zu sagen.

Perak wachte in seinem Bett auf. Er war nackt und glücklich. Dabei lag er allein im hellen Licht eines neuen schöneren Tages, das durch das Fenster seines Schlafzimmers fiel.

Er hatte vergessen, die Vorhänge zu schließen.

Doch das war alles, was er vergessen hatte.

Sein Kopf war klar. Er erinnerte sich an jede Einzelheit.

War er je glücklicher gewesen?

Perak hob den Kopf aus den Kissen und blickte zu seinem Nachttisch, an dessen Lampe ein Kunstdruck lehnte, den die Saphirblaue ihm aus London mitgebracht hatte.

The Beguiling of Merlin. Edward Burne-Jones.

Eine blau gekleidete Frau, die einen blau gekleideten Mann betörte. Stand Beguiling für Betörung?

Philip Perak war ein gebildeter Mann. Er hatte Tage und Monate seiner Kindheit und Jugend in Museen und Theatern verbracht, an der Seite Ola Peraks. Oft genug in Londoner Museen und Theatern. Er sprach ein gepflegtes Englisch.

Beguiling. Verlockung. Verleitung. Täuschung.

Er blieb bei Betörung, als er das Bild betrachtete.

Die Saphirblaue hatte ihn betört. Verwöhnt. Ihm seinen Körper gezeigt. Sie selbst blieb noch verborgen unter der blauen Seide des engen Kleides, dessen Farbe die ihrer Augen so betonte. Gloria war eine Frau, die bei aller Sinnlichkeit die Kunst des Sichaufbewahrens beherrschte.

Das nächste Mal. Sie hatte es ihm versprochen.

Dann durfte er sie nackt sehen.

Warum alles gleich auf einmal haben, wenn die Freuden und das Glück sich in diese herrlichen Portionen teilen ließen.

Philip Perak stand auf und tat, was er nie vorher getan hatte, er ging über den Flur und in den Salon, ohne sich in einen Morgenmantel zu hüllen, kaum, dass er aus dem Bett gestiegen war. Er genoss seinen unbedeckten Körper.

Hatte Gloria nicht Wunder gewirkt?

Perak hob das Plaid, das in lässiger Unordnung auf dem Sofa lag. Sie hatte es gefunden, das schwere Armband aus Platin, das seine Mutter täglich getragen hatte. Sollte sie es haben, obwohl er das kostbarste der ausgelegten Stücke eigentlich als Belohnung fürs Vögeln vorgesehen hatte.

So weit war es noch nicht gekommen.

Gloria hatte auch die anderen Schmuckstücke entdeckt, nicht einmal die Granatohrringe waren noch da, die er für außergewöhnlich gut versteckt gehalten hatte.

Sie liebte eben die schönen Dinge. Das Besondere.

Eine kleptomane Kunsthändlerin. Perak lächelte.

In der Kristallschale war das Eis längst zu Wasser geworden. Ein paar der grauen persischen Perlen schwammen darin.

Die noch halb volle Dose Kaviar hatte Gloria eigenhändig in den Kühlschrank gestellt. Sie ehrte das Gute.

Perak nahm eine getrocknete Toastscheibe vom Flügel und zwei leere Champagnerflaschen aus den Kühlern.

Vielleicht sollte er doch etwas anziehen. Keine Tasche, in die er Stanniol und Korken hätte tun können.

Er trug Toast und Flaschen in die Küche und sah den Fensterputzer im Haus gegenüber. Perak lief rot an.

Er floh in den Flur und ins Schlafzimmer und griff seinen Morgenmantel. Nein. So souverän war er nicht. Wollte es auch gar nicht sein. Philip Perak kriegte eine Gänsehaut bei dem Gedanken, dass ein Mann ihn nackt sehen könnte.

Das hätte er nicht einmal Vic erlaubt.

The Beguiling of Merlin. Ein wenig düster sah er aus, dieser Merlin. Kam er der Saphirblauen so vor? Perak, der Düstere?

Er zog eine feste Schleife in das Band des Morgenmantels, ehe er in den Salon zurückkehrte.

Den Zettel an sich nehmen, der auf dem Schreibtisch lag.

Am besten war es wohl, Glorias Telefonnummer auswendig zu lernen. Er hatte neben ihr gestanden, als sie in ihrer kühnen großen Schrift die Ziffern niederschrieb.

167

Ihr dabei über die Schulter geguckt, als stünden sie auf dem Standesamt und dieses sei ihr Jawort, das sie schriftlich hinterließ. Seinen Montblanc hatte sie benutzt.

Er war noch da. Vielleicht galt ihre Kleptomanie einzig den kostbaren Schmuckstücken, und alles andere ließ sie liegen.

Der Zettel lag nicht mehr da.

Perak tastete den Schreibtisch ab wie ein Blinder. Er hatte Mühe, nicht gleich hysterisch zu werden. Er kroch auf dem Boden herum und prüfte jedes einzelne Möbelstück.

Hatte er ihn denn schon an sich genommen?

Philip Perak fand keinen Zettel. Auch dort nicht, wo seine letzte Hoffnung war. Im Schlafzimmer.

Er setzte sich auf die Bettkante und Merlins Betörung kam ihm in den Blick. Was regte er sich auf? Gloria hatte auch in London an ihn gedacht. Sie würde ihn anrufen.

Wenn es ihr auch seltsam vorkommen musste, dass er es nicht war, der sich bei ihr meldete.

Der erste schöne Tag seit langem, wenn auch schon der Duft des Herbstes in ihm war. Der Sommer hatte sich leichtherzig verabschiedet in diesem Jahr.

Jef stand auf der Krugkoppelbrücke und sah auf die Türme der Stadt, die im gelben Licht des Septembers lagen.

Wie sehr sich sein Leben verändert hatte, das vorher so flüchtig gelebt worden war. Als es Vera noch nicht gab.

Aus ihm war ein Mann geworden, der eine Frau liebte und sie nicht mehr gehen lassen würde. Der daran dachte, eine Familie zu haben. Ein Haus am Niederrhein besaß.

Er hatte all das für sich verloren geglaubt.

Jef setzte sich auf die breite Balustrade der Brücke und legte die Noten neben sich aus. Die Lieder des heutigen Abends.

Vera und er bereiteten das Programm selten so sorgsam vor.

Lag es an Nick, der sich angesagt hatte? Oder war schon eine Abschiedsstimmung in ihren Auftritten, der Wunsch, aus jedem der Abende eine kleine Kostbarkeit zu machen?

Ein Konzertagent hatte ihm geantwortet. Bot ihm Verträge außerhalb von Bars an. Theaterproduktionen.

Es war, als sei ein Knoten geplatzt. Alles wurde gut.

Jef sah in die Richtung, aus der Vera kommen sollte.

Sie hatte eine Neigung, sich zu verspäten.

Der einzige kleine Kratzer in der Vollkommenheit.

Jef griff nach den Noten, die ein leichter Wind davonzuwehen versuchte. Stardust. Hatte Vera das je gesungen?

Er spielte es selten. An jenem Abend hatte ihn der Holländer Michel aufgefordert, es zu tun. Jener Abend, an dem Jef zu viel erfahren hatte. Der Mann, der zu viel wusste.

Hatte er die Noten von Que Sera nicht auch dabei?

Stardust. Que Sera. Beides Lieder, die Doris Day gesungen hatte, deren Jungmädchenstimme ganz anders war als die Stimme von Vera.

Veras war die einer wunderbaren erwachsenen Frau, und dennoch schienen diese Lieder für sie geschrieben worden zu sein.

Lass uns Nick ein bisschen einlullen, hatte Vera gesagt.

In Liebeslieder einlullen. Glaubte sie wirklich, dass er jemals wieder mit dieser Leo zusammenkäme?

Jef war sich nicht sicher, ob es Nick zu wünschen war.

Leo schien ihm sehr kapriziös zu sein.

Jef stand auf und beschloss, Vera entgegenzugehen.

Sie kam doch von zu Hause. Oder?

Er tat ein paar Schritte in diese Richtung und blieb dann stehen. Jemand folgte ihm. Nicht Vera. Ihren Schritt kannte er, und sie war auch kaum der Mensch, der einem von hinten die Augen zuhielte und wer bin ich ausriefe.

Litt er immer noch an Verfolgungswahn? Wer sollte Interesse daran haben, ihm nachzugehen an einem schönen Tag, der voller Spaziergänger war, die an der Alster entlanggingen?

Der Chef war nach Frankfurt gefahren, sich einen Barmixer anzusehen, der Furore machte mit seinen Drinks.

Täte der Chef das, wenn hier noch immer Unruhe wäre?

Jef ging weiter. Wer wollte ihm da die Augen zuhalten? Jemand, der Eisenplättchen unter den Schuhen haben musste. Ein Dilettant des Anschleichens, der seinen Weg wieder hinter ihm aufgenommen hatte.

Jef drehte sich jäh um. Jorge, der da vor ihm stand. Der harte Jorge mit der kurzen Lederjacke und Cowboystiefeln an den Füßen. Er hatte zweifelsohne zu viele Filme gesehen.

Jorge ist älter, als er aussieht, und gefährlicher, hatte der Chef gesagt. Jef erinnerte sich der Worte.

»Nun«, sagte Jef, »kann ich etwas für Sie tun?«

»Nicht länger herumquatschen«, sagte Jorge. »Viel zu viele stecken schon die Nasen in unsere Geschäfte. Das heißt, dass einer hier die Fresse nicht halten kann.«

»Ich bin es nicht«, sagte Jef.

Er fühlte sich lächerlich in seiner Angst.

Jorge zog ein Taschenmesser hervor und klappte die Klinge in einer Fuge des Heftes ein. Er fing an, etwas Erde von den Absätzen seiner Stiefel zu kratzen.

»Ich quatsche nicht«, sagte Jef, »warum sollte ich mich in Gefahr bringen? Ich bin ein glücklicher Mensch, so lange ihr mich in Frieden leben lasst.«

»Komme ich in eine spontane Versammlung?«, fragte Vera.

Sie hatte nur die letzten Worte gehört und kannte Jorge auch nicht, doch sie ahnte, worum es ging. Drohten sie Jef schon an solch friedlichen Plätzen, wenige hundert Meter von Veras Wohnung entfernt?

Vera nahm Jef die Noten aus der Hand. »Sie entschuldigen uns«, sagte sie, »wir haben einen Abend in der Bongo-Bar vorzubereiten. Das ist sicher im Sinne Ihres Chefs.«

Konnte es sein, dass ein Mann, in dessen Laden sie sang, einen Typen wie Jorge auf sie hetzte?

Vera hakte Jef unter und zog ihn davon.

Sie war sich darüber im Klaren, dass es sich nicht immer so leicht lösen ließ.

»Sometimes I wonder why«, sang Vera, »I spend the lonely night dreaming of a song.« Sie blickte zu Nick, der an dem nahen Tisch saß, an dem auch Leo und Harlan gesessen hatten. Nick träumte sicher von keinem Lied in seinen einsamen Nächten. Vielleicht hätte sie nicht Stardust als ersten Song für ihn aussuchen sollen. Doch erzählten nicht alle diese Lieder eher vom Ende einer Liebe?

»… and each kiss an inspiration. But that is long ago. Now my consolation is in a stardust of a song.«

Dass sie diesen Klassiker von Hoagy Carmichael nie vorher gesungen hatte. Gustav hatte ihn oft auf dem Klavier gespielt. Sie erinnerte sich. War 1930 eine echte Erleuchtung für mich, dieses Lied, hatte er jedes Mal gesagt. Gustav.

Wenn Vera die letzten Zeilen des Liedes besonders weich und zärtlich sang, dann wegen Gustav. Vater der Braut.

Wie gerne hätte sie gehabt, dass er von Jef wüsste.

Nick lächelte ihr zu, als ahne er ihre Gedanken. Er griff nach seinem Glas Bier und hob es in ihre Richtung. Das sah ihm ähnlich, in der Bongo-Bar ein Bier zu trinken.

Der gute alte Nick. Kumpel, hatte Leo gesagt.

Vielleicht war er wirklich zu bodennah für eine Frau, die den Glanz suchte, das Besondere. Vera neigte allmählich dazu, Jefs Meinung anzunehmen, dass Leo und Nick keine glückliche Konstellation waren.

Jef spielte die ersten Takte von Here's To Life. Eines der ersten Lieder, die sie hier gesungen hatte. Auf dem Flügel liegend. Sie musste verrückt gewesen sein.

»No complaints and no regrets. I still believe in chasing dreams and placing bets«, sang Vera. Wer hätte gedacht, dass sie an jenem Abend, an dem sie auf dem Steinway lag und an ihrem Kleid zupfte, ihre Liebe finden würde.

In der nächsten Pause würde sie eine Flasche Champagner ausgeben. Sie konnte Nick nicht länger hinter dem Bierglas sitzen sehen. War er wieder blank?

Sie blinzelte Jef zu. Es war eines seiner Lieblingslieder. Sie wusste es. Er wirkte wieder entspannt. Doch Vera war überrascht gewesen, wie sehr ihn dieses Gangsterchen geängstigt hatte. Verniedlichte sie die Gefahr? War das ihre neue Art, damit umzugehen? Vermutlich fiel es ihr einfach nur schwer, Jorge ernst zu nehmen in seinen Posen.

Die vier Herren, die eines Abends hier aufgetaucht waren, hatten da leider ein anderes Kaliber gehabt.

Vera dachte kurz an den Holländer Michel, als sie Que Sera ansang. Ein Lied, das sie immer als kindlich und beinah naiv empfunden hatte. War es nicht ein Gute-Nacht-Lied für ein Kind gewesen in »Der Mann, der zu viel wusste«?

Vera sah Cary Grant vor sich, als sie Jef ansah.

Sie bestellte Veuve Cliquot, wie Harlan es getan hatte.

Ihr waren die weinigen Champagner am liebsten.

An Harlan verschwendete sie keinen Gedanken dabei.

Jef und Nick verstanden sich. Sie hatte es nicht anders erwartet, doch es war gut, das bestätigt zu sehen.

Sie wollte von Glück und Harmonie umgeben sein.

Vera hob ihr Glas und lächelte Jef und Nick zu, die ihre Gläser hoben. Einer der glücklichen Abende.

»Here's to life and all the joy it brings«, sagte Vera.

Sie sah nicht, dass Jorge hereinkam und gleich ins Büro hinter der Bar verschwand. Es hätte ihre Stimmung auch nur sehr vorübergehend getrübt.

Die junge Frau betrat das spartanische Treppenhaus eines Speichers in der Hamburger Speicherstadt zum zweiten Mal. Ihr erster Besuch hatte an einem hellen Nachmittag stattgefunden. Jetzt am Abend, bei beginnender Dunkelheit, fand sie die Umgebung befremdlich.

Sie stieg die hohen Stockwerke hinauf und war ein wenig außer Atem, als sie im vierten vor einer Eisentür ankam.

Ein kleines Schild, das auf eine Künstleragentur hinwies.

Die Tür wurde ihr aufgetan, kaum, dass sie auf die Klingel gedrückt hatte. Fast war sie ihr schon vertraut, diese Frau,

Künstlerin, Kennerin, Inhaberin der Agentur, die Hoffnung auf eine Karriere in ihr keimen ließ.

Die junge Frau hatte Giraudoux' Undine vorgetragen, als sie das erste Mal vorsprach. Mängel waren in ihrer Interpretation entdeckt worden, die es zu glätten galt, ehe an einen Termin zum Vorsprechen am Theater gedacht werden durfte.

Sie würde keine Undine werden, die junge Frau. Obwohl sie hübsch war und blondes Haar ihr weich auf die Schultern fiel. Zu groß. Zu träge in ihrer Ausstrahlung. Ein ungnädiger Blick traf sie, als sie begann, ihren Text zu sprechen.

»Und seit Jahrhunderten bin ich geboren.

Und sterben werd ich nie.«

Heute schien der dämmrige Raum kühler. Die Atmosphäre unwirklicher. Die junge Frau hatte das Gefühl, unter Wasser gedrückt zu werden. Oder war sie vom eigenen Vortrag fortgerissen? Undine. Die Nixe. Die am Ende endgültig ins Wasserreich eingeht. Hans, den Geliebten, tot zurücklässt.

Mich ruft man auch, Undine. Die große Blässe, die große Kälte rufen.

Die junge Frau war verwirrt. Der Text von Hans.

Wer hatte ihn gesprochen?

Sie knirschte mit den Zähnen. Eine dumme Angewohnheit.

Die junge Frau tat es immer, wenn sie ängstlich wurde.

Frau Gaskell lächelte. Frau Gaskell. Der Name an der Tür. Hatte sie sich so vorgestellt?

Eben noch hatte die junge Frau gedacht, dass sie ihr fast schon vertraut sei, die Hoffnungsträgerin ihrer Karriere.

Jetzt fühlte sie eine Fremdheit, die ihr schwer auf der Brust lag. Sie fiel aus ihrer Atemtechnik. Der Text klang gepresst.

»Alles ist fest oder leer. Ist das die Erde?«

»Noch die Erde«, sagte Frau Gaskell.

Anderes hörte die junge Frau nicht mehr.

Leo hatte geglaubt, Abstand gewonnen zu haben von Harlan. Die Abende mit Tee auf dem Sofa und Gurkenmaske im Bett hatten ihr gut getan. Sie sah frischer aus.

Doch nach den gesunden Nächten war sie sehnsüchtiger denn je und davon überzeugt, dass sie in keiner bequemen Alltäglichkeit leben wollte. Genauso wenig wie sie Lust hatte, die Frau an der Seite des Rächers der Verfolgten zu sein.

Es führte kein Weg zurück zu Nick.

Sie musste es ihm nur noch beibringen. Ihm und Vera.

Vera mochte Harlan nicht. Schade. Denn Leo mochte Jef, obwohl er beinah herzig aussah gegen Harlan.

Nick sah aus, als habe er einen ökologischen Bauernhof.

Leo hatte ein gespanntes Verhältnis zum Bäuerlichen. Auch wenn sie auf einem Gut aufgewachsen war, hatte es immer noch zu viele Mäuse und zu viel Mist gegeben.

Ihr Vater hatte keine Neigung zum Gutsherren gehabt. Nick und er verstanden sich bestens. Brüder im Volke.

Harlan würde ein Problem werden.

Leo schloss die Dias von Michael Jacksons Kindern in den Schrank. Seltene Schnappschüsse, die sicher schon auf den Leuchttischen der Welt lagen. Doch ihr Chef sah es eng mit Dias, nachdem mal ein ganzer Satz weggekommen war.

Sie sah auf die Uhr. Zwei Stunden Mittagspause würde sie sich gönnen. Das hatte sie sich durch Fleiß verdient.

Leo griff nach den Gedichten von Paul Celan.

Mohn und Gedächtnis. Sie hatte sich angesagt bei Harlan.

Er war kein Mensch, der unangemeldete Gäste schätzte.

Sie stieg die Marmortreppen des alten Kontorhauses hinauf, in dessen Dach sich Harlan ein Loft gebaut hatte.

Nick hätte seine zwei Zimmer ein paar Mal hineinstellen können. Er wohnte auch nicht besser als sie in ihrer Fliese.

Mit vierunddreißig Jahren musste eine Frau einfach sehen, welches Dach sie sich deckte.

Leo hielt sich am polierten Eichengeländer fest, als sie um die letzte Biegung bog und Harlan in der Tür stehen sah.

Er trug nur einen Hausmantel aus schwerem Brokat.

Hatte er ein Schäferstündchen geplant?

Das würde sie überraschen. Überwältigen.

»Du denkst richtig«, sagte Harlan. Er zog sie hinein.

»Du willst mit mir schlafen?«

»Wenn du es so profan ausdrücken willst.«

»Sag du es«, sagte Leo.

»Deine Seele, die die meine liebet. Ist verwirkt mit ihr im Teppichtibet. Strahl in Strahl, verliebte Farben. Sterne, die sich himmellang umwarben.« Harlan brach ab.

»Ich will dich ficken«, sagte er.

Leo sah ihn bestürzt an.

»Habe ich dich erschreckt?«

Leo fing an, sich auszuziehen.

»Lass mich dich entkleiden«, sagte Harlan.

Er führte sie zu dem Teppich, der vor dem Ledersofa lag.

Keiner aus Tibet, ein naturfarbener Berber. Leo sah die unvermeidliche Kanne Tee bereit stehen. Sie hätte gern einen Drink gehabt. Seltsam gehemmt fühlte sie sich.

Leo spürte Harlans Hände wie kleine flatternde Wesen, als er ihre Kleider nach und nach fallen ließ.

Sie auf den Teppich legte, als sei sie leblos.

Doch seine Hände waren sehr geschickt.

Ein tiefer Seufzer, den Leo tat. Statt eines Schreis, den zu unterdrücken ihr gelungen war. Sie wusste nicht, warum sie darauf Wert legte. Ihr schien es noch unwirklich, dass sie gerade miteinander geschlafen hatten.

Harlan stand schon wieder im Brokatmantel da, während sie noch nackt auf dem Teppich lag.

»Zieh dich an. Ich habe einen Imbiss vorbereitet.«

Leo aß die Sandwiches mit Truthahn und Avocado.

Harlan trank nur von dem grünen Tee.

»Du bist schön«, sagte er, »ich habe es gewusst.«

Er klang zufrieden. Ein Sammler, der ein schönes Objekt erworben hatte. Er lächelte sie an.

»Ist das jetzt eine echte Beziehung?«, fragte Leo.

Sein Lächeln vertiefte sich.

»Hast du Zweifel?«, fragte er.

»Nein«, sagte Leo. Sie hatte Zweifel.

Der Zwang, den Zettel zu suchen, kam täglich über ihn wie ein Fieberschub. Perak suchte in allen Zimmern. Er suchte in Kästen und Kartons, deren Deckel er seit Ewigkeiten nicht gehoben hatte. Ihm entging kein Stäubchen.

Den Zettel fand er nicht.

Am Ende jeder Suche saß er in seinem Salon und quälte sich ob seiner Nachlässigkeit. Die einzige Erklärung, die er fand, war, dass er ihn schon in jener Nacht verloren hatte.

Beim Bereiten einer weiteren Portion Kaviar vielleicht. Beim Öffnen einer Champagnerflasche. Um ihn dann mit Korken und Servietten versehentlich zu entsorgen.

Er ließ keinen Zweifel an der Saphirblauen zu.

Zweimal fuhr er zu dem Parkplatz nahe der Überseebrücke.

Der Aston Martin stand nicht da.

Perak kehrte nach Hause zurück, das kleine Kuvert in der Tasche, das immer dringlichere Worte enthielt. Er flehte.

So nah dem Glück. So nah der Vollkommenheit. Er fasste es nicht, allein zurückzubleiben.

Nachts lag er wach und war ohne Hoffnung.

Hörte ganz schwach die Schläge der Uhr, die von nebenan kamen. Nur der Gedanke an Vera ließ ihn dann nicht völlig verzweifeln. Als habe er sie noch in petto.

Am Morgen nach einer solchen Nacht stand er in der Küche und guckte in den schwarzen Koffer aus Kunststoff hinein, der vor ihm auf der Anrichte lag. Silberglänzender Stahl. Zangen. Schraubenzieher. Ein lächerliches Spielzeug, das er sich da angeschafft hatte. Philip Perak, der Praktische.

Der Mann der Tat. Wann würde er endlich aufhören, sich seiner Mutter beweisen zu wollen. Beweisen, das Gegenteil des Mannes zu sein, den sie in ihm zu erkennen glaubte.

Homosexuell. Nicht fähig, sich dem Leben zu stellen.

Nur sein Klavierspiel hatte sie anerkannt.

Solange er nicht Stardust spielte.

Wie sehr musste seine Mutter Männer gehasst haben.

Sein Vater war ein Geheimnis geblieben.

Perak hatte nur einmal gewagt, nach ihm zu fragen.

Er strich über die kühlen Werkzeuge und überlegte, ob es ihn wohl erleichtern würde, die Mooreichenmöbel auseinander zu nehmen. Um sie Teil für Teil zu zerkleinern.

Philip Perak trug den schwarzen Koffer in den Salon und schloss die Zimmertür hinter sich. Er hielt den größten der Schraubenzieher in der Hand, als sich die Tür öffnete.

Perak ließ das Werkzeug sinken.

Er hatte vergessen, dass heute seine Putzfrau kam.

Nun konnte er nur auf die Post hoffen, auf ein kleines blaues Kuvert mit einer eleganten, fast kunstvollen Schrift, um Erlösung zu finden. Philip Perak atmete tief ein.

Glaubte beinah, ihr Parfüm zu riechen.

Vera kaufte ein Negligé, das geeignet gewesen wäre, den Tanz der sieben Schleier darin zu tanzen.

Nelly Lichte liebte Teile, die verhüllten, weichzeichneten und doch transparent waren. Das Negligé war austerngrau.

Das gab ihm eine Spur Seriosität, fand Vera.

Anni empörte sich über das Hochzeitsgeschenk.

Gut, Nelly bedurfte keines zwölfteiligen Kaffeeservices mehr, doch dieses Nichts aus Chiffon war einfach anrüchig.

»Wer wird Edouard sein«, sagte Vera, »im schlimmsten Falle ein Gigolo, im besten ein Fabrikant im Ruhestand, der sexuell zu kurz gekommen ist. Ihm wird das Negligé gefallen.«

Anni drückte das Bügeleisen auf ein Nachthemd aus weißem Batist mit Lochstickerei, das ungleich solider war. Doch sie musste zugeben, dass Vera es weniger im Bett trug. Eher als Kleid für heiße Tage. Die schienen endgültig vorbei.

»Wirst du nach Nizza fahren?«, fragte Anni und klang grollig.

»Du siehst doch, dass ich einen Karton suche, der den internationalen Postverkehr zufrieden stellt«, sagte Vera.

»Wirst du deiner Mutter Jef nicht vorstellen?«

»Es eilt nicht. Lass Nelly und Edouard erst mal die nötige Basis für ein langes gemeinsames Leben gefunden haben.«

»Glaubst du, dass sie Jef schöne Augen macht?«

Vera lächelte. »Ich bin sicher, er ist davor gefeit«, sagte sie.

Anni hatte ihre Zweifel. Sie sah Nelly immer noch als die Sirene, die sie gewesen war. Wie gerne wäre Anni einmal so lasziv gewesen wie sie. Vielleicht trug sie darum noch immer den von Nelly abgelegten Regenmantel.

Leopardenmuster. Gechinzt. Er passte nach wie vor.

»Ich habe kein Gramm zugenommen in den letzten zwanzig Jahren«, sagte Anni. Vera sah sie überrascht an.

»Vielleicht liegt das daran, dass ich immer die größeren Portionen essen soll«, sagte sie.

»Könnte mir vorstellen, dass Nelly dick geworden ist.«

»Als ich sie das letzte Mal sah, war sie gertenschlank.«

»Ist ja schon lange her«, sagte Anni.

»Im Sommer vor einem Jahr. Noch nicht so lange.«

Die alte Eifersucht auf Nelly glühte in Anni. Früher hatte Vera geglaubt, dass es der Besitzanspruch auf Verakind sei, der Anni bissig werden ließ, sobald Nelly ins Spiel kam. Doch seit einer Weile war ihr klar, dass es auch um Gustav gegangen war, und nun ging es um Taillenweite.

»Nimm doch den Karton da unten«, sagte Anni und guckte kurz von ihrem Bügelbrett auf.

Vera bückte sich. Der Karton stand in einem offenen Schrank, in dem allerlei Hilfsmittel aufbewahrt wurden, um die Wäsche so blütenrein zu bekommen, wie Anni es von ihr erwartete. Der Karton war erstaunlich schwer, als Vera ihn nahm und auf die Anrichte stellte. Sie hob den Deckel.

»Annilein«, sagte sie, »was ist denn das?«

»Pfennige. Für deine Brautschuhe.«

»Die hast du gesammelt?«

»Seit du zehn warst.«

»Du weisst, dass sie nicht mehr gültig sind«, sagte Vera vorsichtig. Als ob sie es für möglich hielte, dass dies an Anni vorbeigegangen sein könnte.

»Du bist ja nicht zu Potte gekommen«, sagte Anni.

Vera stand auf und verließ das Bügelzimmer, um kurz darauf mit einem großen gläsernen Kelch zurückzukehren und die Pfennige umzufüllen.

»Der gute Kelch. Da kommen doch sonst Rosen rein.«

»Jetzt sind Pfennige drin und die stelle ich auf Gustavs Schreibtisch.«

»Nun hast du wenigstens einen Karton«, sagte Anni.

Vera stellte die elegante, versandunfähige Schachtel des Negligés hinein und stopfte ihn mit Seidenpapier aus.

»Schreibst du nichts?«

»Hab ich schon«, sagte Vera.

Der Brief lag auf dem Schreibtisch und war länger geworden, als sie vorgehabt hatte. Nelly von Jef zu berichten hatte eine Nähe gebracht, die ihre Korrespondenz sonst nicht kannte.

»Dann ab nach Nizza«, sagte Anni. »Vielleicht fällt Nellys Gatte tot um, wenn er das Getüll sieht.«

Vera grinste. »Ich schenke dir auch so eines«, sagte sie.

»Und wer soll da tot umfallen?«

»Du kannst ja mal zu unserem Nachbarn rüber gehen.«

Anni stellte das Bügeleisen ab.

»Ich hab da ein komisches Gefühl«, sagte sie und legte gleich die Hand auf den Mund. Das war ihr herausgerutscht.

»Was Perak angeht?«

Anni nickte. »Der wird immer wahnsinniger. Gestern Vormittag kam er aus seiner Wohnung gestürzt und hielt einen großen Schraubenzieher in der Hand und guckte mich an, als ob er mir den sonst wohin rammen wollte.«

Vera dachte an die toten Frauen. Was hatte sie mal zu Nick gesagt, dass Perak einen prachtvollen Ritualmörder abgäbe? Oder war er schon zu offensichtlich durchgedreht?

Ritualmörder lebten vermutlich ein leiseres Leben.

»Nu mach mal eine ordentliche Schnur drum«, sagte Anni, »dass mir das Ding endlich aus dem Haus kommt.«

»Denkst du, dass er hier eindringen will?«

Die schrecklichen Klagelaute, die ihr Nachbar neulich nachts ausgestoßen hatte. Vielleicht war er doch eine ernste Gefahr und nicht nur eine lächerliche Figur.

»Da sind Gott und ich vor«, sagte Anni.

»Gut«, sagte Vera, »ich hoffe, ihr beide seid auf Posten.«

Die Haut des Körpers hatte schon begonnen, sich abzulösen, als die Leiche entdeckt worden war. In einem Ast hatte sie sich verfangen, der in die Süderelbe hinausragte. Vielleicht war sie auch schon von Anfang an dort gelagert worden, Kopf und Hals schienen vom Wasser unberührt, als seien sie zwischen die Grasbuckel des Ufers gebettet gewesen.

Die junge Frau wurde geborgen und eilig in die Kühlung der Pathologie gebracht. Erst dort hatte Pit Gelegenheit gehabt, ihren Hals ausführlich zu betrachten.

»Sechs bis acht Tage«, sagte der Pathologe, »sechs bis acht Tage hat sie im Wasser gelegen.«

Pit stand vor der siebten Toten, deren blondes Haar noch weich hinabfiel. Sie sah aus, wie Ophelia ausgesehen hatte.

Er ahnte nicht, dass sie Undine war.

Seinen alten Kumpel Nick erreichte er erst nach dem zweiten Anlauf. Nick war dabei, Leos Haus zu observieren. Er wollte endlich mal Harlan zu Gesicht bekommen.

Oder Leo beschützen. Er war sich nicht sicher.

Die Nikon hatte er in der Tasche, als er zur Gerichtsmedizin ins Universitätskrankenhaus fuhr. Er hatte es satt, dass seine Sammlung von Fotografien toter Frauen mit Tätowierungen am Hals noch immer nicht komplett war.

Vera informierte er am nächsten Vormittag. Die Fotos lagen entwickelt auf seinem Lindenholztisch, als sie kam. Sie nahm die Lupe und las die drei Buchstaben, die vielleicht sogar ein wenig größer waren als die vorherigen.

»Ein Hexenkult«, sagte sie.

»Schraub es herunter. Dann denken wir beide das Gleiche.«

Vera sah ihn ratlos an.

»Hexenkult ist zu viel«, sagte Nick, »ich denke, es ist eine aus dem Gleis gelaufene Esoterik.«

»Du denkst an Frauen, die in Mondnächten gemeinsam menstruieren.«

»Du hast Recht. Das war wohl meine Assoziation.«

»Wer war die Tote?«

»Sie wissen es nicht. Keiner hat sie vermisst gemeldet.«

»Wie endlos traurig«, sagte Vera.

»Die Novembertote ist bis heute nicht identifiziert.«

»Stell dir vor, du stirbst, und keiner vermisst dich.«

»Nur Vera lässt irgendwann die Tür aufbrechen und findet den skelettierten Nick«, sagte Nick.

»Sie ist genau so jung und genauso blond wie die anderen.«

»Aber nicht so zart wie die beiden letzten.«

»Was sagt uns das?«

Nick zuckte die Achseln. »Es kann nach wie vor eine Frau sein. Dieses Erwürgen ist nicht nur eine Frage der Kraft, sondern auch des Überraschungseffektes.«

»Das ist allerdings überraschend, wenn dir eine Frau an den Hals geht statt eines Mannes.«

»Vielleicht ist das ihr Künstlername. Die Mondfrau.«

»Die Mondfrau«, sagte Vera, »hört sich tatsächlich an wie die Big Mama eines esoterischen Zirkels.«

»Sieben tote Frauen, um irgendeine idiotische Idee an die Welt weiterzugeben?«

»Glaubst du, das ist das Ende der Verkündigung?«

»O Gott«, sagte Nick, »könnte es weitergehen?«

»Was sagen denn die Herrn von der Kripo dazu?«

»Nachrichtensperre, sagen sie.«

»Das ist doch kein Entführungsfall. Sie können nicht einfach zwei Morde verschweigen.«

»Pit sagt, der Mörder suche eine Öffentlichkeit, die sie ihm nicht geben wollen.«

»Er mordet ja auch ohne Öffentlichkeit weiter.«

»Schon sind wir wieder beim männlichen Personalpronomen.«

Nick trat ans Fenster und sah auf den Küchenbalkon, in dessen Blumenkasten nur noch wenige grüne Halme Schnittlauch zwischen den trockenen Erika wuchsen.

»Und werden im Kreise gedreht«, sagte er.

Vera löste den Blick von den Fotos, über die sie sich wieder gebeugt hatte. »Was?«, fragte sie.

»Wir reiten auf hölzernen Pferden und werden im Kreise gedreht.«

»Du kennst ja Gedichte. Das hast du Leo vorenthalten.«

»Der Text eines Liedes, das in einem Konzentrationslager geschrieben worden ist. Für eine Überlebensrevue. Wer tanzt und singt und die SS amüsiert, stirbt noch nicht.«

Vera nickte. Das blieb Nicks großes Thema.

Leo war da wirklich nicht die richtige Frau für ihn. Sie neigte dazu, alle großen Traumata der Geschichte zu verdrängen.

»Wir drehen uns nicht im Kreise«, sagte Vera, »ich werde das Gefühl nicht los, dass wir schrecklich gelinkt werden.«

»Du meinst, die Mondfrau lockt uns auf eine falsche Fährte?«

»Vermutlich ist es doch ein eiskalter Killer, der Frauen hasst und diese Verzierung an ihren Hälsen zur Tarnung herstellt.«

»Keine von ihnen ist vergewaltigt worden«, sagte Nick.

Vera nahm die Lupe noch einmal auf und las das R, das A, das U. Der Mensch, der das verantwortete, hatte ein Wort gebildet. Genügte ihm das?

»Hast du in den letzten Tagen von Leo gehört?«, fragte sie.

»Ich stehe gelegentlich vor ihrer Tür herum, in der Hoffnung, sie oder diesen Harlan zu Gesicht zu bekommen.«

»Hältst du das für eine gute Idee?«

»Nein«, sagte Nick.

»Warum fällt mir Leo ein, wenn ich über diese Morde nachdenke?«

»Weil die toten Frauen ihr alle ähnlich sehen«, sagte Nick.

Vera seufzte. »Sie sehen auch der jungen Frau an der Kasse meines Feinkosthändlers ähnlich«, sagte sie. »Blonde Haare. Hübsche Gesichter. Irgendwie sind sie austauschbar.«

»Wenn sie tot sind«, sagte Nick, »vorher hatte sicher jede ihre eigene besondere Erwartung im Gesicht.« Er dachte daran, dass Pit einmal gesagt hatte, die Frauen hätten den Traum gehabt, sich über ihr Alltagsleben zu erheben.

»Hast du nicht mal gesagt, dass sie alle nicht gerade als vertrauensselig gegolten haben?«

»Pit glaubt das aus den Biographien der identifizierten Frauen herausgelesen zu haben«, sagte Nick.

»Du bist eine junge Frau und hast den letzten Bus verpasst und, zu Fuß auf dem Weg nach Hause, steigst du in den Wagen, der neben dir hält, weil eine Frau am Steuer sitzt?«

»Tätest du das?«

»Vermutlich eher, als in das Auto eines Mannes steigen.«

»Siehst du«, sagte Nick.

»Die Frau könnte ein Lockvogel für einen Kerl sein«, sagte Vera. Sie nahm schon Annis Ausdrucksweise an.

»Ja«, sagte Nick, »das ist ein interessanter Gedanke.«

Er hatte auf einmal einen trockenen Mund, und es fiel ihm auf, dass sie gar nichts tranken. Ein seltener Zustand. Auf seinem Küchenschrank stand noch eine halb volle Flasche Salice. Er nahm die Flasche und hielt sie Vera hin.

Sie nickte. Jef fiel ihr ein und die Hühnersuppe, die Anni für ihn gekocht hatte. Seitdem hatte sie keinen Salice mehr getrunken.

»Ich mag deinen Jef sehr gern«, sagte Nick.

Vera sah ihn überrascht an. Konnte er Gedanken lesen?

»Wie kommst du jetzt auf Jef?«, fragte sie.

Nick hob die Schultern. Er füllte die Gläser und gab eines Vera. »Darf ich dein Trauzeuge sein?«, fragte er. Die reinste Selbstverleugnung. Er hob sein Glas.

Vera lächelte und hob das ihre. »Die drei Männer in meinem Leben«, sagte sie, »du und Gustav und Jef.«

»Sicher nicht in dieser Reihenfolge.«

Sie waren beide erleichtert, ein neues Thema gefunden zu haben. Selbst so ein diffiziles wie dieses.

Nick sammelte die Fotos ein, die noch auf dem Tisch lagen. Die toten Frauen kamen längst in seinen Träumen vor.

»Wir werden es nicht lösen«, sagte Vera und warf einen letzten Blick auf die siebte Tote.

Jef Diem träumte von ertrunkenen Frauen. Ihre Körper lagen auf dem Wasser, als könnten sie nicht untergehen. Doch sie waren schon längst tot. Ihre grünen Haare umschlangen die Gewänder, die sie trugen. Ihre Augen standen weit offen.

Ihre Gesichter waren weiß. In den Händen hielten sie Zweige, als hätten sie versucht, sich am Ufer festzuhalten.

Noch im Schlaf tastete er nach Vera, doch als er anfing, wach zu werden, fiel ihm ein, dass sie heute nicht neben ihm lag.

Er stand auf, um nicht wieder einzuschlafen und diesen schrecklichen Traum fortzusetzen, und ging zum Klavier.

Es hatte ihn immer erleichtert, Klavier zu spielen, wenn der Druck der Gefühle zu groß geworden war.

Doch um sechs Uhr morgens zwischen dünnen Wänden konnte er nur einen Whisky trinken.

Er dachte an Marie Diem und an Margos kleine Tochter.

Jef ging zum Fenster und sah in den dunklen Morgen.

Gegenüber wurden Fenster hell, und eines beleuchtete die Geranien auf einem Balkon. Sie standen noch in voller Blüte.

Ein Bild erschien vor seinen Augen. Ophelia. Das Bild eines präraffaelitischen Malers. Er hatte es in London gesehen, damals, als er der zweite Pianist in einem Club in Soho gewesen war. Wie oft war er in die Tate Galerie gegangen und hatte sich nicht lösen können von Ophelia.

John Everett Millais. Er erinnerte sich wieder.

So sahen sie aus, die Frauen, von denen er eben geträumt hatte. Nur eine war ganz klein gewesen.

Eine unsägliche Anstrengung, die er da auf sich nahm.

War es nicht doch ein Beispiel seiner Willenskraft, einfach nur vorüberzugehen und nicht am abgestellten Fahrrad des Briefträgers stehen zu bleiben und in den Ledertaschen zu wühlen, während im Haus nebenan die Post verteilt wurde?

Philip Perak hielt seine Daumen fest zwischen den Fäusten.

Die Knöchel waren weiß und sahen aus wie Hühnerknochen. Er hatte aufgehört, die Tage zu zählen, seit denen Gloria schon schwieg, doch länger ertrug er es kaum.

Er blieb stehen und drehte sich nach dem Fahrrad um. Wie lange brauchte ein Briefträger in einem einzelnen Haus?

Die alte Hexe kam vorbei und blickte ihn an, als sei er der Leibhaftige. Es musste zehn Uhr sein. Perak sah auf sein nacktes Handgelenk. Die Patek Philippe lag noch oben auf seinem Nachttisch. Er hatte es eilig gehabt, aus dem Haus zu kommen und der Post entgegenzugehen.

Endlich kam der Briefträger aus der Tür und nickte ihm zu. Würde er nicken, wenn er nichts für ihn hätte?

Natürlich. Er hatte immer was. Briefe von den Banken, von der Steuerkanzlei, dem Finanzamt. Spröde Mitteilungen.

Er lief dem Fahrrad hinterher wie ein Hündchen.

Wie würdelos der Mensch wurde, wenn er liebte.

Wenn er besessen war, dachte Perak. Er besaß durchaus Intelligenz und Selbsterkenntnis.

Das Fahrrad wurde abgestellt. Die Post aus der Ledertasche geholt. Auf den ersten Blick sah er nichts Blaues.

Perak eilte voran. Den Schlüssel in der Hand.

Er fasste es nicht, dass die Alte neben den Briefkästen stand. Konnte sie etwas dringlich erwarten?

War es zu glauben, dass sie die Post als Erste bekam?

Perak sah auf die Briefe, die in die Hände der Alten gelegt wurden. Seine Nachbarin schien deutlich mehr Post zu bekommen als er. Wenn auch nicht alles privat zu sein schien. Den Schriftzug von Brahmfeld und Gutruf las er auf dem letzten großen Kuvert.

Die alte Hexe schnappte die Post, als glaube sie, er wolle sie ihr entreißen. Er atmete auf, als sie im Aufzug verschwand.

Ein Brief von der Bank. Die Rechnung von seinem Schneider. Ein paar Prospekte. Eine Karte. Kein Brief in Blau.

Doch Peraks Hände zitterten, als er sah, dass es eine große Kunstkarte war, die ihm da hingehalten wurde.

Er nahm alles entgegen und holte den Aufzug herbei. Sich weiterhin beherrschen. Die Karte nur von vorn betrachten.

Eine rothaarige Frau in blauem Samt, die ihre Hände in die Hüften stützte und aus gotischen Fenstern sah.

Präraffaelitisch. Philip Perak hatte keinen Zweifel.

Sein Herz sang Gloria, als er die Tür aufschloss.

Im Salon las er dann die in blauer Tinte und großzügiger Schrift geschriebenen Zeilen. Er las sie zweimal.

Dann studierte er die Briefmarke, die keine englische war.

Den kleinen Text, der das Bild der Samtfrau erklärte.

Mariana. 1851 gemalt. Von John Everett Millais.

Er konnte es sich leisten, dies alles in Ruhe zu lesen.

Liebster, hatte die Saphirblaue geschrieben.

Viel zu viel zu tun. Keine Zeit. Verzeih. Ich werde bald von mir hören lassen. Perak saugte die Worte ein.

Er hatte Frieden gefunden. Für die nächsten Tage.

Leo hätte nie geglaubt, dass ihr Leben einmal von Sex bestimmt sein könnte. Sie hatte immer nur brave Liebhaber gehabt, die nie einen Grenzbereich berührten. Dass Harlan es war, der das veränderte, statt Gedichte vorzulesen, zog ihr den Boden unter den Füßen fort.

Sie schlief kaum noch. Die Spuren dieser Nächte, die sich unter ihren Augen fanden, nannte Harlan die schwarzen Schatten der Begierde. Sie faszinierten ihn. Wenn sie auf dem Berber lagen, strich er mit weichen Fingerkuppen über diese Schatten und küsste sie.

Er pries ihre Schönheit, und doch fürchtete sie, er könne anfangen, sie eines Pickels wegen zu hassen.

Leo hatte Schwierigkeiten, in ihrem alltäglichen Leben nicht aufzufallen. Einmal sank sie auf ihren Schreibtisch, um den Schlaf nachzuholen, der ihr fehlte.

Sie sagte zwei Interviews ab und eine Reise nach London.

Vera sah sie in diesen Tagen überhaupt nicht mehr.

In ihrer Wohnung tauschte sie nur noch die Wäsche aus.

Nick schien eine Erinnerung zu werden.

Hatte sie das alles gewollt, als sie zu neuen Ufern aufbrach?

Leo lebte im Loft und hatte nicht die kleinste Nische, in die sie sich hätte zurückziehen können.

Das eine und andere Kleid, das sie in den großen Schrank hängen wollte. Doch sie fand ihn verschlossen.

Als sie Harlan um den Schlüssel bat, war er harsch, als habe sie in Blaubarts verbotenem Zimmer eindringen wollen.

Liebte sie diesen Mann? Wollte sie ihn?

Leo wusste es nicht mehr. Sie hatte kaum Gelegenheit, einen klaren Gedanken zu fassen, und tat sie es, dann musste sie sich gleich wieder auf die Schönen und Reichen dieser Welt konzentrieren, ihnen Titel und Vorspanne schreiben.

Leo war nicht glücklich. Sie hätte gern mal wieder bei Anni in der Küche gesessen und Kakao getrunken.

Stattdessen trank sie grünen Tee, aß Truthahnsandwiches und exotische Früchte und erschöpfte sich im Sex.

Hatte sie nicht einmal geglaubt, die Beziehung zu Harlan stünde dafür auf einer zu hohen geistigen Ebene?

Er las ihr nur noch selten Gedichte vor. Im Augenblick habe er einen anderen Schwerpunkt, hatte er gesagt.

Leo hatte gewollt, dass er sie begehre, aber so sehr?

Sie lag auf dem Berber und stieß einen Schrei aus.

187

Hielt sich längst nicht mehr zurück.

Harlan beugte sich über sie. Sah sie mit hellen Wolfsaugen an. Prüfend. War sie zu laut? Nicht laut genug?

Leo war nie entspannt in seiner Gegenwart.

Doch die Spannung, die nun in ihr wuchs, hatte nichts mit Sex zu tun. Manchmal hatte Leo einfach Angst.

Ein Holzsplitter war gefunden worden an einer Schulter der jungen Frau aus der Süderelbe. An ihrem Körper ließ sich nicht mehr feststellen, ob sie über Dielen gezogen worden war. Das Holz des Splitters war älter als hundert Jahre.

Dem Schmelzabschliff ihrer Zähne zufolge war die Frau zwischen fünfundzwanzig und dreißig Jahre alt gewesen.

Pit und Nick hatten sie für jünger gehalten.

Noch immer vermisste sie keiner.

Es wurde darüber nachgedacht, an die Öffentlichkeit zu gehen. Ein Foto vom Gesicht zu zeigen. Die wenigen Kleidungsstücke, die ihr gelassen worden waren.

Die Tätowierungen sollten noch geheim bleiben. Aus Sorge, dass Scharen von Nachahmern ihre Anliegen in tote Körper zu schnitzen gedachten.

Der individuelle Wahnsinn schien den Menschen näher zu sein als je zuvor. Vielleicht war in anderen Zeiten eher der kollektive gepflegt worden. Psychopathen hatten im Dienst des Staates zu Mördern werden dürfen.

Heute war jeder Irre auf sich allein gestellt.

Pit wirkte resignierter denn je. An den selten gewordenen Abenden, an denen er sich an Nicks Küchentisch setzte, sprach er kaum ein Wort. Weniger, weil sein Wissen der Geheimhaltung unterlag. Es gab nichts zu sagen.

Er fand weder den Mörder der toten Frauen noch den des Holländer Michel. Pit dachte darüber nach, Privatdetektiv zu werden, um endlich Menschen in flagranti zu erwischen.

Er wollte nicht länger zu Leichen geführt werden.

Der Oktober kam und war gar nicht golden.

Auch Nick blies Trübsal.

Er hatte es aufgegeben, vor Leos Haus zu stehen, nachdem sie mit einem kleinen Koffer aus der Tür getreten war und ihn nur kühl begrüßte. Ablehnend eigentlich schon.

Vielleicht hätte er sie in seinen alten Golf gezerrt und Leo nach Hause gefahren, sie in die Küche gesperrt und ihr Kakao gekocht, hätte er gewusst, was ihr geschah.

So blieb er derjenige der beiden Liebhaber, der das Spiel verloren hatte. Er tat sich Leid.

Er wäre völlig verzweifelt gewesen, hätte es Vera nicht gegeben. Vera, die vieler Leute Halt war.

Vielleicht wusste sie, Jefs Halt zu sein. Ahnte, dass sie es bei Nick war. Doch nicht im Traum wäre sie darauf gekommen, dass Perak sich in einsamen Nächten an ihr festhielt.

Doch auch Vera schlief schlecht in diesen ersten Tagen des Oktobers. Sorgte sich um Leo, die einsilbig gewesen war, als Vera sie endlich in der Redaktion erreichte.

Kriegte ihren Nachbarn nicht aus dem Kopf, der ihr im Treppenhaus begegnet war und sie angesehen hatte, als wolle er ihr die Kleider vom Leibe reißen.

Wünschte, dass Jef seinen neuen Weg ebnete. Wünschte es wieder nicht. Sie stand gern neben dem Steinway, blinzelte Jef zu und sang. Solange der Chef in seinem Büro hinter der Bar blieb. Das tat er in letzter Zeit beinah täglich.

Jorge war wie vom Erdboden verschluckt.

Nicht, dass sie ihn vermisst hätte.

Doch es lag was in der Luft. Nichts Gutes.

Undine lag in ihrer Kühlschublade.

»Und seit Jahrhunderten bin ich geboren.

Und sterben werd ich nie.«

Keiner, der wusste, wer sie war.

Eine der schlaflosen Nächte, an denen Vera zu dem Stapel Bücher auf ihrem Nachttisch schaute und das oberste nahm.

Der kleine Gedichtband mit Gustavs Exlibris.

Else Lasker-Schüler.

Las Die Kuppel. Den Siebenten Tag. Theben. Las den alten Tibetteppich noch einmal.

Dann endlich kam die Müdigkeit. Die Augen fielen ihr schon zu, als sie anfing, Mein blaues Klavier zu lesen.

Um drei Uhr morgens las sie die ersten vier Zeilen des Gedichtes und schlief dann ein.

Als hätte etwas sie schützen wollen vor der nächsten Strophe. Oder einfach den Lauf aufhalten.

Das Buch blieb aufgeschlagen auf ihrem Bett liegen.

Später würde es herunterfallen und sich dabei schließen.

Jorges Leiche hatte den gleichen Schnitt in der Kehle, wie er am Hals des Holländer Michel gefunden worden war.

Doch anders als der lag Jorge nicht prominent und leicht zu finden vor dem Kaispeicher herum.

Er war auch längst nicht mehr so frisch, wie es der Holländer Michel gewesen war, als Pit sich damals zum ersten Mal über ihn gebeugt hatte. Jorge lag schon zwei Wochen.

Er lag irgendwo in der weiten Pampa des Freihafens, dort, wo das Gras schnell wuchs und sich keiner kümmerte.

Vielleicht wäre er noch lange nicht gefunden worden, hätten die beiden Polizisten, die im Streifenwagen durchs Gelände fuhren, nicht den Schwarm Möwen bemerkt.

Pit hatte es satt. So endlos satt. Er wandte sich ab und ging in die Pampa hinein und ließ sein Frühstück in ihr.

Keine Fotos von diesem jungen Mann, die zu veröffentlichen gewesen wären. Doch sie fanden auch so heraus, wer er war. Brauchten ihm nur in die Tasche zu greifen.

Man legte keinen großen Wert darauf im Milieu, die Namen seiner Opfer geheim zu halten. Darauf zu hoffen, dass eine Identifizierung schwer werden würde.

Ganz im Gegenteil. Man schätzte es, wenn bald bekannt wurde, wer da abgestraft worden war.

Als Warnung für alle anderen.

Jef hatte keine Ahnung, ob er noch zu denen gehörte, die gewarnt werden sollten. Es war so ruhig gewesen.

Trügerisch ruhig. Er hatte schon darüber nachgedacht, noch eine Weile in der Bongo-Bar zu bleiben.

Doch als er die Zeitung aufschlug und Jorge auf einem Foto erkannte, das wohl einmal bei einer erkennungsdienstlichen Behandlung entstanden war, wurde ihm schlecht.

Obwohl ihm doch die Bilder von der Leiche erspart blieben.

Der erste Gedanke war, es Vera zu verschweigen.

Zu hoffen, dass es diesmal an ihr vorüberging.

Doch das war nicht gut. Er wusste es.

Jef griff zum Telefon, um es Vera zu sagen.

Vielleicht sollte sie besser schon heute Abend nicht mehr in der Bongo-Bar singen.

War das ihr Abschiedskonzert? Vera wandte den Kopf und blickte zu dem Besitzer der Bar, der hinter der Theke stand und sie beobachtete. Oder vielleicht nur zusah. Zuhörte.

Hatte er ihr nicht öfter gesagt, wie sehr er sie als Sängerin schätzte? Ihr Verträge angeboten?

Es war schon länger her, dass er da gestanden hatte und ihr zusah. Zuhörte. Warum machte es sie heute so nervös?

»O my man I love him so. He'll never know«, sang Vera und sah zu Jef, der alles wusste. Viel zu viel wusste.

»All my life is just despair, but I don't care. When he takes me in his arms, the world is bright. All right.«

War es richtig, dass sie hier stand und sang, während draußen Menschen so gewaltsam gestorben waren?

Auch Jorge, das Gangsterchen.

Vielleicht hatte der, der da hinter der Theke stand und ihr zuhörte, den Mord an Jorge zu verantworten.

Vielleicht hatte er jetzt Jef im Auge.

»What's the difference, if I say I'll go away, when I know I'll come back on my knees some day.«

Vera strich ihr Kleid glatt, als sei es zerknautscht worden.

Würde sie für Jef auf die Knie gehen?

»For whatever my man is, I'm his for ever more.«

Ja, dachte Vera, okay, ich stimme zu.

Gustav fiel ihr ein. Ihr Vater.

Hatte je eine Frau ihn so geliebt? Außer seiner Tochter?

Wenn es noch eine Frau getan hatte, dann war es Anni.

Doch Gustav Lichte hatte ein unglückseliges Faible für Soubretten gehabt. Frauen, die ein Glanz waren.

Es zu sein schienen. Nelly. Nelly und Edouard.

Sieben tote Frauen. Sie stand hier und sang und dachte an sieben tote Frauen, denen MONDFRAU in die Hälse geritzt worden war. Alle hatten ein Leben gewollt.

Warum hatte Jef sie niemals angesprochen auf die toten Frauen, von denen sie ihm erzählt hatte? Damals.

War es wirklich so sehr an ihm vorbeigegangen?

Hatte die Angst vor dieser Mafia ihn so besetzt gehalten?

»I wish you bluebirds in the spring. To give your heart a song to sing. And then a kiss but more than this. I wish you love.«

Wie viele Lieder hatte sie gesungen?

Wie viele Liebeserklärungen an Jef gegeben?

»I wish you shelter from the storm. A cosy fire to keep you warm. But most of all when snowflakes fall I wish you love.«

Klang das nicht wie ein Abschiedsgeschenk?

Hielten diese Lieder die ewige Liebe überhaupt für möglich?

Wo war Leo? Hörte sie Gedichten zu, die auch nur den Schmerz besangen? Verdammte Kunst, dachte Vera.

Wo blieb das Leichte? Das Heitere?

Sie sah Jef an, dem die dunklen Locken in die Stirn fielen.

Wie kam sie dazu, einen so hübschen Mann zu lieben?

War das nicht Verrat an Gustav?

»The falling leaves. Drift by the wind off.«

Draußen war Oktober, und die Blätter fielen.

Der Monat, in dem sie Jefs Frau werden würde.

»When autumn leaves start to fall«, sang Vera.

Es war das letzte Lied, das sie in der Bongo-Bar singen würde. Sie wusste es nur noch nicht.

Was konnte er ihr geben? Wenig war übrig geblieben.

Philip Perak hob den Deckel der kalbsledernen Schatulle und
blickte auf den zu großen Ring mit dem schwarzen Onyx und
der silbernen Fatimahand, von der er nicht wusste, woher sie
wohl stammte. Seine Mutter war keine Andenkensammlerin
gewesen, und nie waren sie nach Arabien gekommen.

War es zu profan, bares Geld auszulegen?

Wenn er eines fürchtete, dann war es, Gloria zu verärgern.
Würde sie nicht glauben, dass er sie für eine Hure hielte, wenn
er ihr die Scheine hinlegte? Sollte er lieber zum Juwelier gehen, bevor sie käme? Perak litt an all diesen Fragen.

Sie hatte sich angekündigt. Endlich hatte sie das getan.

Er war gerade dabei gewesen, die Gebrauchsanweisung des
schnurlosen Telefons zu lesen, als das alte Gerät auf seinem
Schreibtisch klingelte. Wunderbare wohl temperierte Stimme.

Wie unendlich hatte er sie vermisst.

Perak kramte in dem Mooreichenschreibtisch herum, dessen
eine Tür einen kleinen Kratzer aufwies. Da, wo er ein Werkzeug angesetzt hatte, um ihn zu zerlegen. Vorläufig war er von
dem Projekt abgekommen.

Er fand eine Zigarettendose. Aus schwerem Gold.

Ein Monogramm darin, das ihm unbekannt war.

Weder seine Mutter noch er hatten je geraucht.

Ein verschlungenes G als ersten Buchstaben.

Vielleicht ein Zeichen von einer höheren Macht. Gloria.

Der Saphirblauen würde das sicher gefallen.

Warum verheimlichte sie ihm so viel? Nicht einmal ihren
Nachnamen gab sie preis. Wenn er mit einem P anfinge.

Philip Perak sah auf die goldene Dose.

Hatte sie seinem geheimnisvollen Vater gehört?

Ola Perak hätte nie etwas anderes geboren als ein eheliches

Kind. Davon war er überzeugt. Doch er erinnerte sich nicht, je seine Geburtsurkunde gesehen zu haben.

Perak lachte. Wenn er vor den großen Spiegel in der Diele träte, wäre er wahrscheinlich darin gar nicht vorhanden.

Ein Vampir. Eine Illusion. Graf Dracula.

Könnte er Gloria damit entzücken? Doch vielleicht sollte er es ganz schlicht inszenieren dieses Mal.

Nur die goldene Zigarettendose hinlegen und sich selbst.

Vielleicht in einem blauen losen Gewand?

Philip Perak dachte an die Betörung des Merlin.

Woher sollte er dieses blaue lose Gewand in der Eile bekommen? Bis morgen Abend. Täte es nicht eine große Stoffbahn? Brokat vielleicht. Brokat war präraffaelitisch.

Er dachte einen Moment lang daran, seinen Schneider anzurufen. Doch es war ihm peinlich.

Vielleicht hielte ihn der noch für schwul.

Dabei sollte dies eine Vorführung für die schönste der Frauen sein. Und Philip Perak war ihr Verführer.

Er ging in den Halbschatten seines begehbaren Schrankes und suchte nach einem Kleidungsstück, doch nichts schien ihm passend. Zu sehr hatte sich seine Phantasie schon an einer präraffaelitischen Gestalt festgemacht.

Nichts anderes blieb ihm, als diesen besonderen Laden aufzusuchen, der auf der oberen Etage einer alten Villa Stoffe anbot, die aus Mondsilber und Sternenglanz gewebt schienen. Vielleicht war man dort auch bereit, den Stoff zu säumen oder sogar eine Toga daraus zu nähen.

Das alles bis morgen. Schließlich würde er ein Vermögen lassen müssen für ein paar Bahnen Stoff.

Perak wollte gerade das halbe Zimmer verlassen, als etwas vor seinen Füßen blinkte. Er bückte sich und hob einen Knopf auf. Einen goldenen Knopf, der die Laokoon-Gruppe zeigte. Hatte er nicht einen solchen vor längerer Zeit im Kaminzimmer des Vierjahreszeiten verloren?

Den Blazer hatte er seitdem nicht getragen.

Philip Perak sah auf den Knopf in seiner Hand.

Er konnte nicht anders, als darin ein Zeichen zu sehen.

Ein gutes Zeichen. Obwohl es doch für Laokoon und seine Söhne nicht gut ausgegangen war.

Nick hätte nur über den Gang gehen müssen, um vor Leos Tür zu stehen. In ihr Büro zu treten. Doch er tat es nicht.

Er stand vor der Bildredaktion und hielt die Tüte mit den Filmen in der Hand und noch zögerte er, hineinzugehen.

Als hoffe er, dass Leo ganz zufällig käme.

Schließlich öffnete er die Tür zu dem großen lauten Raum, dessen Redakteure für die Fotografen zuständig waren.

Eine kleine Auftragsarbeit, die er da abgab.

Ein Produzent aus Hollywood, der eine Pressekonferenz im Hotel Atlantic gegeben hatte. Nick hasste es, in einem Pulk von Kollegen zu stehen, die ihre Filme in Hektik verschossen, um aus einem dicklichen Mann in schwarzem Design einen Glanz im Blitzlichtgewitter werden zu lassen.

Nick konnte es sich längst nicht mehr aussuchen.

Er fühlte sich niedergeschlagen, als er zu seinem Auto ging.

Zweimal musste er den Zündschlüssel drehen, bevor der alte Golf ansprang. Dabei hatte Nick das letzte Geld in Benzin angelegt. Wenigstens mobil musste er bleiben.

Auf dem Sprung sein, um Produzenten abzulichten oder Leo beizustehen. Hatte er nicht letzte Nacht geträumt, eine Schlange zu köpfen, um Leo zu befreien?

Warum ausgerechnet eine Schlange? Warum keinen Wolf?

Nick steckte seinen Chip in den Automaten und die Schranke ging hoch und ließ ihn auf der Hafenseite hinaus.

Nick bog zum Baumwall ab und blieb an der Ampel stehen.

Er schob eine Kassette in den Rekorder, doch sie sprang wieder zurück. Alles fing an kaputtzugehen.

Er fuhr gerade an, als er Leo sah. Leo, die in ein großes Kontorhaus hineinging. Nick hielt jäh.

Hinter ihm quietschten Bremsen. Quäkten Hupen. Leo war

längst hinter der mächtigen Eichentür verschwunden. Hatte dieser Harlan dort sein Büro? Was war er? Nick konnte ihn sich schlecht als Schiffsmakler vorstellen, so wie Vera ihn beschrieben hatte. Kaufmann vielleicht. Importeur von luxuriösen Limousinen. Der Golf stotterte, als Nick dem berechtigten Gehupe nachgab und aufs Gas trat.

Da verschwand Leo in anderer Leute Häuser, als habe sie gar nichts mehr mit ihm zu tun.

Nick seufzte. Aus ihm war ein Mann geworden, der die Wirklichkeit zu verdrängen versuchte. Was hatte sie denn noch mit ihm zu tun? Wann war Leo ihm das letzte Mal nah gewesen? Er erinnerte sich kaum mehr.

Als sich an einer Straßenkreuzung die Wege zu Vera und seiner eigenen Wohnung trennten, entschied er sich, zu ihr zu fahren. Veras Trost und Annis Essen. Vielleicht half es.

Nick hatte gerade eingeparkt, als sein Handy klingelte.

Nicht die Bildredaktion, die er vermutete. Pit war am Apparat. Nick hörte zu und sah noch aus dem Autofenster, als das Gespräch schon längst beendet war.

Er zögerte, auszusteigen und oben bei Vera miese Laune zu verbreiten. Der Magen war ihm ohnehin zugeschnürt.

War es das erste Mal, dass Pit ihm von Angehörigen erzählte, die vor der Kühlschublade zusammenbrachen?

Nick erinnerte sich nicht, vorher davon gehört zu haben.

Der Mann aus Georgien war so tapfer gewesen. Verzweifelt tapfer. Wenn er auch vermutlich längst zerbrochen war. Zu Hause in Tiflis.

O ja. Sie waren Nick nahe gegangen, die toten Frauen.

Ihre Gesichter. Ihre Hälse, die jede von ihnen für eine absurde Verkündigung hatte hergeben müssen.

Nick hatte geträumt von ihnen und sie betrauert.

Gehofft, dazu beitragen zu können, diesen Lauf eines Irren aufzuhalten. Doch er hatte viel zu wenig nachgedacht über die Familien, die sie zurückgelassen hatten.

Undine war zweiundzwanzig Jahre alt gewesen. Sie hinterließ eine Großmutter und einen Jungen von sechs Jahren.

Dass sie so jung gewesen war, viel jünger, als der Pathologe es nach ihren Zähnen schätzte, hatte Pit und seine Kollegen zögern lassen, sie mit einer Vermisstenanzeige von der Insel Sylt in Verbindung zu bringen. Doch die kleine alte Frau, die nach Hamburg gekommen war, ließ keinen Zweifel daran, dass Undine ihre Enkelin sei. Mutter eines Sohnes.

Den sie viel zu früh bekommen hatte. Vielleicht war das der Grund, der Undine davon hatte träumen lassen, sich über ihren Alltag zu erheben und ein Glanz zu sein.

Nicht nur mit Großmutter und Kind von kargem Geld zu leben, sondern auf der Bühne zu stehen.

Eine alte Schauspielerin, die ihre Sommer auf der Insel verbrachte, hatte ihr ersten Unterricht gegeben.

Und dann war Undine aufgebrochen, ein Engagement zu finden. Durchs ganze Land hatte sie fahren und erst nach Hause kommen wollen, wenn sie eines gefunden hatte.

Zu lange war auf ein Lebenszeichen von ihr gewartet worden. Die Vermisstenanzeige war erst vorgestern eingegangen.

Pit schenkte dem Jungen, der im Sekretariat gewartet hatte, ein Überraschungsei, das auf dem Schreibtisch lag.

Er wusste nicht, woher es kam.

Der Junge freute sich. Was mochte die alte Frau ihm erzählt haben? Wohl nicht, dass seine Mutter in diesem großen, oft düster wirkenden Komplex des Universitätskrankenhauses in einer Kühlschublade lag.

Warum ging es Pit diesmal besonders nahe? So nahe, dass er seinen Kumpel Nick anrief, um sich auszuweinen?

Er eignete sich nicht mehr zum Kriminalhauptkommissar.

Einer alten Frau, die vor ihrer toten Enkelin zusammenbrach, wollte er nicht länger hilflos gegenüberstehen.

Um dann auf das nächste Opfer zu warten.

Die Saphirblaue hatte einen Händler für Schmuckstücke.

Nicht in London, sondern in Billstedt, einem wenig reizvollen Viertel der Stadt. Er arbeitete diskret und machte ihr gute Preise. Nie hatte sie sich ausweisen müssen.

Die Saphirblaue ahnte, dass auch er ihr verfallen war. Diskret verfallen. Ein Lächeln, eine Geste von ihr genügten, um ihn in ihrem Sinne tätig werden zu lassen. Ein Zubrot, das sie sich da verdiente, um ihr aufwändiges Leben zu finanzieren.

Es überraschte sie immer wieder, wie sehr Männer bereit waren, Juwelen zu schenken, nur um ein wenig verwöhnt zu werden. Wie brach mussten sie alle liegen.

Dass allerdings einer wie ein Osterhase Schätze versteckte, hatte sie noch nicht erlebt in dem einen Jahr, in dem sie sich dieser Camouflage bediente und zur Kunsthändlerin wurde, die Männer betörte.

Philip Perak war wirklich ein eigener Fall. Viel jünger als die anderen Herrn und viel verrückter. Sicher gefiel es ihm, wenn man seinen ahnungslosen Penis streichelte, doch vor allem wollte er inszenieren. Er hätte zum Theater gehen sollen.

Die Saphirblaue lächelte in den Spiegel hinein.

Das Kleid, das sie für diesen Abend ausgesucht hatte, lag eng auf dem Körper, eine einzige Aufforderung, auch wenn es hochgeschlossen war. Hatte sie diesem Verrückten nicht versprochen, sich das nächste Mal auszuziehen?

Es käme darauf an. Ob er ihr heute auf die Nerven ging. Ob noch Schmuckstücke vorhanden waren. Ob sie Lust hatte, alles in einer großen Show enden zu lassen.

Oder ob sie das Spiel fortführte. Ihr gefiel sein Hang zur Perfektion. Das Präsentative, das er an sich hatte.

Die Saphirblaue steckte ein paar Pülverchen ein. Nur beim ersten Besuch hatte sie eines gebraucht, als er die dummen Finger unter ihren Rock gleiten lassen wollte.

Vermutlich stellte er sich so eine Verführungsszene vor.

Die Saphirblaue lachte und schlüpfte in die hochhackigen Satinschuhe hinein, die den saphirblauen Ton ihres Kleides und den ihrer Augen hatte. Sie stand vor dem Spiegel und sah sich in die blauen Augen und blinkte dabei.

Wie perfekt sie ihre Rolle beherrschte. Gloria.

Nur einmal war sie herausgefallen.

Ihr Gesicht wurde ernst.

Dies war ein Problem und die Lösung nicht angenehm.

Sie stöckelte zur Tür und wäre fast mit einem hohen Absatz in einer Spalte der alten Dielen hängen geblieben, so sehr war sie durch ihre Gedanken abgelenkt.

Erst auf dem Parkplatz fing sie sich wieder, als sie auf den Aston Martin zuging. Ein Abend mit Philip Perak.

Die Saphirblaue war gespannt, wie er ausgehen würde.

Leo hatte sich diesen Abend schon vor Tagen erbeten.

Sie wollte Atem schöpfen. Ihren Körper pflegen.

Harlan zeigte Verständnis, er liebte das Perfekte an ihr.

Leo hatte beinah geweint vor Dankbarkeit, dass Harlan ihr den Abend ließ. So weit war es gekommen mit ihr.

Wenn sie daran dachte, wie oft sie Nick versetzt hatte, ohne sich groß darum zu scheren, dann war es eine Ironie des Schicksals, dass sie diesen Meister gefunden hatte.

Leo lag im blauen Wasser eines Algenbades und dachte daran, Vera anzurufen. Doch sie verwarf es wieder.

Keine Vorwürfe. Keine Inquisition.

Sie wusste selber, dass sie eine Abtrünnige war.

Wenn sie es auch nicht bleiben wollte.

Leo hatte sich eine Frist gesetzt für die Zeit mit Harlan.

Er forderte eine Ausschließlichkeit, die ihr den Atem nahm.

Und doch hatte sie Angst davor, ohne ihn zu sein.

Leo lackierte die Nägel an Händen und Füßen in einem tiefdunklen Rot und konnte kaum das nervöse Zittern unterdrücken, als sie daran dachte, dass es Harlan wenig gefallen würde, wenn ihre Nägel nicht vollkommen waren. Sie ließ den Lack lange trocknen, ölte ihren Körper ein und zog einen dicken Schlafanzug an.

Um zehn legte sie sich ins Bett.

Das war die Zeit, zu der Harlan unruhig wurde. Erst dann begann der Abend für ihn, und sie musste mit ihm um die Häuser ziehen und Lesungen hören und an Happenings teilnehmen und kleine schwarze Filme ansehen.

Er war ein Nachtmensch, und wenn sie einschlief nach endlosem Sex, dann ging er auch ohne sie davon.

Leo hatte sich daran gewöhnt. Sie erschrak nicht mehr, allein im großen Loft zu sein. Mit ein paar edlen Möbeln und einem hohen Regal voller Gedichtbände und einem verschlossenen Schrank.

Eines Nachts hatte sie geträumt, dass sich die Türen öffneten und ein anderer Harlan aus dem Schrank käme.

Ein kleinerer, kindlich und hilflos.

Der auf ihren Schoß kroch und sich an sie klammerte.

Leo stand noch einmal auf, um in die Küche zu gehen und ein Glas Leberwurst zu öffnen, das ihr Vater geschickt hatte.

Sie suchte nach Brot. Doch sie hatte nicht eingekauft.

Leo holte einen Löffel aus der Schublade und kehrte ins Bett zurück. Aß das halbe Glas leer. Ihr wurde nicht mal schlecht.

Sie nahm das Buch, das auf ihrem Nachttisch bereit lag.

Eine Biographie von Oprah Wimprey. Das war ihre Welt.

Morgen Abend würde sie wieder eine andere sein.

Harlans Lustobjekt. Harlans Schöne. War sie ihm hörig?

Sie hatte eine Grenze überschreiten wollen.

Das war ihr gelungen.

Philip Perak sah nicht aus wie Merlin, der zu Betörende.

Der nachtblaue Brokat mit den Silberfäden, der zur Toga genäht worden war, machte aus ihm eher eine Gestalt aus einer Märchenvorstellung. Der große Muck vielleicht.

Die nackte Haut, die durch den Brokat blitzte, wirkte nicht verführerisch, sondern blass und ältlich.

Perak litt an dem Bild, das er im großen Spiegel sah, doch er war nicht fähig, sich dieses mühsam beschaffte Gewand vom Körper zu reißen und gegen einen Anzug zu tauschen.

Nicht nur seiner optischen Erscheinung, die ihn deprimierte, auch der übrigen Inszenierung fehlte die Perfektion.

Zu sehr hatte er sich mit dieser äußeren Hülle beschäftigt, als dass er Zeit gefunden hätte, Vorbereitungen zu treffen. Gut. Der Dom Perignon stand in den Kühlern bereit, doch die Entenleberterrine mit den schwarzen Trüffeln, die er für teures Geld gekauft hatte, schmeckte wie Leberwurst.

Er hatte es eben festgestellt, als er zwei erste Portionen vorbereiten und bereitstellen wollte und ein Häppchen in den Mund steckte. Nichts anderes konnte er anbieten.

Die Entenleber hatte er im letzten Moment angeschafft, die Türen des Traiteurs wurden schon geschlossen.

Noch ein Toastbrot und zwei Kilo Trauben, dann hatte er wieder auf der Straße gestanden.

Perak konnte sich kaum vorstellen, dass Gloria gerne Leberwurst aß. Es war so plebejisch.

Er war gerade dabei zu verzweifeln, als es klingelte.

Ein kurzer letzter Blick in den Spiegel. Zu spät.

Der Aufzug kam schon die Stockwerke hoch.

Er hätte sich höchstens einen Mantel überwerfen können.

Doch da stand schon Gloria vor ihm.

Er las es in ihren Augen, wie misslungen sie ihn fand.

Champagner. Wenn sie nur schnell genug tranken, vergaß sie vielleicht seine Lächerlichkeit.

Er schenkte hastig ein und hustete nach dem ersten Schluck und schielte nach der Zigarettendose aus schwerem Gold, die halb verdeckt von Schumanns Kinderszenen auf dem Bösendorfer lag. Wie kamen die dahin? Hatte er die Noten hervorgeholt? Aus dem verdammten Mooreichenschrank? Gloria musste ihn für einen Analphabeten halten.

Ihre Augen blickten kühl. Kühl wie kalte Seen. Doch welche kalten Seen waren von einer solch göttlichen Bläue? Das gelang nur südlichen Meeren.

Nur er trank gnadenlos. In der Hoffnung, locker zu werden. Den Abend zu retten. Wie viele Nächte in seinem Leben hatte er sich nach einer Frau gesehnt, die wie Gloria war.

Irgendwann bat er sie, sich auszuziehen, um sich gleich darauf die Zunge abbeißen zu wollen ob der unverschämten Bitte, die er da ausgesprochen hatte.

Doch Gloria lächelte. Zu seiner Verwunderung lächelte sie.

Lud ihn ein, am Reißverschluss des saphirblauen Kleides zu ziehen. Flüchtig dachte er an die dralle Dame, deren Haut er in die Zähne eines solchen Teils gezogen hatte.

Doch Gloria war schlank, die Hüften schmal.

Er öffnete ihren an Spitzen reichen BH, ohne um Erlaubnis zu fragen. Fast erwartete er, dass sie sich umdrehte und ihm eine Ohrfeige gab. Doch sie blieb still stehen. Der BH fiel zu Boden und lag dort wie ein Objekt.

Philip Perak blickte nur kurz darauf. Irgendwas irritierte ihn. Doch sofort widmete er sich wieder dem blauen Kleid. Wollte sich nicht ablenken lassen von den eigenwilligen Kreationen der Dessoushersteller. Hatte Angst, dass sich Gloria anders besinnen, ihn verlassen und nicht wiederkehren würde.

Das Kleid glitt hinab. Er sah ihren kleinen festen Po in einem Slip, der von der gleichen reichen Spitze war wie der BH.

Zog an dem Slip. Endlich nackt.

Langsam drehte sie sich um. Sah ihn aus ihren saphirblauen Augen an. Hielt seinen Blick fest. Er traute sich erst nach langen Sekunden, ihren Körper zu betrachten.

Perak schrie. Er schrie so laut, wie er es nie zuvor getan hatte. Dann ging sein Schrei in Schluchzen über.

Ihr schönes Gesicht. Die herrlichen Augen. Die seidenen Locken, die ihr weich über die Schultern fielen.

Die flache glatte Brust.

Die dunkle Scham, aus der ein Penis kam.

Philip Perak stolperte über den nachtblauen Brokat, als er in sein Schlafzimmer lief, um die Tür hinter sich abzuschließen.

Stunden vergingen, ehe er sich hinaustraute.

Alle Lichter waren an. Der Salon war leer.

Nur die Zigarettendose aus schwerem Gold fehlte.

Es war zwei Uhr nachts, als er von Weinkrämpfen geschüttelt wurde. Bis er dann endlich erschöpft einschlief.

Vera glaubte, von Höllenhunden zu träumen, doch als sie wach wurde, wusste sie, dass es wieder Perak war.

Sie hielt sich für einen toleranten Menschen. Hatte sich gescheut, ihn anzuschwärzen. Gar zu vertreiben.

Doch das hielt sie nicht länger aus.

Hörte ihn denn sonst keiner? Lebten in diesem Haus nur Menschen, die taub waren oder denen es gelang, nichts zu hören? Diese Kunst, sich nicht einzumischen.

Wegzugucken. Wegzuhören.

In einigen Stunden würde sie ihr Hochzeitskleid aussuchen und sie wollte dabei nicht aussehen wie eine Hundertjährige.

Eine Hundertjährige, die neben Graf Dracula lebte.

Sie sehnte sich nach Jef. Danach, dass es nicht länger Nächte ohne ihn gab. Dass die Zeiten der Bongo-Bar vorbei waren.

Vera suchte keine Grenzen, wie Leo es tat.

Sie wollte ein friedliches Leben. Mann und Kind.

Nachbarn, die nicht am Abgrund des Wahnsinns standen.

Philip Perak musste weichen. Sie hatte die älteren Rechte. War im Wintergarten dieser Wohnung gezeugt worden.

Bei Erdbeeren und Champagner. Es hatte auch gute Zeiten gegeben bei Gustav und Nelly.

Vera sah den Stapel Bücher auf ihrem Nachttisch an.

Es ließ sich nicht leugnen, dass sie leider hellwach war.

Nein. Keine Gedichte.

Sie griff zu Romain Gary, um aus seinem Leben zu lesen.

Es war Zeit, sich in Französisch zu üben, wo Edouard in die Familie gekommen war.

Vera wollte eine Familie. Eine große Familie, die um den Küchentisch saß. Es hatte ihr gefehlt in all den Jahren.

Anni würde es auch gefallen.

Nick sah auf die lackierten Tüten teurer Läden, die sich auf dem Säufersofa sammelten. Hatte Vera nicht von einem einzigen Kleid gesprochen, das er sich ansehen sollte?

Er kannte keine andere Frau, die so im Luxus schwelgen konnte, wie Vera es gelegentlich tat.

Nicht nur, weil sie das nötige Geld hatte, sondern auch die Leidenschaft. Ihm fehlte beides völlig.

Und doch glaubte er, dass Vera von einem Tag auf den anderen auf all das verzichten könnte. Nick kannte keinen anderen Menschen, der souverän war wie sie.

Gustav Lichte hatte in den zwanzig Jahren, die er mit seinem einzigen Kind erleben durfte, Großes geleistet, indem er ihr festen Boden unter die Füße gelegt, Selbstvertrauen gegeben und ihr Anni an die Seite gestellt hatte.

»Geh mal nach hinten«, sagte Anni, »vielleicht kannst du ihr den Reißverschluss hochziehen. Ich hab die Hände fettig.«

Nick löste den Blick von den Tüten.

Das Kleid war also schon längst ausgepackt.

Anni stand in der Küchentür und hielt die Hände vor sich, als sollten sie eingegipst werden. »Teig für den Zwiebelkuchen«, sagte sie, »ist noch nicht zu Ende geknetet.«

Vera hatte den Reißverschluss schon geschafft. Ihm blieb nur, staunend da zu stehen und um Atem zu ringen.

Das Kleid sah aus wie weiße Borkenschokolade und lag auf Veras Körper, als habe sie ein Schokoladenbad genommen.

Anders ließ sich kaum erklären, dass es so eng war.

»Dem Standesbeamten werden die Worte fehlen.«

»Du sollst das Kleid kommentieren, nicht er.«

»Es ist überwältigend«, sagte Nick, »und du bist die schönste Frau aller Zeiten. Jef ist ein Glückskind.«

Ahnte sie, dass dies hier schmerzlich für ihn war?

»Nicht zu eng?«

Nick grinste. »Nicht nennenswert«, sagte er.

»Gut«, sagte Vera, »dann zieh mal den Reißverschluss auf.«

Nick zog und ahnte nicht, wie verzweifelt dieser schlichte Vorgang den Mann gemacht hatte, der nebenan wohnte.

»Was ist in den Tüten, die noch auf dem Sofa stehen?«

Er versuchte, den knappen Body nicht so genau zu betrachten, den Vera als Unterwäsche trug.

»Schuhe. Strümpfe. Ein Hemd für dich. Eines für Jef.«

»Ich habe Hemden«, sagte Nick.

»Nicht so ein hübsches.«

Vera zog die Jeans an, die auf ihrem Bett lag, und einen großen Pullover. »Ich habe die Schlagzeilen von ein paar Zeitungen gesehen, als ich einkaufen war«, sagte sie.

»Ja«, sagte Nick, »die siebte Tote ist identifiziert.«

»Scheint eine sehr traurige Geschichte zu sein.«

»Sind sie doch alle.« Nick knurrte. »Nur diesmal bleibt ein kleiner Junge zurück.«

»Von den Tätowierungen haben sie nichts gesagt?«

»Nein. Vermutlich veröffentlichen sie die erstmalig in einer Jubiläumsschrift zu Ehren der Hamburger Kriminalpolizei.«

Er war bitter. Wenn er auch wusste, wie sehr Pit litt.

»Hast du gelegentlich Albträume?«

»Natürlich«, sagte Nick. Er dachte an die geköpfte Schlange.

Vera nickte. »Können du und ich etwas tun?«, fragte sie.

»Die Mondfrau finden.«

»Denkt die Kripo immer noch, dass es eine Frau ist?«

»Mehr denn je.«

»Ich habe geträumt, dass du zu einem Fundort kommst, und es ist Leo, die da liegt.«

»O Gott«, sagte Nick. »Denkst du dann an Harlan?«

»Nein«, sagte Vera, »das widerspräche allen Theorien.«

»Traust du es ihm zu?«

Vera schüttelte den Kopf. »Gewalt passt nicht zu ihm. Seelische vielleicht. Die scheint er auf Leo auszuüben.«

Sie trat in den Flur und schnupperte. »Zwiebelkuchen«, sagte sie, »du bleibst doch zum Abendessen?«

Es war ein Tag der schnellen Themenwechsel.

Leo sah auf die Taschenuhr, die auf dem Stehpult lag. Halb vier schon. Harlan musste seit Stunden unterwegs sein.

Er hatte Gedichte vorgelesen, und sie war auf dem Teppich liegend eingeschlafen. Das erste Mal, dass er sich nach einem Orgasmus zufrieden gegeben hatte.

Hatte sie seinen Vortrag durch Schläfrigkeit unterbrochen oder auch das Letzte der Gedichte zu Ende gehört?

Leo erinnerte sich, dass er das Gedicht als ein bedeutendes hervorgehoben hatte. Vermutlich hatte sie ihn verärgert, und er strafte sie nun mit einer langen Abwesenheit.

Wo war ein Mensch um halb vier Uhr morgens?

In einer Bar? In einem Bordell?

Leo trat an das große Fenster und blickte auf die Lichter des Hafens, von denen die wenigsten erloschen waren.

Ich beweine die blaue Tote.

War das nicht eine Zeile des Gedichtes?

Sie drehte sich um. Das Loft lag im Dunkeln. Nur ein kleines Licht brannte in der Nähe des großen Schrankes.

Der sie magisch anzog. Leo ging hin, obwohl sie wusste, dass sie ihn verschlossen vorfinden würde.

Die schweren Türen schienen auf den Rahmen geklebt zu sein. Nicht mal rütteln ließ sich an ihnen.

Leo wollte sich abwenden, als ihre Zehen mit den tiefrot lackierten Nägeln an etwas stießen, das unter den Schrank geschoben worden war. Sie bückte sich.

Nach einem langen schmalen Teil. In Packpapier gewickelt. Lose. Ohne Klebeband. Ohne Schnur.

Vielleicht trieb sie das an, das Päckchen auszuwickeln.

Doch sie war enttäuscht.

Ein Gegenstand lag vor ihr, den sie im ersten Augenblick für eine elektrische Zahnbürste hielt. Nur, dass sich am vorderen Teil eine lange Nadel befand. Leo wickelte ihn wieder ein.

Sorgfältig. Strich das Papier glatt, um keine Spur zu hinterlassen.

Harlan durfte nicht ahnen, dass sie herumschnüffelte.

Vielleicht sollte sie nach Hause gehen, statt hier auszuharren.

Leo setzte sich auf das Sofa.

Von irgendwo schlug es vier.

Sie war unruhig. Stand auf. Blätterte die Bücher durch im hohen Regal. Keines der Gedichte hatte eine blaue Tote.

Eine Fotografie lag in einem Band. Älter schon.

Zwei kleine Mädchen.

Harlans Schwestern vielleicht.

Was wusste sie von ihm? Nichts wusste sie.

Eine jähe Müdigkeit überfiel sie.

Leo legte sich auf das Ledersofa. Nahm das Plaid aus Mohair. Sie hatte keine Energie mehr, nach Hause zu gehen.

Ihn zu fragen. Wer die kleinen Mädchen waren.

Kein Herumschnüffeln, ein Buch aufzuschlagen.

Das war das Letzte, das Leo dachte, bevor sie einschlief.

Harlan lenkte die Rover Limousine über den leeren Deich. Leicht ließ sie sich durch die Vierlande lenken. Ein großes Auto, das behände war. Harlan liebte englische Autos.

Leo war eingeschlafen, als er das Gedicht vorgelesen hatte.

Was würde er tun mit ihr? Leo hatte die Oberflächlichkeit an sich kleben wie die Schalen eines Vogeleis, aus dem zu schlüpfen ihr nicht vollständig gelang.

Doch sie war schön. Schön, wie seine Schwester gewesen war. Harlan griff neben sich und zog eine Zigarette aus der Schachtel, steckte sie zwischen die Lippen, zündete sie an.

»I walk along the streets of sorrow«, sang Marianne Faithful.

Er hatte Fehler gemacht. Viele Fehler.

Einer davon war, Leo angesprochen zu haben, als sie auf dem Parkplatz stand. Völlig vergessend, dass er im Kostüm war und auf dem Weg zum Aston Martin.

Er hatte Glück gehabt. Immer wieder Glück.

Dass sich Leo nicht erinnerte. Der Äther hatte zu schnell gewirkt. »The boulevard of broken dreams«, sang Marianne.

Harlan lenkte die Limousine stadteinwärts.

Was würde er tun? Die Gedichtzeile vollenden?

Elf Buchstaben.

»But gigolo and gigolette still sing a song and dance along the boulevard of broken dreams.«

Seine schöne Schwester. Wo war sie geblieben?

Er und sie waren zwei reizende kleine Mädchen gewesen.

Harlan lächelte. Wie gern hatten sie die anderen getäuscht.

Als ob sie Zwillinge seien. Lotte und Luise.

Die Zeile vollenden?

Harlan dachte an Leos schmalen langen Hals.

Halb fünf, als er die Rover Limousine unter die Brücke der Hochbahn stellte. Er hörte die Glocke schlagen.

Harlan wollte nach seiner Taschenuhr greifen. Doch es fiel ihm ein, dass er sie auf das Stehpult gelegt hatte.

Vielleicht war Leo gar nicht mehr da.

Kein verrückter Nachbar, der sie in dieser Nacht weckte.

Nur ihre Leber. Nick und sie hatten viel zu viel getrunken.

Ein Edelzwicker zum Zwiebelkuchen. Klassisch. Harmlos.

Doch dann hatte Anni die elsässischen Schnäpse auf den Küchentisch gestellt. Vera stöhnte.

Kaum war Perak mal still, zwickte die Leber.

Sie hatten schrecklich übertrieben gestern Abend.

Vera griff seufzend zu Romain Gary, der es auch nicht leicht gehabt hatte. Doch sie konnte sich kaum konzentrieren.

Wie es Nick wohl ginge?

Das nächste Buch. Jean Améry. Über das Altern.

Hatte sie nichts Leichtes herumliegen?

Keine Leo, die Klatschblätter vorbeibrachte.

Das Leben war doch deutlich ärmer.

Das vertraute Exlibris von Gustav. Zwei Vögel. Die Schnäbel verschlungen. Wann hatte er das anfertigen lassen?

Es sah aus, als ob dies zu Primanerzeiten geschehen wäre.

Else Lasker-Schüler. Mein blaues Klavier.

Vera las die ersten vier Zeilen. Die sie schon kannte.

Doch dann stockte sie.

Es spielen Sternenhände vier
Die Mondfrau sang im Boote

Ein Zufall. Ein kleiner Zufall.

Las der Mörder Gedichte? Die Mörderin. Die Mondfrau.

Vera las das ganze Gedicht noch einmal.

Und dachte an Harlan. Lächerlich.

So lächerlich, dass Vera das Telefon vom Nachttisch nahm.

Es war kurz vor vier, als es in Nicks Wohnung läutete.

Nick nahm schnell ab. Er konnte nur wachgelegen haben.

Die Leber. Die Gedanken.

Hätte er nicht so viel Misstrauen gegen Harlan in sich gehabt, er hätte gelächelt. Versuch zu schlafen, hätte er gesagt.

Viele Leute lasen Gedichte.

»Ich hol dich in zehn Minuten ab«, sagte er.

»Um wohin zu fahren?«

»Ein Versuch«, sagte Nick, »vielleicht ist er dort.«

»Hat das nicht bis morgen Zeit?«

Nick zögerte. Natürlich hatte das bis morgen Zeit.

»Nein«, sagte er und klang, als ob er keinen Widerspruch dulde. Er hatte viel zu lang gewartet. Den Dingen ihren Lauf gelassen. Nick wollte nicht wieder in Apathie versinken.

Dies war seine Aufforderung zum Duell. Im Morgengrauen.

Leo sollte sehen, dass er durchaus Sinn für Dramatik hatte.

»Versuch es bei Leo«, sagte er, »vielleicht ist sie zu Hause.«

Vera stand in ihrem alten Trench vor der Tür.

Nein. Leo war nicht zu Hause gewesen.

»Ich beweine die blaue Tote«, sagte sie, kaum, dass sie im Auto saß. »Auch eine Zeile aus dem Gedicht.«

»Vermutlich sind wir auf dem Holzweg«, sagte Nick.

Er drehte den Gang so hoch, dass der Golf aufheulte.

Ein Kavaliersstart. Viel zu laut für einen frühen Morgen.

Viel zu schnell für einen Holzweg.

Es war zwanzig vor fünf, als er vor einem Kontorhaus hielt.

Dessen mächtige Eichentür verschlossen war.

Natürlich war sie verschlossen. Die einzige private Etage in diesem Haus schien die von Harlan zu sein. Wenn das H.G. auf dem obersten Messingschild seine Initialen waren.

Vera und Nick sahen sich an.

Klingeln. Auf den Überraschungseffekt hoffen, der Harlan öffnen ließ. Ein verschlafener Harlan im Kimono.

Leo mit einer Decke vor dem nackten Körper.

»Völliger Wahnsinn«, sagte Nick.

Er drückte auf den Klingelknopf.

Harlan zuckte zusammen, als er die Klingel hörte.

Betrunkene, die aus den Kneipen am Hafen kamen.

Das war schon vorgekommen.

Er sah zu Leo hin, die auf dem Ledersofa lag.

Sie drehte sich und schlief weiter.

Gut. Er wollte noch nicht, dass sie wach wurde.

Harlan nahm das Plaid, das halb zu Boden hing, und drapierte es um ihren Körper. Fast liebevoll.

Dann ging er zur Tür und stellte die Klingel auf leise.

Er sah sofort, dass das Packpapier abgewickelt worden war.

Neugierige Leo. Harlan lächelte. Ein weiterer Grund, das Werk zu vollenden. Es fiel ihm nicht leicht.

Das Vibrieren der Klingel, das keine Schlafende störte.

Doch Harlan war irritiert. So beharrlich waren sie noch nie gewesen, die nächtlichen Störer.

Er öffnete ein Quadrat im großen Fenster. Versuchte hinunterzusehen. Es ließ sich nicht vor die Haustür blicken.

Das Portal war zu tief.

Leo sprach im Schlaf. Was sagte sie? Er verstand es nicht.

Harlan ging zu ihr hin. Streichelte ihr Gesicht. Den Hals.

Die Schlafende töten. Das war für beide leichter.

Er hatte immer Frauen für verschiedene Gelegenheiten gehabt. Um ihnen Gedichte vorzulesen. Sex zu haben.

Sie zu töten. Leo war für alle drei Dinge auserwählt.

Vielleicht hätte er sie nicht streicheln sollen.

Sie schien wach zu werden.

Sah sie nicht aus, wie vom Prinzen wachgeküsst? Die Wangen rot. Die kurzen Locken zerzaust. Schlafwarme Haut.

Leo erschrak und setzte sich hastig auf.

»Seit wann bist du hier?«

»Noch nicht lange«, sagte Harlan.

»Wo warst du?«

»Das sind zu viele Fragen.«

»Ich habe noch eine«, sagte Leo. Die Fotografie fiel ihr ein. Irgendein Instinkt sagte ihr, dass die wichtig war.

Harlan sah sie an. Sie würde nach der Tätowiernadel fragen. Er wusste es. Sie sollte eine Antwort haben.

Harlan wurde völlig überrascht davon, dass sie nach zwei kleinen Mädchen fragte.

»Wo hast du es gefunden?«

»In einem Gedichtband.«

Er wusste, welcher es war. Rose Ausländer. Wieder ein Tag aus Glut und Wind. Das war der Titel des Bandes.

War seine Schwester nicht Glut und Wind gewesen? Harlan vermisste sie schmerzlich. Ein Verschwinden, für das er nicht verantwortlich war. Das er nicht gewollt hatte.

Oder hatte er sie zu sehr bedrängt?

»Meine Schwester«, sagte er, »sie ist tot.«

»Und das andere Mädchen?«

Harlan sah sie an. Leo wusste nichts. Sie hatte die Frau, die sie auf dem Parkplatz angesprochen hatte, nie mit ihm in Verbindung gebracht. Es gab keinen Grund, sie zu töten.

»Das bin ich«, sagte er.

»Zeig mir das Foto noch einmal«, sagte Leo.

Nein. Dazu war er nicht bereit. Es gehörte nicht in ihre Hände.

»Wir haben uns gern verkleidet.«

Leo nickte. Eine ganz ferne Stimme klang in ihr.

Eine Frau, die neben einem Auto stand und Leo mit Namen ansprach. Hatte sie vertraut geklungen?

»Was ist das für ein Gerät unter deinem Schrank?«

Etwas in ihr wollte aufs Ganze setzen. Wollte Aufklärung.

Harlan zog die Augenbrauen hoch.

Auch er setzte aufs Ganze.

»Ein Tätowiergerät«, sagte er.

Diese Erinnerung in ihr klang deutlicher. Vera. Vera, die von Nick sprach und den toten Frauen. Tätowierungen am Hals.

»Du hast keine Tätowierungen.« Kannte sie nicht jeden Zentimeter seines Körpers? Nackt.

»Nein. Ich liebe es nur, Frauen zu tätowieren. Sie mit einem Zeichen zu versehen. Eine Sammlung, die ich anlege.«

»Du bist verrückt«, sagte Leo. Sie wollte aufstehen. Doch er drückte sie auf das Sofa zurück. Leos Haut wurde feucht und klebte auf dem schwarzen Leder. Sie hatte Angst.

»Du warst die Schönste in meiner Sammlung.«

Harlan lächelte. Elf Buchstaben. Auf Leos Hals.

Es würde sein Meisterstück werden.

Er hörte nicht auf zu lächeln.

Auch nicht, als er die Hände um ihren Hals legte.

Pit kam mit zwei Mann. Der inoffiziellen Besetzung. Auch die hätte nicht vor diesem Kontorhaus hier stehen dürfen.

Was hatte er in der Hand?

Nick, dem die Verlobte ausgespannt worden war.

Ein berechtigter Zorn, den er in sich trug.

Doch nichts, was einen Polizeieinsatz rechtfertigte.

Zeilen eines Gedichtes. Gut. Das klang schon besser.

Die Mondfrau sang im Boote. Eine Mondfrau hatten sie.

Auf den Hälsen von sieben toten Frauen.

Doch Pit fühlte sich nicht wohl in seiner Haut.

Trotzdem öffnete er die mächtige Eichentür mit einem speziellen Dietrich. Auch davon wollte er lieber nichts in den Zeitungen lesen.

Was ließ ihn springen, wenn Nick pfiff?

Dass er auf den Instinkt eines alten Kumpels vertraute?

Dass er glaubte, ohnehin auf dem Absprung zu sein? In ein besseres Leben jenseits der Kriminalpolizei?

Nick stürmte ihnen voran. Die marmornen Treppen hoch.

Dann kam diese Vera. Seine Jungs schlichen hinterher. Auch ihnen war das nicht ganz geheuer, obwohl sie wussten, dass es nur seinen Kopf kosten konnte.

Kurz vor dem vierten Stockwerk wussten sie, warum sie hier waren. Den Schrei hatten sie alle gehört. Ein Schrei, der nach einer gequälten Katze klang. Doch Pit wusste es besser.

Zu viert schmissen sie sich gegen die Tür.

Die unerwartet schnell nachgab.

Nicht schnell genug für die Frau, die auf dem Sofa lag.

Pit presste ihr die Lippen auf den Mund.

Hatte er diese erste Übung für den Notfall jemals gebraucht?

Ein Glücksgefühl strömte durch Pit, als sie zu atmen anfing.

Fast wäre er in Tränen ausgebrochen.

Doch das tat Nick schon für ihn.

Der Notarzt war da, kaum dass diesem hübschen jungen Mann die Handschellen angelegt worden waren.

Sah so ein Mörder aus?

Wie hatte Jack the Ripper ausgesehen?

Pit betrachtete das Tätowiergerät.

Welch ein Trauma mochte hinter dieser Geschichte stehen?

Obwohl er zunehmend davon überzeugt war, dass es einen Wahnsinn jenseits von misslungenen Kindheiten gab. Von gnadenlosen Müttern. Abhanden gekommenen Vätern.

Den Wahnsinn und das Böse.

Pit hatte sich lange dagegen gewehrt. Doch er glaubte längst, dass es das Böse gab. Menschen, die es in sich trugen.

Er sah dem Mann nach, der von zwei Polizisten abgeführt wurde, die auf einmal dankbar waren, dabei gewesen zu sein. Den Frauenmörder gefasst zu haben.

Pit lächelte Vera zu, die sich auf das Stehpult stützte und ihn ansah. Blass war sie. Sehr blass.

»Ich gratuliere Ihnen«, sagte er, »Sie sind es, die den Schlüssel zu allem gefunden hat.«

Vera nickte und sah sich nach Nick um.

Warum glaubte sie nur, dass es noch nicht zu Ende war.

Der große Schrank wurde aufgebrochen, und sein Inhalt überraschte alle. Lauter Kinderkleider. Kleider, die achtjährigen Mädchen passten. Spiele für sie. Puppen.

Harlan schwieg. Zu den Kleidern. Den Morden.

Zu seiner Herkunft. Seiner Geschichte.

Doch Pit brauchte kein Geständnis. Sein Traum von in flagranti hatte sich für ihn erfüllt.

Es gab noch mehr, das sie zusammengetragen hatten.

Eine Zigarette, die auf einem Trümmergrundstück gefunden worden war. Spuren eines Lippenstiftes. Speichel an beidem, der mit dem von Harlan übereinstimmte.

Das Büro einer Künstleragentur in der Speicherstadt wurde entdeckt und die glanzvolle Garderobe einer teuren Frau gefunden. Ein kleines Behältnis mit blauen Kontaktlinsen. Philip Perak hätte dazu etwas sagen können.

Das Holz der alten Dielen, die dort lagen, war identisch mit dem Splitter aus Undines Schulter.

Sie konnten sich an die Brust klopfen.

Einige taten es auch. Es waren die Falschen.

»Wirst du weitermachen?«, fragte Nick, als Pit an seinem Küchentisch saß und eine Flasche Wein leerte.

Pit würde weitermachen.

Genau wie Nick noch nicht aufgab, an Leo und an sich zu glauben. Einen Tag und eine Nacht lang war er nicht von ihrem Bett gewichen. Dann hatte sie sich genügend erholt gehabt und war zu dem Gut in Holstein gefahren.

Vera bereitete sich auf ihre Hochzeit vor.

Kleiner. Viel kleiner sollte sie sein, als sie zuerst gedacht hatte. Den Küchentisch decken. Die Liebsten um den Tisch versammeln. Dabei das Kleid von Versace anhaben.

Hatte sie nicht immer die Kontraste geliebt?

When autumn leaves start to fall.

Es war wirklich ihr letztes Lied in der Bongo-Bar gewesen.

Doch Jef spielte noch jeden Abend dort.

Im November lief sein Vertrag aus.

Die Mörder von Jorge und dem Holländer Michel waren noch nicht gefunden worden.

Ein Tag im Oktober, der den Nebel des Novembers vorwegnahm. Vera sprach mal wieder von einem Kaminofen.

Doch überall dort, wo ein Abzug des Schornsteins war, wäre er nur störend gewesen.

Jef kannte die Diskussion noch nicht, doch Anni ließ sie nur die Augen verdrehen. Sie hatte die große Vorbereitung für das kleine Essen am Küchentisch aufgenommen, obwohl es noch Tage Zeit damit hatte. Eigentlich war sie glücklich.

Fing es nicht an, ein bisschen wie früher zu sein, wenn Jef an den Nachmittagen kam und sich ans Klavier setzte?

»Er spielt wie Gustav«, sagte Anni, als Vera in die Küche kam, »genau das hat dein Vater auch immer gespielt.«

Es war Stardust, was Jef da spielte.

Er ahnte nicht, wie sehr er Vergangenes damit beschwor.

Durch die Wände hindurch.

Es war grau. Es war neblig. Es waren glückliche Tage.

An denen Vera strahlend durch die Wohnung ging und ihr Geheimnis nur mit Jef teilte.

Der Tag der Verkündung würde bald kommen.

Sie saßen am Küchentisch. Vera, Anni, Jef und Nick.

Aßen Falschen Hasen und tranken Salice, der hier immerhin auf Fleisch und nicht auf Hühnersuppe traf.

War denn alles gut ausgegangen?

Sieben junge Frauen waren gestorben.

Leo hatte überlebt.

»Harlan geht mir nicht aus dem Kopf«, sagte Nick, »was mag er erlebt haben, dass er zur Mondfrau wurde?«

Ausgerechnet Nick. Der betrogene Nick. Er fing noch an, ein Herz für Harlan zu haben.

Der Rächer der Verfolgten.

»Denk mal an den kleinen Jungen auf Sylt«, sagte Anni.

Sie hatte die Zeitungen gründlich gelesen.

An diesem Abend hörten sie das erste Mal wieder von Perak.

Vera hatte ihn auf Reisen vermutet.

Das Klavierspiel, das durch die Wände drang, klang seltsam unbeholfen. Wo war die Virtuosität, die Perak trotz all seiner Schrecklichkeiten hatte?

Es dauerte eine Weile, bis sie erkannten, was er da spielte.

Philip Perak hatte sich an Stardust herangetraut.

Vierzehn Tage, in denen er allen Glanz verloren hatte.

Nur seine Augen glänzten gelegentlich noch, als sei er fieberkrank. Philip Perak vegetierte dahin.

Es war an ihm vorbeigegangen, dass die Saphirblaue als Serienmörder entlarvt worden war. Er las keine Zeitungen mehr. Er konnte sich nicht vorstellen, noch von irgendwas berührt zu werden, nach dem unsagbaren Leid, das ihm angetan worden war.

Perak dachte daran, aus dem Leben zu gehen.

Die Tabletten hatte er gesammelt, die Courage fehlte ihm noch. Es brauchte Courage, sich zu töten.

Er stümperte an Stardust herum, als habe er vor, sich damit den Todesstoß zu geben. Natürlich hatte er gehört, dass es drüben bei seiner Nachbarin gespielt worden war.

Nie hätte er es so zustande gebracht.

Vielleicht ließ sich alles verkürzen. Auf den Balkon treten und über die Brüstung lehnen, bis der große Schwindel kam.

Hinabstürzen. Ins endlose Nichts.

Philip Perak weinte viel. Er dachte an das Kind, das er einmal gewesen war. An den Sechzehnjährigen. An den Liebhaber, der sich der Saphirblauen genähert hatte.

Er dachte an Vic. Hatte Vic ihn nicht auch verraten?

War er nicht von ihm verlassen worden?

Allein gelassen, mit der Frau, die seine Mutter war?

Die Mooreichenmöbel waren zerlegt.

Perak lebte auch äußerlich im Chaos.

Er saß am Bösendorfer und schlug die Noten zu, die Hoagy Carmichael 1929 niedergeschrieben hatte.

Einmal versuchte er es noch mit Hindemith.

Doch ihm gelang nichts.

Morgen, dachte Perak. Morgen werde ich es tun.

Er schlief das erste Mal durch in dieser Nacht.

Ein Dankesbrief kam. Für den Tanz der sieben Schleier.

Die Fotografie, die dem Brief beigelegt war, zeigte eine Nelly, die tatsächlich ein wenig dicker geworden war, doch noch immer wie eine Elfe aussah gegen den stämmigen Herrn, der neben ihr stand. Edouard.

»Guck dir das an«, sagte Anni, »wen hat sie sich da geangelt?«

Einen Lebensmittelhändler aus Nizza.

Vera konnte es nicht fassen. Ihre Sympathie für Nelly nahm deutlich zu. Das Alter schien ihr zu bekommen.

Edouard gefiel ihr sehr. Er sah aus, als stünde er mit seinen breiten Füßen auf gutem Boden und wäre durchaus in der Lage, die Elfe Nelly festzuhalten, ehe sie einem Wahn oblag.

Dem Wahn, Liebhaber zu haben.

Sich Fett absaugen zu lassen.

Das Geld zum Fenster hinauszuwerfen.

Er sah aus, als sei er ein Familienmensch.

Vera war zuversichtlich.

»Ihr werdet noch nach Nizza gehen«, sagte Anni, »und Jef wird im Négresco spielen.«

»Woher kennst du das Négresco?«

Anni verriet nicht, dass ihr Gustav einst eine Karte vom teuersten Hotel in Nizza geschickt hatte, die sie hütete wie einen Augapfel. Damals musste sich Nelly verguckt haben in die Stadt und ihre Männer. Gab ja genügend Glutäugige.

217

Italien war nicht weit.

Anni seufzte. Ihr hätte immer Gustav Lichte genügt.

»Sorge dich nicht dauernd«, sagte Vera, »uns trennt keiner.«

»Sorge ist der Preis, den wir für die Liebe bezahlen«, sagte Anni, »das hat Königin Elisabeth gesagt.«

Sie hatte falsch zitiert.

Grief is the price we pay for love.

Das waren die Worte der Queen gewesen.

Ein goldener Tag, an dem Philip Perak sterben wollte.

Er badete lange. Er zog sich sorgfältig an.

Das erste Mal seit vielen Tagen.

Die Sonne schien ihm in die Küche hinein und er versuchte, ein kleines Frühstück zu sich zu nehmen.

Es sollte alles gut gerichtet sein am letzten Tag.

Er setzte sich an den Flügel und spielte eine Sonate von Strawinsky. Sie gelang ihm.

Er versuchte sich an Johannes Brahms. Auf dem Kirchhofe.

Andante moderato. Vielleicht ließ sich der tödliche Lauf aufhalten. Leben, dachte Perak, leben.

Am Mittag war seine hoffnungsvolle Stimmung vorbei.

Er legte die Puzzleteile eines Bildes zusammen.

The Beguiling of Merlin.

Er zählte die Tabletten, als habe er sie noch nie gezählt.

Die Sonne schien so schön.

Er schlüpfte in den schwarzen Kaschmirmantel.

Zeit gewinnen. Die Luft noch atmen.

Vielleicht eine letzte Fahrt mit dem Daimler machen.

Er kam nur einmal um den Block.

Fand nicht mal in die Garage zurück. Stellte den Wagen vor dem Haus ab. Das hatte er noch nie getan.

Er schloss die Tür zu seiner Wohnung auf, als er Vera singen hörte. A capella singen hörte.

»Sometimes I wonder why I spend the lonely night dreaming of a song.« Perak stand und hielt den Atem an.

»That melody hearts my revery and I'm once again with you.«

Er ging hinein und zog den Mantel aus und goss sich ein Glas ein. Die ersten vier Tabletten spülte er mit Gin hinunter.

Bombay Sapphire. Perak schüttelte sich.

»Each kiss an inspiration.«

Die nächsten vier Tabletten.

»Now my consolation is in a stardust of a song.«

Es kippte etwas um in seinem Kopf.

Dass er den Koffer aus schwarzem Kunststoff hervorholte.

Den größten Schraubenzieher.

Er brach aus der eigenen Wohnung hervor und lief auf Veras Tür zu. Schlug den Schraubenzieher in das Holz hinein.

Wäre Anni da gewesen, dann hätte sie vielleicht die Tür geöffnet und ihm ihre beste Pfanne über den Kopf gehauen. Wäre das nicht ein schöner Tod gewesen?

Doch Anni kaufte ein. Kaufte für das kleine Essen ein.

Vera stand still hinter der Tür. Wollte behutsam sein.

Trug die Verantwortung.

Perak betrachtete den Schraubenzieher in seiner Hand und zog sich in die eigene Wohnung zurück.

Vera ging zum Telefon. Jef anrufen.

Sie hoffte, dass er schon auf dem Weg war.

Perak zog den schwarzen Kaschmirmantel an.

Er schwankte schon leicht, und dennoch nahm er noch zwei der Tabletten und einen Schluck Gin.

Stolperte aus der Wohnung heraus. Hielt den Zündschlüssel schon im obersten Stock in der Hand.

Er war längst von Sinnen, als er den Motor des Daimlers anließ. Perak drehte die Scheinwerfer voll auf.

Wie früh die Dunkelheit über ihn hereingebrochen war.

Ein weiter Lichtkegel, der das dunkle Laub erfasste.

Vic, der durch das Laub ging. Die Straße überquerte.

Perak konnte nicht anders. Er hielt darauf zu.

Hielt mit aufheulendem Motor auf Vic zu.

Der dumpfe Aufprall eines Körpers.

Philip Perak trat auf die Bremse. Das Letzte, was er tat, bevor er über dem Steuer zusammenbrach, um zu verzweifeln.

Er hatte Vic Gewalt angetan.

Es war Anni, in deren Armen Jef starb. Die Einkäufe für das kleine Essen verteilten sich über die Straße.

Vera kam dazu. Alarmiert vom Lärm der Martinshörner.

Doch sie blieb totenstill.

Hielt Jefs Hand, bis er ihr weggenommen wurde.

Vera wusste nicht, wo Nick herkam.

Ein Arzt, der ihr eine Spritze gab.

Anni und Nick, die sie schlafen legten.

Tagelang schlief sie. Nächtelang.

Erst am sechsten Tag stand sie auf, um Jef zu begraben.

Vera trug das Borkenschokoladenkleid.

Noch wusste nur sie allein, dass Jef in dieses Familiengrab gehörte. Sich zu Gustav legte.

Jef. Vater ihres Kindes.

Ein halbes Glas Salice, das sie sich am Abend gönnte.

Am Küchentisch. Mit Anni und Nick.

Die Verkündung.

Zum Wohl des Vaters und des Kindes.

Anni und Nick lächelten ihr zu, als glaubten sie wieder an das Leben. Als könne alles gut werden.

Hatte Vera nicht gewusst, dass Jef keiner war, der blieb?

Später, viel später am Abend trat sie auf den Balkon hinaus.

Guckte in die wenigen Sterne.

Gott, ich hoffe, du hast einen Himmel.

Sie hatte es vor sich hin gesagt, laut.

Nicht nur Trauer in ihr.

Maria Benedickt
Die Fährte der Füchsin
Roman
Band 15990

Die verwitwete Anwältin Silvie wird mit raffinierten Manipulationen beinahe in den Wahnsinn getrieben: Irgendjemand will ich weismachen, dass ihr verstorbener Mann noch lebt. Auf der Suche nach dem Urheber stößt sie auf einen verrückten alten Mann, der offenbar mit gezinkten Karten spielt.

Ein rasanter Thriller um eine nicht enden wollende Liebe.

Fischer Taschenbuch Verlag

Stephen Dobyns

Die Kirche der toten Mädchen

Roman

Aus dem Amerikanischen von Rainer Schmidt

Band 14404

Nach und nach verschwinden drei junge Mädchen in der kleinen Stadt Aurelius im Staate New York. Als das erste Mädchen verschwindet, richtet sich der Verdacht der Bewohner zunächst auf alle Außenseiter der Stadt. Als das zweite Mädchen auf die gleiche mysteriöse Weise verschwindet, nehmen Angst und Mißtrauen zu, verdächtigen sich Menschen, die seit jeher Nachbarn sind, gegenseitig. Als das dritte Mädchen verschwindet, spitzt sich die Atmosphäre alptraumhaft zu. Keiner der Bewohner bleibt verschont von den zerstörerischen Auswirkungen der Denunziationen und Verdächtigungen – weder der angesehene Chefredakteur der Regionalzeitung noch der prüde Apotheker; nicht einmal der Erzähler, ein Biologielehrer, weil er dabei beobachtet wird, wie er mit Mädchen aus der Nachbarschaft Plätzchen backt. Denn das ist allen klar: Der Perverse, der sie mit seinen Taten in Atem hält, das ist einer von ihnen.

Fischer Taschenbuch Verlag

fi 2072 / 8

Bill Pronzini
Schlechte Karten
Roman
Aus dem Amerikanischen von Gisela Podlech
Band 15833

Wie viele Männer vor ihm, ist Matthew Cape an einem Punkt im Leben angekommen, wo es nicht mehr weitergeht. Er kündigt seinen Job, verlässt Frau und Haus, kauft sich eine Corvette und fährt los. In San Francisco freundet er sich mit Boone und Tanya an, die wie er ein schönes Pokerspiel zu schätzen wissen. Aber die beiden sind in eine schlimme Sache verwickelt und auf einmal wird aus Matthews Midlife-Krise ein Wettlauf mit dem Tod.

Fischer Taschenbuch Verlag

fi 15833 / 1